DEBORAH

Un incorrigible séducteur

*

Sous l'assaut de la passion

EMMA DARCY

Un incorrigible séducteur

Traduction française de
BARNABÉ D'ALBES

AZUR

HARLEQUIN

Collection : Azur

Titre original :
THE INCORRIGIBLE PLAYBOY

Ce roman a déjà été publié en 2015

HARPERCOLLINS FRANCE
83-85, boulevard Vincent-Auriol, 75646 PARIS CEDEX 13
Service Clients — www.harlequin.fr
ISBN 978-2-2805-0171-2 — ISSN 0993-4448

Composé et édité par HarperCollins France.
Imprimé en janvier 2024 par CPI Black Print (Barcelone)
en utilisant 100% d'électricité renouvelable.
Dépôt légal : février 2024.

FSC
www.fsc.org
MIXTE
Papier issu de sources responsables
FSC® C159065

Pour limiter l'empreinte environnementale de ses livres, HarperCollins France s'engage à n'utiliser que du papier fabriqué à partir de bois provenant de forêts gérées durablement et de manière responsable.

1

Trente ans.

Le fameux cap.

Si un anniversaire pouvait lui insuffler assez de détermination pour changer sa vie, c'était celui-ci.

Elizabeth considéra son reflet dans le miroir avec un mélange d'espoir et d'angoisse. Elle avait coupé sa longue chevelure châtaine, qui dansait maintenant en mèches sauvages au niveau de son cou. La frange achevait de donner une note beaucoup plus féminine, moderne et délicate à son visage, mais elle commençait à se demander si elle avait bien fait de laisser le coiffeur lui appliquer cette tonalité auburn.

En tout cas, cela attirait l'œil, et c'était sans doute ce dont elle avait besoin pour faire en sorte que Michael la remarque aujourd'hui — qu'il remarque qu'elle était une femme, et non juste l'assistante qui faisait partie du décor. Il était temps que leur relation décolle du niveau platonique, alors qu'elle attendait depuis deux ans à côté d'un homme apparemment décidé à ne jamais associer travail et vie privée... Ridicule ! Ils étaient parfaits l'un pour l'autre et, quelque part dans son cœur, Michael le savait forcément. Depuis plusieurs mois, la frustration d'Elizabeth grandissait. Aussi sa décision était-elle prise : aujourd'hui était le grand jour, celui où elle ferait baisser la garde à son patron. Au minimum, sa métamorphose parviendrait à capter enfin son attention.

Elle examina attentivement ses cheveux. Au fond, le coiffeur avait vu juste : le balayage auburn faisait ressortir le brun profond de son regard. Et le dégradé rééquilibrait ses traits, rendant une juste proportion à son nez, qu'elle avait toujours trouvé un peu long. Ses pommettes hautes se trouvaient mises en valeur, de même que sa bouche pulpeuse, le tout dans une perspective plus… exotique.

De toute façon, se dit-elle, c'était fait, maintenant, et il ne lui restait plus qu'à croiser les doigts pour que la manœuvre ait l'effet escompté. Dès que Michael ferait un commentaire sur sa nouvelle apparence, elle lui révélerait que c'était le cadeau d'anniversaire qu'elle s'offrait, et alors peut-être… Oh ! pourvu qu'il propose de fêter l'occasion avec un déjeuner en tête à tête !

Elle n'avait plus du tout envie d'être seulement sa compagne *de bureau*. Ce qu'elle voulait, c'était devenir la femme de chacune de ses journées et de chacune de ses nuits. Si cela ne se produisait pas… Elle prit une longue inspiration. Dans son esprit, trente ans était l'âge butoir pour une femme souhaitant trouver un partenaire pour la vie et fonder une famille avec lui. Michael Finn était l'élu mais, s'il refusait de réagir aujourd'hui, il faudrait bien qu'elle cesse de nourrir de vains espoirs et qu'elle se mette en quête d'un remplaçant. Ce qui signifiait qu'elle devrait changer, sortir de sa coquille et prendre l'initiative de rencontrer quelqu'un d'autre.

Elle préféra bannir cette pensée. Pour l'heure, l'important, c'était d'être positive. « Souris, et le monde te sourira », se répéta-t-elle. C'était l'un des grands principes de Lucy, et force était de reconnaître que cela fonctionnait à merveille pour sa sœur, qui traversait l'existence avec une légèreté admirable et se tirait de chaque faux pas d'un simple sourire.

Elizabeth s'efforça de pratiquer un peu le sien avant de

quitter la salle de bains. Prête à partir, elle était en train de glisser son téléphone mobile dans son sac quand la sonnerie attribuée au numéro de sa sœur retentit. Elle décrocha d'un mouvement impatient, ravie d'avoir des nouvelles de Lucy, qui venait de passer le week-end avec des amis à Fort Douglas.

— Ellie ! Joyeux anniversaire ! s'écria gaiement sa cadette à l'autre bout du fil. J'espère que tu portes les vêtements que je t'ai offerts ?

— Merci, Lucy... Oui, absolument !

— Parfait ! Toutes les femmes méritent d'être superbes le jour de leur trentième anniversaire.

Elizabeth se mit à rire. La blouse de soie à manches papillon était une splendeur. Ses généreux dégradés de bleu et de vert intenses étaient soutenus, au niveau des bras, de motifs rouge et turquoise, jaune soleil et vert d'eau. C'était une pièce luxueuse, et qui attirait d'autant mieux le regard qu'elle était accompagnée d'une jupe crayon vert d'eau. Rien dans cette tenue ne rappelait sa garde-robe habituelle ; Elizabeth s'était, pour une fois, laissé convaincre par les cris admiratifs et véhéments de sa sœur alors qu'elles faisaient les boutiques ensemble.

— Il faut que je t'avoue que je me suis fait couper les cheveux, reprit-elle. Et qu'ils sont auburn.

— Magnifique ! J'ai hâte de voir ça. Je serai de retour à Cairns en milieu de matinée. Je passerai te dire bonjour au bureau. Il faut que je te laisse, à plus tard.

— Non, non ! Ne viens pas, je...

Trop tard. Lucy avait mis fin à la communication, l'empêchant de s'opposer à cette visite. C'était probablement un peu bête de sa part, mais elle n'aimait pas l'idée que sa cadette vienne la voir dans son environnement professionnel ; elle s'était toujours arrangée pour que cela n'arrive pas.

A cause de Michael.

Car l'affection infinie qu'elle portait à sa cigale de

sœur ne la rendait pas aveugle : cette diablesse attirait inexorablement le regard de chaque homme qui croisait son chemin. Les aventures de Lucy ne duraient jamais longtemps. Il y avait toujours un nouvel homme, un nouveau job, un autre coin du pays à découvrir.

Durant un instant, Elizabeth songea à la rappeler. Elle se ravisa : au fond, n'avait-elle pas besoin de tester les sentiments de Michael ? Il *devait* accorder plus de prix à sa présence qu'au charme bourdonnant de Lucy. En outre, il était possible que sa sœur et lui ne se rencontrent pas : la porte entre son bureau et celui de son patron restait souvent fermée. Inutile de vexer sa cadette, si heureuse de venir lui souhaiter son anniversaire, en cette splendide matinée.

D'autant plus qu'elles étaient seules au monde, ne pouvant compter que l'une sur l'autre. Leur mère était morte d'un cancer alors qu'elles quittaient l'adolescence, et leur père, qui avait refait sa vie à l'autre bout du pays, ne se rappellerait pas qu'elle célébrait ses trente ans aujourd'hui. Il ne lui avait souhaité aucun de ses anniversaires précédents.

Et puis bon... Tôt ou tard, il faudrait bien que Michael rencontre Lucy, surtout si Elizabeth parvenait à resserrer leurs liens dans les semaines à venir. Aussi se résolut-elle à l'inévitable, avant de passer son sac sur son épaule et de sortir.

Le mois d'août se révélait délicieux, dans cette partie nord du Queensland ; assez frais pour qu'Elizabeth parcoure à pied les cinq pâtés de maisons qui séparaient l'appartement qu'elle partageait avec Lucy du building L'Esplanade, où se trouvaient les bureaux de Finn's Fisheries. La plupart du temps, elle s'y rendait dans sa petite voiture et se garait dans l'immense parking de l'immeuble, mais elle préférait ne pas être dépendante de son véhicule aujourd'hui : ainsi, elle resterait entièrement libre.

Cette pensée amena un nouveau sourire à ses lèvres. Michael était vraiment l'homme idéal pour elle. Finn's Fisheries était devenu une marque puissante, qui comptait des boutiques en franchise dans toute l'Australie. On n'y vendait pas seulement tout le matériel de pêche imaginable, mais tous les vêtements et accessoires qui allaient avec : cirés et pantalons enduits, combinaisons de plongée, ligne vestimentaire de bord de mer — shorts, T-shirts, chapeaux, etc. La diversité des articles proposés était extraordinaire, et Michael devait gérer tout cela. Elle admirait son habileté, la manière dont il dominait toujours le jeu des affaires, sans jamais négliger une étape. Elle aussi aimait montrer sa maîtrise dans tout ce qu'elle faisait, avec précision et efficacité. Ensemble, ils formaient un tandem de choc. Lui-même l'admettait souvent.

Il suffisait maintenant qu'il accepte de passer au niveau supérieur. Elizabeth était sûre qu'ils pouvaient faire équipe pour la vie ; ils seraient très heureux. Après tout, Michael avait trente-cinq ans et, comme elle, il devait se mettre en quête d'une partenaire côté vie privée. Il n'avait tout de même pas l'intention de rester célibataire jusqu'à la fin de ses jours !

Au cours des deux années qui venaient de s'écouler à son service, elle l'avait vu entretenir quelques liaisons passagères. Rien de sérieux. Elle en connaissait la raison : Michael était un drogué du travail. Mais ce serait différent avec elle, parce qu'elle le comprenait parfaitement.

En dépit de sa résolution, sa nervosité remonta quand elle franchit le seuil de son bureau. La porte attenante à celui de Michael était ouverte, ce qui signifiait qu'il était déjà arrivé et qu'il organisait sa journée. C'était lundi, l'aube d'une nouvelle semaine. Et le début de quelque chose de nouveau pour eux aussi, se dit-elle en prenant une longue inspiration avant de pousser la porte.

Installé à sa table de travail, un stylo en main, il était si absorbé par la tâche qu'il ne la vit pas entrer. Elizabeth ne put s'empêcher d'admirer une nouvelle fois la plastique remarquable de ce spécimen masculin : il gardait ses épais cheveux noirs coupés court pour qu'ils ne soient jamais décoiffés. La ligne stricte de ses sourcils soulignait l'intelligence aiguë de ses yeux gris. Un nez droit, une bouche ferme et dessinée, une mâchoire carrée complétaient son allure de mâle dominant.

Comme à son habitude, il portait une chemise blanche admirablement coupée, qui mettait en valeur son teint hâlé, et elle discernait son élégant pantalon noir de créateur italien. C'était son uniforme de bureau. Naturellement, ses chaussures de ville noires étaient cirées à la perfection puisque tout en lui était parfait.

Elle s'éclaircit la gorge et pria silencieusement pour obtenir l'attention qu'elle espérait tant.

— Bonjour, Michael, lança-t-elle.

— Bonj...

Il s'interrompit en relevant la tête, ses yeux s'arrondirent, une expression stupéfaite s'imprima sur son visage. La Elizabeth qui se tenait devant lui n'était visiblement pas celle qu'il s'attendait à saluer.

Elle retint son souffle. C'était l'instant de vérité. Enfin, il allait s'apercevoir qu'elle était une femme ! Une nuée de papillons voleta dans son estomac, et elle se rappela le mantra de Lucy : « Souris. »

Soudain, le regard gris se mit à pétiller d'une satisfaction bien masculine.

— Ça alors ! souffla-t-il. Quelle coupe magnifique ! Et quelle ravissante tenue ! Vous avez fait des merveilles, Elizabeth. Faut-il en conclure qu'il y a un nouvel homme dans votre vie ?

Ignorant la cruelle déception qu'avait fait naître en elle cette hypothèse, Elizabeth se concentra sur l'aspect positif des choses : il était impressionné ; peut-être même tenté...

— Non, répondit-elle. Il y a un moment que je ne fréquente personne. J'avais juste envie de changement.

— Un changement de première classe, assura-t-il d'un ton approbateur.

Voilà qui était beaucoup mieux ! Cette chaleur la rasséréna, et elle en profita pour continuer sur sa lancée :

— Je suis ravie que cela vous plaise. Les vêtements sont un cadeau de ma sœur. C'est mon anniversaire. Elle tenait absolument à ce que j'apparaisse sous mon meilleur jour pour la circonstance.

— Eh bien, c'est réussi, répliqua-t-il en riant. Nous devrions célébrer votre anniversaire. Que diriez-vous d'un déjeuner au Mariners Bar ? Nous avons le temps d'y faire un saut si nous en finissons avec l'inventaire ce matin.

Elizabeth se figea, la respiration bloquée, fourmillante d'espoir. Un tête-à-tête avec Michael dans l'un des plus luxueux restaurants de Cairns, avec vue sur la marina et ses yachts de milliardaires ! Son cœur se mit à battre follement.

— Ce serait merveilleux. Merci, Michael.

— Réservez-nous une table. Nous devrions être tranquilles à partir de 13 heures.

Il ramassa une pile de papiers, la lui tendit et ajouta :

— En attendant, si vous voulez bien vérifier ce lot...

— Oui, bien sûr.

Le travail avant tout, c'était la règle d'or. Mais au moins elle avait un horizon fabuleux à contempler !

— Ainsi, votre sœur tenait à ce que vous apparaissiez *sous votre meilleur jour*, murmura Michael en souriant, tout en détaillant la blouse bariolée. Ce doit être une sacrée audacieuse, je me trompe ?

Il avait prononcé ces mots avec une sorte de curiosité qui déplut profondément à Elizabeth. Cette blouse était faite pour concentrer son attention sur elle, et non pour l'inciter à s'enquérir des goûts de Lucy !

— En effet, admit-elle à contrecœur. Mais son audace

est du genre frivole et ne se fixe jamais longtemps sur quoi que ce soit. Elle se complaît dans le désordre.

Ce n'était que la vérité. Mieux valait que Michael se le tienne pour dit. L'idée que Lucy puisse lui plaire lui était intolérable.

— Contrairement à vous, répliqua-t-il.

Elle haussa les épaules.

— Oui, nous sommes deux opposés. Un peu comme vous et votre frère.

Les mots lui avaient échappé, et Elizabeth se mordit la langue d'avoir osé les prononcer. Son angoisse au sujet de Lucy lui avait fait perdre le contrôle. Se permettre un commentaire sur le frère de son patron était parfaitement inapproprié. En temps normal, elle se tenait sagement coite, même si elle n'en pensait pas moins.

Harry Finn était un véritable play-boy, qui se permettait des avances trop appuyées. Chaque fois qu'il venait au bureau, il déclenchait en elle de désagréables réactions. Des frissons électriques, dus au fait qu'il l'horripilait. Oh oui, elle détestait qu'il vienne ici ! Hélas, il faisait deux ou trois apparitions mensuelles. C'était peu selon le reste du personnel, beaucoup trop pour elle.

Michael se renfonça sur son siège et lui retourna un sourire amusé.

— Il est vrai que le travail de bureau n'a jamais été la tasse de thé de Harry, reconnut-il, mais je crois que vous vous faites de fausses idées sur son compte, Elizabeth.

— Je suis navrée, se hâta-t-elle de rétorquer. Je n'avais pas l'intention de... de...

Oh ! Seigneur, elle en perdait ses mots !

— Tout va bien, répondit son patron. Je sais qu'il a l'air de tout traiter par-dessus la jambe, mais sachez qu'il a l'esprit affûté d'un félin et une poigne exemplaire sur tout ce qui touche à sa partie dans nos affaires.

Elizabeth s'efforça de rester impassible. Superviser des croisières, organiser les excursions pour touristes souhaitant voir la Grande Barrière de corail et diriger le complexe hôtelier bâti sur l'île Finn, c'était une occupation de vacancier professionnel, à côté de ce que Michael accomplissait. Son opinion ne changerait pas d'un iota.

— A l'avenir, j'essaierai de le considérer sous cet angle, lâcha-t-elle.

Elle avait dû s'exprimer sèchement, car son boss éclata de rire.

— Je suppose qu'il vous agace avec son flirt continuel. Ne vous formalisez pas. Il se comporte ainsi avec toutes les femmes. Il fait cela pour s'amuser.

C'était sans doute à se tordre de rire, songea-t-elle, piquée au vif, mais elle abandonnait l'hilarité de ce jeu à Harry Finn. Décidément, elle détestait ce personnage.

— Bon, je m'en souviendrai, dit-elle, prête à tourner les talons. Je vais vérifier ces documents et réserver le restaurant.

— Entendu. Nous pourrons parler des relations entre frères et sœurs en déjeunant.

Il n'en était pas question, se dit-elle en retournant s'installer dans son bureau, non sans fermer soigneusement la porte communicante derrière elle. Ni Lucy ni Harry Finn n'occuperaient le temps de conversation si précieux durant leur déjeuner ! Elizabeth était déterminée à le faire fructifier pour commencer à bâtir son futur avec Michael.

2

Elizabeth fronça les sourcils en vérifiant l'heure sur sa petite horloge de bureau : 10 h 37.

Le café du rez-de-chaussée était censé livrer chaque jour à 10 h 30 précises un espresso bien noir et un muffin au chocolat, pour Michael, plus un cappuccino et un muffin aux fraises et au chocolat blanc pour elle. Elle s'abstenait de petit déjeuner dans l'attente de cette pause, et son estomac commençait à gargouiller. Il était rare que le serveur dépose la livraison en retard : Michael exigeait la ponctualité, et tous les commerçants du secteur, soucieux de le garder comme client, veillaient à le satisfaire sur ce point.

Comme on frappait à la porte, elle poussa un soupir de soulagement.

— Vous êtes en retard ! lança-t-elle en se levant pour aller ouvrir.

Elle s'apprêtait à prendre le plateau tendu à hauteur de ses yeux, quand elle s'aperçut qu'il était porté par… Harry Finn ! Dont les yeux d'un bleu profond s'allumèrent d'un éclat moqueur.

— C'est exact, répondit-il, mais il a fallu qu'ils me préparent également un café.

— Très bien, déclara-t-elle, glaciale. Vous l'expliquerez à Michael.

— Oh ! je le ferai, n'en doutez pas, chère Elizabeth.

Je ne voudrais surtout pas voiler d'une ombre le service toujours impeccable que vous lui offrez.

Ce ton, entre provocation et sarcasme mielleux, était ce qui donnait si souvent envie à Elizabeth de gifler cet homme. Elle n'était pourtant pas du genre violent, mais Harry Finn avait l'art de libérer en elle une irritation volcanique.

— Et puis-je ajouter que vous êtes spectaculaire, aujourd'hui ? Vraiment somptueuse !

Son regard scrutateur s'attarda sans vergogne sur toute son anatomie, et il détailla le tombé de la soie sur ses seins, dont il parut examiner la rondeur durant une éternité. C'en était tellement gênant qu'elle sentit ses tétons durcir et pointer dangereusement sous l'étoffe. Furieuse, elle forma le vœu fou que sa poitrine se transforme en une paire d'obus explosifs. Malheureusement, son visiteur ne disparut pas dans une détonation.

Le plus exaspérant était sans doute d'admettre que, malgré sa tenue décontractée, au demeurant déplacée dans un bureau, il restait un homme redoutablement séduisant. Son bermuda noir et son T-shirt blanc décoré du logo Finn — un poisson couleur feu — soulignaient outrageusement sa musculature : un torse large, des pectoraux visibles, une peau dorée à souhait.

— Vos cheveux sont magnifiques, et votre...

— Je préférerais que vous vous absteniez de commenter le reste, coupa-t-elle d'un ton sec en lui désignant d'un geste la porte du bureau de Michael. Votre frère attend.

Un sourire diabolique apparut sur le visage de son interlocuteur.

— Bah, cela ne le tuera pas d'attendre une minute de plus, dit-il en haussant les épaules.

Exaspérée, elle le regarda poser le plateau et s'asseoir tranquillement sur un coin de son bureau, comme s'il avait tout son temps. Son bermuda révélait la longueur et la puissance de ses jambes bronzées.

— Un ver qui se change en papillon, cela n'arrive pas tous les jours, reprit-il joyeusement. Je veux savourer la grâce du phénomène.

Elizabeth manqua en tomber à la renverse. Un *ver* ? Elle n'avait jamais été un ver ! Elle s'était contentée d'opter pour l'allure classique qui convenait parfaitement à quiconque travaillait sérieusement, pour ne pas avoir l'air d'une dilettante telle que sa sœur.

— Le café va refroidir, argua-t-elle d'un ton menaçant.

— J'adore la couleur océane de cette jupe, roucoula-t-il. C'est exactement celle de la mer sur les rochers, dans les archipels. Et cela vous va à merveille. En fait, c'est une seconde peau pour vous. Vous me faites penser à une sirène… Je parie que, si vous en étiez une, vous me fouetteriez le visage de votre queue.

— Seulement par inadvertance, prétendit-elle, perturbée par les frissons qui la parcouraient au son de la voix de ce charmeur redoutable.

Il ne possédait pas la séduction classique de Michael. Il y avait chez lui quelque chose de sauvage, de primaire — peut-être à cause de cette longue mèche noire qui lui barrait le front, ou des fines ridules qui lui entouraient les yeux, à force d'être au grand air. Il exhalait aussi l'aura du mauvais garçon : des rixes de jeunesse devaient lui avoir légué son nez cassé, et sa bouche impeccablement dessinée, toujours marquée d'un sourire moqueur, ajoutait à son charme.

— Vous êtes-vous déjà demandé pourquoi vous êtes toujours si cassante avec moi, Elizabeth ?

— Non. Vous n'occupez pas une place suffisante dans mon esprit.

— Aïe… Touché ! s'exclama-t-il avant de s'esclaffer. Le bon côté des choses, c'est que, si je sens mes chevilles enfler, je sais à quelle porte frapper pour être remis à ma place.

Lui décochant un regard las, elle conclut :

— Je crois que vous êtes venu voir Michael. Suivez-moi.

— Seulement si vous balancez votre queue de créature fantastique, plaida-t-il, une lueur machiavélique dans les yeux.

— Arrêtez ce petit jeu ! Je n'ai pas l'intention de vous suivre dans cette voie. Ni maintenant ni jamais.

Imperturbable, Harry fit mine de pousser un profond soupir.

— Toujours le travail, jamais la bagatelle... On peut dire qu'avec mon frère vous êtes à l'abri.

Tandis qu'elle prenait le plateau pour le porter dans le bureau attenant, cette remarque l'attaqua comme un acide sournois. « A l'abri » ? Elle ne voulait pas être « à l'abri » avec Michael ! Comment son frère pouvait-il afficher tant de certitude en proférant ces mots ?

Harry lui ouvrit la porte pour lui faciliter le passage avant de lancer :

— Salut, Mickey ! J'ai retenu ton plateau le temps de me faire préparer un café. J'ai deux ou trois choses à voir avec toi. Tiens, Elizabeth t'apporte ce que tu attendais.

— Aucun problème, répondit son frère.

Comme il lui souriait avec chaleur, Elizabeth fut aussitôt soulagée. Michael avait décidément un cœur d'or. Quel dommage qu'il accorde sa générosité à un être qui ne la méritait pas... Harry était un séducteur bas de gamme et un vrai parasite. Elle détestait qu'il se permette d'appeler son patron « Mickey » : ce surnom était bon pour les écoliers, et non pour l'immense homme d'affaires qu'était devenu Michael. C'était un manque de respect. Une atteinte à sa dignité.

— Merci, Elizabeth, ajouta celui-ci. Au fait, vous avez réservé ?

— Oui.

— Où cela ? demanda Harry.

— C'est l'anniversaire d'Elizabeth, expliqua Michael. Je l'emmène déjeuner dehors.

— Tiens, tiens !

Elle blêmit en percevant le sous-entendu railleur dans la voix de Harry et se sentit soudain à nu devant lui. Avait-il vraiment décodé la situation ? Et allait-il s'empresser de se moquer d'elle ?

— Joyeux anniversaire, chère Elizabeth, poursuivit-il calmement, en rivant son regard au sien.

— Merci, murmura-t-elle.

Elle se dépêcha de sortir pour laisser les deux frères ensemble.

Il était difficile à Elizabeth de se concentrer sur son travail. L'horloge l'hypnotisait et, à 11 h 30, elle se demanda pourquoi Harry restait dans le bureau de Michael, tandis que sa sœur n'était toujours pas arrivée. Certes, avec Lucy, tout était possible. Y compris le fait qu'elle n'apparaisse jamais aujourd'hui. Restait le problème Harry Finn : comment faire pour se débarrasser de ce fâcheux quand viendrait le moment de partir déjeuner ?

Il serait impossible à Michael de ne pas lui proposer de se joindre à eux. Or, s'il les accompagnait, son projet romantique tombait à l'eau. Quelle issue de secours allait-elle trouver ? Plongée dans sa réflexion, elle sursauta en entendant frapper à sa porte. Elle se retourna et vit la tête de Lucy surgir dans l'entrebâillement.

— Je peux entrer ?

Malgré la tension nerveuse qui lui nouait l'estomac, Elizabeth articula la seule réponse envisageable :

— Oui.

Aussitôt, Lucy sautilla joyeusement à l'intérieur. Elle portait un ensemble blanc en broderie anglaise composé d'une jupe courte — qui dévoilait à moitié ses longues cuisses — et d'une blouse Empire ceinturée aux hanches par une lanière de cuir tressé. Plusieurs colliers de bois exotiques dansaient autour de son cou, et ses sandales spartiates en cuir révélaient la finesse de ses chevilles.

Ses cheveux blonds étaient remontés en choucroute lâche, permettant à des mèches folles de cascader sur ses épaules. On aurait dit un modèle pour un magazine « hippie chic » — une créature capable de rester divine même vêtue d'un sac de pommes de terre.

— J'adore ta coiffure, Ellie ! s'exclama-t-elle en s'asseyant sur un coin de son bureau, avec une décontraction similaire à celle de Harry un moment plus tôt. C'est incroyablement sexy ! Ces mèches un peu folles dans ton cou sont un appel à foncer dans un lit, et la couleur est magique ! C'est exactement ce qu'il fallait pour la tenue que je t'ai offerte. N'est-ce pas que j'ai bien choisi ? Tu es tout simplement rayonnante ! Dis-moi que tu te sens dans la peau d'une femme fatale !

L'enthousiasme de sa sœur était si contagieux qu'Elizabeth lui offrit un large sourire en retour.

— Oui, je suis heureuse de ce changement. Comment s'est passé ton week-end ?

— Pas mal. Mais la matinée a été effroyable !

Dans sa vision périphérique, Elizabeth perçut le mouvement de la porte et son rythme cardiaque s'accéléra. Harry se contentait-il de prendre congé, ou bien Michael le raccompagnait-il ?...

Pendant ce temps, avec force grimaces et soupirs, Lucy expliquait :

— Un corps a été enterré dans le mauvais caveau, et il a fallu que je m'occupe de régler ça. Ensuite, on a découvert que quelqu'un saccageait une tombe, et j'ai dû mener l'enquête. Mais ce n'était pas grave, en fait : juste un mari éploré qui avait creusé un trou pour planter le rosier favori de son épouse. A vrai dire, c'était émouvant. Ensuite, on m'a avertie qu'un chien s'était égaré dans le cimetière et qu'il faisait tomber les têtes d'anges en pierre disposées dans l'herbe, au mémorial. Elles sont simplement posées sur de gros galets. J'ai été obligée de ramasser les statuettes une par une, de les mettre dans le van et de les rapporter à l'atelier, mais je dois encore trouver quelqu'un pour les restaurer et les remettre en place. Tu n'as pas idée à quel point c'est lourd, une tête d'ange !

— Une tête d'ange...

C'était la voix de Michael, mais jamais Elizabeth ne l'avait entendue aussi rauque et basse. Il semblait stupéfait. Sa sœur se retourna aussitôt vers lui et battit des cils.

— Mazette ! s'exclama celle-ci en le dévisageant d'un air appréciateur, sans la moindre inhibition.

Elizabeth ferma un instant les yeux et inspira lentement.

— Vous êtes le patron d'Ellie ? reprit vivement Lucy.

En rouvrant les yeux, elle s'aperçut que Michael acquiesçait silencieusement, hypnotisé par la nouvelle venue. Derrière l'épaule de son frère, elle nota que Harry ne perdait une miette de la scène. Après avoir contemplé les trois personnages, il concentra toute son attention sur elle. Etrangement, son regard bleu paraissait grave.

— Oui, oui, en effet, finit par balbutier Michael. Et vous êtes ?...

— Lucy Flippence, la sœur d'Ellie. Je travaille au service administratif du cimetière, je me retrouve donc souvent confrontée à des têtes d'anges.

— Je vois, murmura son patron d'un ton absent, comme s'il se trouvait devant une apparition.

Lucy sauta gaiement à bas du bureau pour aller vers lui, la main tendue.

— Ravie de faire votre connaissance ! Je peux vous appeler Michael ?

— Bien sûr. Et le plaisir est réciproque. Voici mon frère, Harry, dit-il en désignant celui-ci.

A cet instant, Elizabeth pria de toute son âme pour que Lucy le trouve plus séduisant que Michael. Mais l'indifférence polie avec laquelle sa cadette bâcla son salut à Harry lui ôta tout espoir de renverser la situation.

— Salut, Harry.

— Charmé, répondit-il.

Un gouffre s'ouvrit sous ses pieds. Les jeux étaient faits. Tout était perdu. Non seulement Lucy n'avait d'yeux que pour Michael, mais, visiblement ébloui, ce dernier cédait au même sortilège.

— Je ne sais pas si vous êtes au courant, lança Lucy sans cesser de couver son boss du regard, mais c'est l'anniversaire d'Ellie, aujourd'hui. J'aimerais beaucoup célébrer l'événement en l'invitant à déjeuner dans un bon restaurant. Vous ne serez pas fâché si je vous l'enlève et que je vous la ramène un peu en retard, Michael ?

Oh ! Seigneur, ce qui allait se passer ensuite semblait inévitable... Elizabeth se mordit la lèvre pour retenir le cri de panique qui enflait en elle.

— Quelle coïncidence, il se trouve que j'allais faire la même chose, répliqua Michael, tout sourires. Je me proposais de l'emmener déjeuner au Mariners Bar.

— Wouaw ! Le Mariners Bar ? Vous êtes le plus fabuleux des patrons pour inviter Ellie dans un endroit pareil ! répliqua sa sœur, impressionnée.

— Pourquoi ne pas vous joindre à nous ? Nous fêterons plus dignement cet anniversaire.

— Je viens aussi, intervint Harry. Plus on est de fous, et cætera.

— Mais... J'ai seulement réservé pour deux, opposa faiblement Elizabeth, hélas consciente que son objection serait vite balayée par la détermination conjuguée de sa sœur et de Michael.

De toute façon, c'en était fini de son petit fantasme. Elle pouvait faire une croix dessus.

— Ce ne sera pas un problème, assura Michael en offrant son plus beau sourire à Lucy. Le maître d'hôtel sera enchanté de nous permettre de fêter dignement cet événement en si charmante compagnie.

— Je trouve aussi qu'une table de quatre sera bien plus amusante. Vous n'êtes pas de mon avis, Ellie ?

Entendre dans la bouche de Harry le surnom dont

l'affublait sa sœur depuis toujours extirpa Elizabeth de son marasme. Agacée, elle hocha la tête et se tourna vers sa sœur pour déclarer d'un ton froid :

— C'est sûr qu'avec toi, il n'y a pas de risque de voir passer un ange dans la conversation.

Sa cadette s'esclaffa.

— Eh bien, c'est entendu, alors ! Merci de l'invitation, Michael. Et je suis ravie que vous soyez également de la partie, Harry.

Elizabeth avait l'impression que le ciel lui tombait sur les épaules. Le destin s'était prononcé : elle allait avoir droit à la célébration d'anniversaire la plus pénible de son existence. Non seulement elle était condamnée à observer la fascination réciproque chez sa sœur et Michael, mais — cerise sur le gâteau — Harry ne manquerait aucune opportunité de l'exaspérer. En ce moment même, il affichait déjà une expression railleuse et réjouie, tel un démon se délectant d'assister à une séance de tortures. Le gentil petit frère qui aimait « s'amuser », selon les dires de son aîné, allait s'en donner à cœur joie.

Oui, ce déjeuner était un cadeau des enfers. Et Elizabeth n'avait aucune idée de la manière dont elle parviendrait à y survivre, hésitant entre une crise de nerfs carabinée et un plongeon dans la marina.

3

Elizabeth s'attendait à se voir attribuer la compagnie de Harry durant la promenade jusqu'au port, et elle ne fut pas déçue. Inutile de lutter pour récupérer l'attention de Michael : son choix s'était porté sur sa sœur de manière si flagrante et immédiate qu'elle devait l'accepter avec le plus de grâce possible.

Les deux tourtereaux ouvrant la marche, elle avait également droit, en guise de punition supplémentaire, à l'impossibilité de ne pas les voir. Elle en avait l'estomac retourné. La connexion entre ces deux-là ne faisait que s'intensifier. Comme à son habitude, Lucy babillait sans relâche, et Michael buvait chacune de ses paroles comme du petit-lait. De toute évidence, il était émerveillé par l'effervescence du personnage.

Elle tenta de se rassurer en se disant que cela ne durerait pas, mais ce n'était guère une consolation. Même si Lucy passerait à autre chose dans quelques jours, ou quelques semaines, le mal était fait : en une minute, elle était parvenue à obtenir de Michael Finn ce qu'elle-même avait été incapable d'accomplir en deux ans. A supposer que son patron se tourne un jour vers elle, elle ne pourrait jamais oublier une telle gifle. Leur idylle était fichue avant même d'avoir commencé...

Elle s'efforça de se changer les idées en regardant les promeneurs du port. Des couples passaient sous les arbres de la promenade, des enfants riaient dans les aires de jeux. Fort heureusement, Harry ne troublait pas son silence. Il était déjà bien assez difficile de le supporter en temps normal, et cette circonstance rendait sa présence intolérable.

Dire qu'elle avait délibérément tu à sa sœur son attirance envers Michael ! Elle avait cru que c'était la meilleure des protections. Si, au contraire, elle s'était ouverte de son fantasme à Lucy, jamais sa cadette n'aurait répondu à l'intérêt de Michael. Mais, si elle avait révélé son secret, Lucy aurait eu tôt fait de venir observer sa relation avec cet homme, et elle lui aurait dit quelque chose comme : « Laisse tomber, Ellie. Je n'ai pas l'impression qu'il s'intéresse à toi, il n'y a rien à espérer de ce côté. »

Une vérité qui lui crevait maintenant les yeux. Et qui la blessait terriblement.

Quelle idiote elle avait été d'espérer quoi que ce soit de la part de Michael ! Quelle naïve elle avait fait, en s'imaginant que son trentième anniversaire allait permettre une révolution... Son attitude puérile lui paraissait soudain d'une bêtise sans fond. Entre honte et chagrin, elle rassembla tout son courage pour chasser le sanglot qui lui bloquait la gorge.

— Ellie...

Harry avait prononcé ces deux syllabes avec délectation, d'un ton caressant.

— J'aime beaucoup ce surnom, ajouta-t-il. Cela vous va beaucoup mieux qu'Elizabeth. Il vous rend plus souple, plus douce, plus accessible.

Elle lui retourna un regard froid.

— N'en faites pas des montagnes. Cela vient juste du fait que ma sœur ne parvenait pas à prononcer mon prénom complet quand elle était bébé. Elle a simplement conservé l'habitude de m'appeler ainsi.

— Sans doute par affection aussi, plaida-t-il.

Elle décela une grande gentillesse dans le regard de Harry, et la crampe de son estomac se ranima.

— Elle n'a aucune idée du mal qu'elle est en train de vous faire, n'est-ce pas ? reprit-il doucement.

— Que voulez-vous dire ? rétorqua-t-elle, au comble du malaise et stupéfiée par la perspicacité de son interlocuteur.

— Oubliez tout cela, Ellie. Vous n'êtes pas le genre de Mickey. J'aurais pu vous le dire tout de go, mais vous auriez refusé de me croire.

L'humiliation lui enflamma les joues, et elle reporta très vite le regard sur le dos de son patron — le dos qu'il lui avait tourné pour lui préférer sa propre sœur... Comment Harry avait-il pu deviner qu'elle avait des vues sur son frère ? Une autre question, encore plus effroyable, s'insinua immédiatement dans son esprit : Michael le savait-il aussi ? Seigneur ! Elle ne le supporterait pas. Elle démissionnerait et trouverait un autre boulot.

— Ne vous inquiétez pas, poursuivit Harry, comme s'il avait lu en elle. Vous pouvez continuer à travailler pour lui, si vous le souhaitez. Mickey ne se doute de rien. Il a toujours eu l'aptitude de voir uniquement ce qu'il veut voir, en se concentrant juste sur ce qui l'occupe et en faisant fi du reste.

Ces paroles soulagèrent Elizabeth, mais il n'en demeurait pas moins embarrassant que Harry l'ait percée si facilement à jour.

— Toutefois, ajouta-t-il, vous auriez plutôt intérêt à donner votre démission. Il n'est jamais bon de garder un échec au quotidien sous les yeux. Et la bonne nouvelle, c'est que vous n'avez pas à chercher une place : vous pouvez venir travailler avec moi.

Travailler avec lui ? Plutôt mourir !

— Laissez-moi vous dire quelque chose, Harry Finn, lâcha-t-elle d'un ton grinçant. Je n'ai jamais échoué dans aucune des tâches que m'a confiées Michael, et l'idée de travailler pour vous ne présente *aucun* attrait à mes yeux.

Un pli moqueur marqua les lèvres du cadet des Finn.

— Pensez au plaisir que vous prendriez à me dire tout ce que vous avez sur le cœur dès que j'apparaîtrais devant vous, au lieu de vous bloquer comme vous le faites quand vous êtes en présence de Mickey.

— Je ne suis pas bloquée ! protesta-t-elle, agacée par son toupet.

Il soupira.

— Vous ne préférez pas l'honnêteté aux faux-semblants ? Votre fantasme de voir Mickey tomber à vos pieds ne se réalisera *jamais*. Sachez vous incliner devant l'évidence. Renoncez. Maintenant, essayez de me voir comme le meilleur remède que vous puissiez trouver contre les peines de cœur. Vous savez que c'est la vérité : vous êtes hors de vous dès que j'entre en scène.

— C'est parce que vous êtes exaspérant ! répliqua-t-elle, avec tant de passion que Michael et Lucy se retournèrent.

— Tout va bien, se hâta-t-elle de leur lancer avec un sourire forcé. Harry fait juste son numéro habituel.

— Sois gentil avec Elizabeth, Harry, lui ordonna son frère. C'est son anniversaire.

— Je suis gentil !

— Essaie de faire mieux que ça, rétorqua Michael, avant de retourner à sa conversation avec Lucy.

— Il faut recouvrer votre calme, Ellie, si vous tenez tellement à ce que personne ne s'aperçoive qu'un caillou s'est glissé dans votre chaussure.

— Le seul caillou qui me gêne en ce moment, c'est vous, lança-t-elle. Et cessez de m'appeler Ellie.

— Bien. Sa Majesté Elizabeth décide.

Préférant mettre un terme à cette stupide joute verbale, elle haussa les épaules et ne répondit pas.

— Cela ne fonctionnera pas, annonça Harry d'un ton assuré après quelques secondes de silence. Nous allons bientôt être au restaurant et, si vous faites la tête, je serai désigné comme le responsable. C'est injuste. Je n'y suis pour rien si Michael est charmé par votre sœur. La meilleure arme à votre portée, c'est de flirter avec moi. Qui sait ? Il pourrait se montrer jaloux...

Cette suggestion ramena un vague espoir dans le cœur d'Elizabeth, avant que le rire complice des deux qui marchaient devant eux ne l'atomise définitivement. Quoi qu'il en soit, Harry voyait juste : si elle ne faisait pas semblant de passer un bon moment, Lucy et Michael s'apercevraient que quelque chose n'allait pas. Il fallait qu'elle ait l'air réjoui, même s'il lui serait impossible de l'être vraiment.

Elle poussa un profond soupir et dévisagea son compagnon d'un œil inquiet.

— Vous savez que cela n'aura aucune valeur si je fais mine de flirter avec vous, n'est-ce pas ?

— Evidemment !

— Ce sera juste pour que le déjeuner reste agréable.

— Bien sûr.

— Vous êtes un don Juan, et je n'ai rien à vous dire. Pourtant, je vais suivre votre conseil et, exceptionnellement, jouer votre jeu.

— Bravo ! Et, *exceptionnellement*, je vais accepter l'étiquette de don Juan. Il est vrai que j'aime jouer, comme vous dites, et mon intuition me souffle que vous prenez vous-même beaucoup de plaisir à entrer dans certains jeux. Mais je vous assure que je n'ai rien d'un séducteur.

— Peu importe, conclut-elle en haussant les épaules.

Rien ne lui ôterait de l'idée que Harry était l'archétype du play-boy fier comme un paon de sa collection de conquêtes, mais elle n'allait pas perdre son énergie dans une nouvelle discussion avec lui.

Après avoir passé le yacht-club, ils parvinrent devant le fameux Mariners Bar adjacent au restaurant.

— Hé, Mickey ! s'écria Harry. Pendant que tu règles le problème de la table, je vais offrir des cocktails à ces dames.

— D'accord.

Michael disparut à l'intérieur, non sans se retourner à maintes reprises. Même s'il ne quittait Lucy que pour un bref instant, il le faisait à contrecœur, constata Elizabeth. Un peu à l'écart, sa sœur avait sorti son miroir de poche et vérifiait la tenue de son maquillage.

— Mon grand frère m'a l'air bien entiché, soupira Harry, avant de se tourner vers elle pour lui demander : Quel âge avez-vous aujourd'hui ?

Elle faillit répliquer vertement que ce genre de question ne se posait pas mais elle se souvint à temps qu'elle avait choisi de jouer la comédie. Et puis elle n'avait aucune raison de cacher son âge.

— Trente ans.

— Ah, le fameux cap ! Celui qui exige un vrai changement dans la vie.

Précisément, songea-t-elle, agacée. Or ce changement restait entièrement à définir et à mettre en œuvre, maintenant qu'elle avait échoué avec Michael.

— On verra si vous donnez votre accord, répliqua-t-il, énigmatique, en la sondant de ses yeux bleus.

— Vous donner mon accord à propos de quoi ? répondit Elizabeth, intriguée.

— Une chose dont j'ai discuté avec Michael ce matin. Je ramènerai le sujet à la surface en fin de repas. Ce serait une parfaite occasion de changement pour vous.

— Comment pouvez-vous savoir ce qui est parfait pour moi ? opposa-t-elle, méfiante à présent.

— Il se pourrait que j'en sois meilleur juge que vous, lui répliqua-t-il avec aplomb.

Comme elle levait les yeux au ciel, il rit encore et conclut :

— Attendez de voir.

Elle n'avait pas l'intention de renchérir sur les cachotteries de Harry. C'était exactement ce qu'il attendait, et elle ne lui donnerait pas la satisfaction de le défier. La seule chose qui comptait pour elle, en ce moment, c'était de survivre à ce déjeuner sans que ni Michael ni Lucy ne se doute de l'état de désespoir dans lequel ils l'avaient plongée.

Harry les conduisit toutes les deux vers un coin de la terrasse où quatre fauteuils étaient libres autour d'une table basse. Elizabeth s'installa face à sa sœur.

— Maintenant, proposa-t-il, les yeux brillants d'excitation, laissez-moi choisir personnellement vos cocktails. Pour vous, Ellie, ce sera une margarita.

Elle resta un instant stupéfaite. Par quel tour de passe-passe avait-il deviné qu'il s'agissait de sa boisson favorite ?

— Pourquoi ? demanda-t-elle d'un ton aussi neutre que possible.

— A cause du sel qu'on dépose sur le bord du verre de margarita. Vous savez qu'on dit des gens bons et généreux qu'ils sont « le sel de la terre ». Ces qualités, vous les possédez plus que quiconque ; et puis vous êtes également la touche de sel sans laquelle tout semble fade.

Elizabeth en resta interdite. C'était la première fois qu'elle entendait Harry Finn prononcer un compliment direct, sans plaisanter, et jamais elle n'aurait pensé qu'il puisse lui trouver la moindre qualité.

— Vous avez mis en plein dans le mille, Harry, renchérit Lucy. Ellie adore les margaritas, et elle a en effet un cœur d'or. Je ne sais pas ce que je deviendrais sans elle. Elle a toujours été mon roc, mon ancre.

— Une ancre, répéta Harry, l'air pensif. C'est ce qui manque à ma vie.

— Une ancre risquerait de vous entraîner au fond de l'eau, argua sèchement Elizabeth. Vous seriez comme un albatros enchaîné.

— Je ne suis pas contre certaines chaînes...

— Essayez les gourmettes en or ! fit-elle du tac au tac.

Il éclata de rire, sous le regard interloqué de Lucy.

— Vous vous comportez toujours ainsi, tous les deux ? demanda-t-elle.

— Les étincelles sont immanquablement au rendez-vous, affirma Harry.

Elizabeth était sur le point de préciser que ces étincelles n'embrasaient rien quand elle se rappela qu'elle était censée flirter avec le petit frère de Michael. Aussi se força-t-elle à lui couler une œillade entendue en répondant :

— Je dois reconnaître que la présence de Harry est extrêmement revigorante.

Lucy rit et applaudit des deux mains.

— Voilà qui me plaît ! s'écria-t-elle. Quel déjeuner merveilleux nous allons vivre, tous les quatre ! Dites-moi, Harry, quel cocktail allez-vous choisir pour moi ?

— Pour celle qui amène le soleil ?... Une piña colada.

Sa jeune sœur lança un sifflement admiratif.

— Bravo ! C'est mon préféré.

— A votre service, dit-il en s'inclinant théâtralement devant elles. Je vais passer la commande au bar.

Dès que Harry se fut éloigné, Lucy se pencha vers elle, les yeux pétillants de joie.

— Il représente tout ce dont tu as besoin, Ellie ! Légèreté et plaisir. Il y a si longtemps que tu portes toutes les responsabilités du monde... Il est temps que tu lâches du lest. Que tu cesses d'être une abeille ouvrière pour devenir papillon !

Défaite, Elizabeth se consola en notant qu'au moins sa sœur ne l'avait pas comparée à un ver... Elle s'exhorta à se ressaisir et se rappela qu'elle devait donner l'impression qu'il existait bien une complicité entre Harry et elle.

— Oui, c'est sûrement une bonne idée.

— Alors ne le lâche pas ! Moi, je fonce avec Michael : il est extraordinaire. Je remercie le ciel de n'avoir pas été retenue plus longtemps au cimetière ce matin : dire que j'aurais pu le manquer… Pourquoi ne m'as-tu jamais dit que ton patron était à tomber ?

— Je ne sais pas. Je crois que je l'ai toujours trouvé un peu froid, répliqua-t-elle avec prudence.

— Tu plaisantes ? Crois-moi, ce type est une vraie bombe ! Un feu ardent. Il me fait crépiter de partout.

Elizabeth haussa les épaules.

— Ce doit être une question de chimie. Moi, c'est Harry qui me fait l'effet d'un feu ardent.

Elle se rassura en se disant que ce n'était qu'un demi-mensonge. Harry Finn faisait indiscutablement monter sa température de quelques degrés chaque fois qu'elle se trouvait en sa présence, mais ce qui l'échauffait ainsi était un prodigieux agacement.

Radieuse, Lucy poussa un soupir de ravissement.

— Rends-toi compte : deux frères, deux sœurs… Est-ce que ce ne serait pas magnifique si nos deux paires finissaient ensemble ? Deux familles unies et heureuses ?

Elizabeth frémit d'effroi à cette perspective.

— Euh… tu t'emballes un peu, tu ne trouves pas ? Un jour après l'autre, et nous verrons.

— Oh ! Ellie, tu es toujours si raisonnable…

— Et c'est une qualité que j'apprécie par-dessus tout chez votre sœur, intervint Michael en s'installant sur le siège près de Lucy. Désolé, j'ai été un peu long : un coup de fil professionnel.

— Moi aussi, renchérit Lucy en souriant à son flirt. Mais j'aimerais que cela ne l'empêche pas de s'amuser un peu !

— D'où mon entrée en scène, lança Harry, tout sourires.

Il déposa des cacahuètes et des bretzels sur la table basse, avant de reprendre sa place à côté d'Elizabeth. Il s'assit tout près d'elle de manière si décontractée qu'elle en fut mal à l'aise. Inutile de pousser ce jeu stupide aussi loin ! Hélas, Harry lui décochait un clin d'œil de connivence, lui faisant bien comprendre qu'il allait profiter au maximum de leur arrangement.

— Harry, quel cocktail avez-vous choisi pour Michael ? demanda Lucy.

— Un manhattan. Mon frère est un homme de la ville, très civilisé, et il oublie jusqu'à l'existence du soleil, sauf quand il se trouve juste devant...

Lucy s'esclaffa.

— Et pour vous-même ?

— Ah, ma vie est au grand air, en plein cœur des mers. Je suis un amateur de sel marin, et je partage le goût d'Elizabeth pour les margaritas.

— En plein cœur des mers ? répéta Lucy, étonnée.

— Oui, Harry s'occupe de la branche touristique de notre entreprise, Finn's Fisheries, expliqua Michael. De mon côté, je gère tout ce qui concerne nos magasins en franchise.

— Ah, fit Lucy en hochant la tête.

Elizabeth comprit que sa sœur prenait conscience que les deux frères étaient très différents l'un de l'autre. Elle en eut un pincement au cœur. Seigneur... Pourquoi celle-ci était-elle attirée par Michael et non par Harry ? C'était inouï. Lucy et le roi du « grand air » avaient tout pour s'entendre ! Frivoles, espiègles, cigales dans l'âme : ils étaient faits du même bois. Le destin lui jouait décidément un sale tour en provoquant une attraction irrésistible contraire à toute logique. Elle avait tout en commun avec Michael ! Tant d'injustice était révoltant.

Elle s'abîmait dans cette vaine réflexion quand le serveur vint leur apporter leurs boissons. Harry lui tendit alors son verre, leva le sien et trinqua :

— Joyeux anniversaire, Elizabeth !

Sa voix était si chaleureuse, son regard si intense, qu'elle en fut sincèrement touchée.

— Merci, Harry, dit-elle en souriant, pendant que Michael et Lucy levaient également leurs verres.

En dégustant la première gorgée de son cocktail —délicieux —, elle ne put s'empêcher de songer de nouveau aux cruelles ironies de la vie. Il n'existait donc pas de récompense pour ceux qui tâchaient de se montrer *raisonnables* ? Elle aurait mieux fait de ne jamais croire au vieux proverbe : « Tout vient à point à qui sait attendre. » Et, maintenant que, de l'avis général, elle était devenue papillon, qu'allait-elle faire ? Peut-être fallait-il voleter au hasard durant un moment, sans autre objectif que celui de passer de bons moments. Oui, il serait sans doute judicieux de prendre des vacances, de laisser Michael et Lucy derrière elle, pour noyer sa déception dans des loisirs futiles.

Le barman était indéniablement un expert en margarita. Fermant les yeux, elle en but encore une longue gorgée. Deux ou trois autres l'aideraient peut-être à être moins *raisonnable*, et à vivre ce déjeuner avec bien plus de distance. A faire le papillon, à s'envoler...

4

Mal à l'aise, Elizabeth fixait le menu du déjeuner. Tous ces plats semblaient succulents, et elle devait choisir quelque chose. Les deux margaritas avalées à la suite lui faisaient légèrement tourner la tête. Son premier mouvement avait été stupide : l'alcool ne l'aiderait pas, et elle décida sur-le-champ de ne plus boire du repas.

— Je parie que je sais ce que tu vas commander, Ellie ! s'écria Lucy d'un ton espiègle.

— Ah ? Quoi ? demanda-t-elle, trop heureuse d'accueillir n'importe quelle suggestion.

— Le chili de crabe !

Oh non, pas un chili aujourd'hui. Son estomac ne le supporterait pas.

— C'est curieux, je ne le vois pas au menu, dit Michael en retournant un regard étonné à Lucy.

— Oh ! je n'ai pas vérifié. Je pensais qu'ils en faisaient, c'est un classique.

Jamais elle n'admettrait que sa dyslexie lui causait un handicap dans la lecture, songea Elizabeth, avec un pincement au cœur. Sa sœur vivait cette faiblesse comme le pire des tourments, comme sa honte inavouable.

— Et vous, Michael, s'empressa d'ajouter sa cadette, qu'avez-vous choisi ?

La tactique était éprouvée : Lucy commanderait la même

chose. Elle était passée maître dans l'art de dissimuler ses difficultés, et personne n'y voyait jamais que du feu.

— Que diriez-vous de partager un plateau de fruits de mer avec moi, Elizabeth ? proposa Harry en se tournant vers elle. Vous aurez du crabe, et nous saurons nous répartir le reste à votre convenance.

— Attention, prévint Michael, Harry se réservera la part du lion.

Eh bien, c'était exactement ce qu'il lui fallait !

— Je promets de vous laisser goûter de tout, répliqua Harry en riant.

— Marché conclu, affirma-t-elle, reconnaissante à son voisin de table de lui sauver la mise.

— Scellé d'un baiser, alors, rétorqua-t-il, le regard incandescent, avant de se pencher sur sa joue pour l'embrasser furtivement.

Un courant d'électricité lui parcourut la peau. Ses joues s'enflammèrent.

— Vous devriez garder votre bouche pour manger, Harry, argua-t-elle d'un ton sec.

— Voyons, Elizabeth, je ne vis que dans l'attente du jour où je pourrai vous déguster !

— Vous voulez parler du Jour dernier ? L'Apocalypse ?

— Exactement : quand les portes du paradis s'ouvriront à moi, déclara-t-il.

Comme Lucy éclatait de rire, Elizabeth ravala sa réplique concernant les tourments de l'enfer et s'efforça de prendre un ton taquin pour lancer à Harry :

— Vous êtes incorrigible.

Durant le reste du repas, elle se maintint péniblement sur cette ligne : elle fit mine d'apprécier sa compagnie, ses œillades trop lourdes et son attention accaparante. Cet effort lui permit de se distraire un peu du spectacle qu'offraient Michael et Lucy, si absorbés par leur contemplation mutuelle que, sans Harry, elle en aurait perdu tout contrôle.

Qu'il était étrange de se sentir redevable de quoi que ce soit à ce personnage... Pourtant, de fait, elle lui devait une fière chandelle.

Le serveur vint débarrasser la table et leur proposer la carte des desserts. Elizabeth arrêta son choix sur un sorbet. Harry attendit que le serveur se soit éloigné pour se pencher sur la table, l'air grave, et souffler à son frère :

— Mickey, j'ai trouvé la solution au problème de gestion de l'île Finn !

— Il faut que tu te débarrasses de ce type au plus vite, rétorqua Michael. Dès que tu lui auras révélé que tu sais ce qu'il a fait, tu ne pourras plus le garder à ton service. Les risques seraient...

— Je sais, je sais. Mais il vaudrait mieux tout lui dire quand j'aurai son remplaçant sous la main. A ce moment-là, je lui balancerai tout, il n'y aura pas de discussion, et l'affaire sera réglée.

— Tu as raison, mais je ne vois pas comment tu peux trouver un remplaçant en urgence. Or il faut qu'il parte rapidement et...

— Elizabeth, coupa Harry. C'est la personne idéale pour prendre en charge le management du complexe. Non seulement elle est méticuleuse et efficace, mais elle est de toute confiance. D'ailleurs, elle a relevé tous les défis que tu lui as lancés, non ?

Alors que le visage de son patron exprimait une soudaine confusion, Elizabeth comprit que c'était cela, le sujet que Harry tenait tant à aborder en fin de déjeuner — celui qui était censé lui offrir une parfaite opportunité de changement. Sauf que ce projet n'avait rien de *parfait* ! Travailler pour Harry Finn la rendrait folle !

— Elizabeth est *mon* assistante personnelle, objecta Michael.

— En ce moment, j'ai plus besoin d'elle que toi, assura

son frère. Laisse-moi te l'emprunter pour un mois. Cela me donnera le temps de trouver des candidats et de les recevoir.

— Un mois…

Michael fronça les sourcils, visiblement peu séduit par cette perspective. En y réfléchissant, Elizabeth se disait que ce n'était peut-être pas une si mauvaise idée. Un mois loin du bureau, sur une île, cela lui permettrait de ne pas vivre la relation de sa sœur et de son patron depuis le premier rang.

— D'un autre côté, reprit Harry, il n'est pas impossible qu'Elizabeth se prenne au jeu et ait envie de rester au-delà de quatre semaines…

A ces mots, un frisson la parcourut. Oh non, pas question !

— Tu ne vas pas me voler mon assistante ! s'exclama Michael.

— C'est à elle de choisir, répliqua Harry.

Il se tourna vers elle et lui offrit un sourire lumineux.

— Qu'en dites-vous, Elizabeth ? Etes-vous d'accord pour m'aider pendant un mois ? Rester sur l'île Finn et remettre le complexe hôtelier sur de bons rails ? Mon futur ex-directeur a trafiqué les livres de comptes pour se remplir personnellement les poches. Vous devrez notamment prendre en charge un inventaire complet et un changement de fournisseurs, afin d'éliminer ceux qui étaient de mèche avec lui. Ce sera un challenge nouveau pour vous, d'autant plus que…

— Hé, hé, une seconde ! coupa Michael. C'est à moi de demander à Elizabeth si elle souhaite assumer cette mission, et non à toi.

— Très bien. Demande-le-lui.

Lancer un « oui » définitif et enthousiaste la démangeait. Cette proposition était l'échappatoire rêvée pour fuir Michael et Lucy : pas d'explication à fournir, tout un mois pour reprendre ses forces, un travail de direction passionnant impliquant de belles responsabilités…

Finalement, Harry avait vu juste : dans la situation où elle se trouvait, il s'agissait d'une offre en or. La présence pénible de ce curieux personnage en était soudain réduite à un inconvénient mineur.

Poussant un soupir contrarié, Michael releva les yeux vers elle.

— Il est exact que vous nous rendriez un fier service en acceptant. J'ai une confiance entière en vos capacités managériales et je connais votre intégrité. L'idée de vous perdre pour un mois ne me plaît pas du tout, mais...

«... mais vous venez de me perdre définitivement », compléta-t-elle *in petto*.

— ... mais je suppose que l'un de nos employés de bureau pourra assurer l'intérim.

— Andrew, proposa-t-elle sans hésiter. Andrew Cook.

— Il n'a pas le sens de l'initiative, objecta Michael d'un ton bougon.

— On peut compter sur lui pour accomplir n'importe quel travail, opposa-t-elle.

— Dois-je comprendre que vous acceptez de venir travailler avec moi, Elizabeth ? s'enquit Harry, un sourire plein d'espoir aux lèvres.

Elle le regarda droit dans les yeux.

— Je suis d'accord pour relever un défi professionnel et régler les problèmes de management. Mais ce sera tout, ajouta-t-elle, appuyant sur ces derniers mots afin qu'il se le tienne pour dit.

— Formidable ! s'exclama-t-il, sans dissimuler sa joie.

— Eh bien, l'affaire est entendue, dit Michael, résigné.

— Tout un mois... Comme tu vas me manquer, Ellie, soupira Lucy.

— Le temps passera vite, tu verras, répondit-elle.

Surtout entre les bras de Michael...

Comme le serveur distribuait leurs desserts, Harry reprit :

— Nous devrions mettre en place cet intérim le plus vite possible.

— Tout à fait d'accord, fit son frère.

— Aujourd'hui, suggéra Harry en jetant un coup d'œil à sa montre. Il est seulement 15 heures. Nous pourrions être de retour sur l'île à 16 h 30. Le gredin serait renvoyé par hélicoptère dès 18 heures. Il suffit de terminer nos desserts et de monter sur le bateau...

— Harry ! C'est l'anniversaire d'Elizabeth, rappela Michael. Elle a peut-être prévu autre chose, aujourd'hui.

— Non, je peux partir maintenant, répliqua-t-elle, trop heureuse de saisir cette chance de fuir dès que possible.

— Mais... Et tes vêtements, tes affaires de toilette ? intervint Lucy. Tu pars pour un mois, quand même, Ellie !

— Puisque vous habitez ensemble, vous pourrez vous occuper de faire sa valise, lança Harry avec détermination. Mickey vous reconduira chez vous et il vous attendra pendant que vous préparerez les affaires de votre sœur. Tout sera acheminé sur l'île au plus vite.

— Oui, je peux faire cela, renchérit Michael, visiblement enchanté à l'idée de reconduire Lucy.

Elizabeth sentit le sorbet glisser plus difficilement le long de sa gorge et se félicita de partir immédiatement.

Dès qu'elle eut terminé son dessert, Harry se tourna vers elle.

— Prête ?

— Prête, affirma-t-elle en se levant, ravie d'écourter également les adieux.

Sa sœur vint la prendre dans ses bras et murmura tendrement :

— Prends du bon temps avec Harry.

— Promis, prétendit-elle.

Puis Michael s'approcha et déposa une bise sur sa joue en grommelant :

— Vous allez me manquer.

« Ce n'est pas réciproque », se dit-elle en se forçant à sourire.

— Merci pour ce déjeuner d'anniversaire, Michael, répondit-elle cependant.

— Tout le plaisir était pour moi, souffla-t-il en jetant un coup d'œil en coin à Lucy.

— C'est parti, lança Harry en lui attrapant le bras d'un geste autoritaire.

Son nouvel employeur entraîna Elizabeth sur le port où étaient amarrés des yachts de milliardaires. Des embarcations luxueuses, dont les pontons impeccables brillaient sous le soleil.

— Lequel est votre bateau ?

— Le tout dernier : pas de manœuvre ni de temps perdu au départ, nous pourrons filer comme le vent.

— Parfait !

Il s'arrêta et lui décocha un regard intrigué.

— Je dois dire que j'admire votre promptitude à vous décider. C'est rare et remarquable de...

— Réservez vos boniments à une autre, coupa-t-elle. J'ai joué votre jeu des roucoulades factices devant Michael et Lucy parce que cela m'arrangeait, et j'ai accepté votre proposition parce que cela m'arrange aussi. Il y a du travail à abattre et vous pouvez compter sur moi pour qu'il soit accompli. En ce qui me concerne, cela s'arrête là, et je ne pars pas dans l'intention de passer de « bons moments » avec vous.

Il la considéra avec un calme olympien et hocha la tête.

— Non, peut-être pas maintenant, en effet. Avec votre rêve qui vient de se faire fracasser de manière si violente, je pense même que vous serez la reine des grincheuses dans les jours qui viennent. Mais l'île Finn est un lieu magnifique et j'ose espérer que sa magie saura opérer sur vos humeurs.

La *reine des grincheuses*... L'image n'était vraiment pas flatteuse, mais Elizabeth se rendit compte, en sondant le bleu des yeux de son interlocuteur, qu'elle faisait peser sur lui le contrecoup de son humiliation et de son amertume. Peut-être parce que Harry en avait été le témoin ; toutefois, si elle voulait se montrer honnête, cet homme était avant tout son sauveur, aujourd'hui.

— Je suis désolée, reprit-elle. Je ne vous ai même pas remercié.

— C'est inutile, dit-il en lui souriant.

Sa voix était douce, profonde, et elle en fut touchée.

— Si, insista-t-elle. Vous avez été très efficace pour dissimuler mes... mes difficultés devant la tournure des événements. Chaque fois que j'allais dans le mur, vous êtes venu à ma rescousse, et j'en éprouve beaucoup de gratitude.

— Vous allez vous en sortir. Considérez que demain sera le premier jour d'une nouvelle vie, celle d'un papillon qui a brisé son cocon et vole vers des cieux radieux. Maintenant, suivez-moi. Le voyage commence tout de suite.

Il l'aida à embarquer sur un imposant yacht, dont les moteurs puissants ne manqueraient pas de la rendre malade.

— Vous êtes sujette au mal de mer ? demanda Harry comme s'il avait lu dans ses pensées. Il y a des cachets dans l'armoire à pharmacie, en cabine.

— Non, ça ira.

— J'ai besoin que vous soyez en pleine forme à notre arrivée, insista-t-il.

— Qu'est-ce que vous appelez « en pleine forme » ?

Tout en enroulant les cordages de la passerelle d'un geste expert, il expliqua :

— La manière dont vous vous comportez toujours : pleinement responsable, apte à affronter toutes les tâches et n'importe quel imprévu, avec l'assurance hautaine qui vous caractérise.

— Hautaine ? répéta-t-elle, horrifiée.

— Vous ne manquez pas de brio dans cette attitude. J'ai l'honneur de le constater à chacune de mes visites.

Seulement parce qu'il jouait sans aucune subtilité son rôle de Harry : c'était sa tactique de défense face à lui. Mais cette remarque l'avait déstabilisée. Peut-être devrait-elle réviser son comportement...

— Je voudrais que vous lanciez une bonne rafale de cette arme secrète à notre cible, quand nous irons ensemble le mettre au pied du mur. Glacez-le sans vergogne.

— Entendu.

— Pendant que je mets les moteurs en marche, voulez-vous descendre nous préparer un bon café ? Vous trouverez tout ce qu'il faut dans la cuisine.

— Volontiers. Mais, rassurez-vous, je n'en ai pas besoin. J'ai l'esprit clair.

— Pas moi. Un café noir me fera le plus grand bien. Rejoignez-moi sur le pont quand vous en aurez fini.

Elle sourit et s'exécuta, descendant vers les luxueuses cabines. Harry ne lui donnait cependant pas du tout l'impression de manquer d'énergie. La manière dont il avait conclu ce marché avec Michael était exemplaire, en termes de rapidité et d'efficacité. Il semblait avoir l'habitude d'obtenir ce qu'il voulait, et elle se promit de ne pas l'oublier. Le play-boy savait se révéler surprenant, et elle se tiendrait sur ses gardes pour ne pas devenir la prochaine victime de ses talents de négociateur.

L'un des deux frères Finn venait de la toucher au cœur et de la priver provisoirement de ses forces : elle ne laisserait pas à l'autre une seule chance de l'imiter. Il s'agissait d'un contrat d'un mois ; ensuite, elle dirait adieu à Michael comme à Harry. Dès qu'elle aurait terminé cette mission — et dès qu'elle aurait pansé ses blessures grâce à cette excursion sur une île paradisiaque —, elle s'envolerait vers d'autres cieux.

Elle venait d'avoir trente ans et avait besoin de trouver l'homme avec lequel elle bâtirait le reste de son existence.

5

Le sentiment de victoire qui grisait Harry lui brouillait vaguement l'esprit. Qui aurait pensé que cette journée apparemment ordinaire prendrait un tour aussi surprenant ? Il se trouvait en haute mer, l'étrave de son yacht fendant les vagues, ayant résolu son problème de management, avec la délicieuse Elizabeth auprès de lui pour tout un mois.

Le mur qu'elle avait édifié entre eux restait en place, mais bientôt sa stupide obsession au sujet de Michael allait s'évaporer. La merveilleuse Lucy s'était chargée de cette besogne, capant le regard de son frère de manière à ôter tout espoir à Elizabeth. De surcroît, cela tombait au moment idéal ! Il lui serait facile de profiter de la désillusion de la jeune femme.

Dans ce genre de situation, la fierté blessée accomplissait souvent des merveilles au profit du prédateur. Il avait su jouer sur ce mécanisme et se félicitait du résultat. De toute façon, même si elle s'en défendait, Elizabeth Flippence avait toujours manifesté des réactions physiques éloquentes en sa présence. Elle pourrait continuer à le nier tant qu'elle le voudrait, mais c'était la vérité : il existait entre elle et lui une alchimie bien particulière, et fort prometteuse.

Ellie...

Il y avait longtemps qu'il fantasmait sur son long cou de gazelle, imaginant les traînées de baisers brûlants qu'il pourrait y déposer. Auparavant, elle devrait se débarrasser de son côté collet monté, raide comme la justice, trop sérieuse et cachée dans ses dossiers.

Le matin même, il avait eu le plus grand mal à résister au désir de prendre dans ses mains les deux globes parfaits de sa somptueuse poitrine, dont les contours se révélaient enfin à son regard sous cette blouse de soie qui lui allait à ravir. Il avait eu l'envie folle de savourer leur rondeur, de les taquiner du bout de la langue. Le bon moment ne tarderait pas à arriver. Alors, il parviendrait à lui faire oublier définitivement Mickey...

Mais pour l'heure le travail demeurait prioritaire. Il fallait qu'il apaise ses sens enflammés, et qu'il sache attendre que la jeune femme soit prête au lieu d'agir de manière inconsidérée.

Elizabeth se dit qu'elle avait bien fait d'enfiler des sandales plates avec son ensemble, au lieu d'opter pour des escarpins haut perchés. Elle admira encore la mer à travers le hublot, avant de prendre le plateau chargé des deux mugs de café. Sa jupe lui semblait un peu étroite pour se mouvoir sur le bateau, mais elle devrait bien attendre que ses affaires arrivent sur l'île pour se changer.

Une pensée désagréable lui vint en se représentant Lucy et Michael seuls dans l'appartement. Chassant cette image, elle se concentra sur l'île Finn. Un complexe hôtelier luxueux, des plages privées et une mer transparente pour des vacanciers triés sur le volet. Elle n'avait jamais eu l'occasion de s'y rendre en compagnie de Michael, mais les vidéos publicitaires qu'elle avait consultées au bureau de Cairns décrivaient à merveille les vacances exceptionnelles promises par cette île de rêve.

Il s'y trouvait seulement vingt villas de luxe, un court de tennis, un gymnase et un centre de soins offrant tous les massages possibles. Dans le centre administratif se situaient les boutiques, ainsi que le restaurant et le bar donnant sur la plage principale. Un chemin privé menait à de luxuriants jardins tropicaux, une piscine et un spa. Hors ces aménagements, presque toute l'île était restée sauvage, dans son environnement de forêt pluviale : la colline centrale possédait de superbes chutes d'eau et quelques criques, tandis que des sentiers forestiers permettaient de visiter toutes ces splendeurs.

Les vacanciers se voyaient proposer de visiter la Grande Barrière de corail sur de petits bateaux depuis lesquels ils pouvaient plonger, d'observer les fonds marins à bord de yachts équipés pour la pêche, de passer d'une plage à l'autre grâce à de puissants hors-bords. L'île Finn offrait donc la plus belle des escapades... à ceux qui en avaient les moyens financiers !

Une telle clientèle exigeait le meilleur dans tous les domaines. Elizabeth espérait compter sur l'excellente réputation du lieu pour honorer sa mission et assainir la gestion du lieu. Mais elle était consciente d'avoir beaucoup à apprendre sur le fonctionnement du complexe : elle ignorait tout du personnel, de sa manière de travailler, de la façon dont elle devait se comporter avec les clients — et tant d'autres aspects du travail du directeur général.

Ravie d'avoir réussi à porter le plateau à destination sans accident, elle tendit son café à Harry et s'installa sur le siège près de lui, déterminée à effacer son image de « reine des grincheuses ».

— Voilà, chantonna-t-elle.

— Merci, dit-il en souriant. Bien tassé, comme je l'aime. Nous avançons bien, nous serons arrivés dans une grosse demi-heure.

— C'est rapide. Dites-moi, je vois à peu près comment se présente le complexe, mais je ne sais rien de votre personnel, ni du fonctionnement général.

— Vous apprendrez vite, répondit-il d'un ton rassurant. Pour résumer, vous serez à la tête de trois responsables de secteur. Sarah Pickard est la gouvernante, elle dirige l'équipe de nettoyage. Son mari, Jack, est l'agent chef : il supervise l'équipe d'entretien et de maintenance. Enfin, il y a notre cuisinier, un chef formidable, Daniel Marven. Il est le seul maître en cuisine et dirige le restaurant. Il s'occupe également du bar, et c'est lui qui vous fournira les commandes à passer.

Sa mâchoire se crispa légèrement quand il ajouta :

— Le type que vous allez remplacer gonflait les commandes et revendait le surplus pour son bénéfice, sans parler des deux ou trois autres escroqueries qu'il a montées durant son séjour.

— Comment s'appelle-t-il ?

— Sean Cassidy. Mais vous n'aurez pas à vous rappeler son nom : il sera parti une heure après notre arrivée. Je vais faire venir un hélicoptère pour le prendre.

— Allez-vous le poursuivre en justice ?

Il secoua négativement la tête.

— Non, ce serait une mauvaise publicité pour l'île. Et puis ce sont des malversations mineures.

— Je vois, dit-elle. Comment avez-vous découvert ce qu'il trafiquait ?

— Notre sommelier, à Cairns, m'a alerté sur des commandes de vins et de spiritueux anormalement importantes. J'ai profité d'une absence de Sean pour consulter les livres de comptes, et bingo, tout est devenu clair. Mickey et moi avons décidé de renvoyer Cassidy au plus tôt.

— Je comprends votre besoin d'une transition rapide et souple, soupira Elizabeth, mais je ne pourrai pas être opérationnelle sur-le-champ. J'aurai besoin d'aide.

— Ne vous inquiétez pas. Je vous servirai de guide les premiers jours, jusqu'à ce que vous vous sentiez à l'aise.

Hum... Elle n'était pas certaine d'apprécier l'idée d'avoir Harry Finn près d'elle en permanence.

— Je suis sûre d'arriver très rapidement à me débrouiller toute seule, assura-t-elle d'un ton résolu.

Son compagnon éclata de rire.

— Je n'en doute pas ! Plus tôt vous serez débarrassée, et mieux cela vaudra, n'est-ce pas ?

Seigneur, les talents divinatoires de cet homme étaient horripilants ! Il possédait l'étrange faculté de lire en elle à livre ouvert.

— Pas du tout, protesta-t-elle, mais vous aurez vous-même votre travail à mener.

— C'est exact. Je n'en suis pas moins conscient de vous placer à un poste entièrement nouveau pour vous, et je prendrai le temps qu'il faudra pour m'assurer que vous pilotiez parfaitement la machine.

Devant cette perspective pénible, Elizabeth préféra changer de sujet.

— Vous avez votre propre résidence, sur l'île Finn ?

Elle espérait que, cette fois-ci, il ne devinerait pas combien elle redoutait de devoir habiter trop près de lui.

— Non. Je suis heureux de m'endormir chaque nuit sur ce yacht. Sarah et Jack Pickard disposent de leur propre villa, car, avec le directeur, ils sont les seuls membres du personnel à vivre à plein temps sur l'île. Les autres employés travaillent en rotation et sont logés dans un hôtel plus classique de l'île principale de l'archipel.

— C'est là que je vais séjourner aussi ?

— Non, vous disposerez d'un appartement privé dans le centre administratif de l'île Finn. Ne vous inquiétez pas pour vos effets personnels : ils arriveront par bateau demain et, en attendant, Sarah vous donnera un uniforme de travail et tout ce dont vous aurez besoin.

— Ah ? Il y a un uniforme ? s'étonna-t-elle.

— Bien sûr. Celui-ci, dit-il en désignant son T-shirt, marqué d'une broderie *Finn Island* au-dessus de l'emblème du poisson.

Elizabeth rougit, embarrassée. Elle n'avait même pas

remarqué cette petite broderie, tant elle était accaparée par la manière dont le coton mettait en valeur la musculature de Harry.

— Oui, bien sûr. Vous le portez parce que vous arriviez de l'île, ce matin...

Elle s'était montrée injuste avec lui : elle n'aurait pas dû mal le juger sous prétexte qu'il venait en ville dans ce qui était pour lui une tenue de travail.

— Cela permet à nos clients de nous repérer plus facilement. Pour le bas, vous ferez comme vous voudrez. Nous disposons d'un assortiment de shorts et de bermudas, mais vous pouvez opter pour le Bikini. A ce propos, si vous avez besoin de lingerie en attendant votre valise, Sarah vous conduira à la boutique pour choisir. Il n'y aura pas de problème pour un sèche-cheveux, du dentifrice et une brosse à dents, mais je ne suis pas sûr que nous ayons beaucoup de maquillage...

— Je me débrouillerai, lui assura-t-elle, gênée par cette conversation.

— Tout va bien, alors ?

— Oui.

« Sauf que vous faites partie de la proposition », fut-elle tentée de préciser, en se rappelant que cet homme ne la lâcherait plus au cours des heures — et peut-être même des jours — à venir.

Un homme qui n'en finissait pas de la surprendre, ce qui ne l'en agaçait que davantage !

Dès qu'ils parvinrent au centre administratif, dans le but de mettre Sean Cassidy face à ses fautes, Elizabeth vit encore voler en éclats quelques-uns de ses préjugés sur Harry Finn. Le play-boy amateur de plaisir et de farniente se métamorphosa sous ses yeux en un formidable patron pleinement en charge de ses responsabilités.

Il pénétra d'un pas assuré dans le bureau de son directeur

général. Restant sagement derrière lui, elle vit se lever de son siège un homme grand et mince ; il sourit pour les accueillir, mais sa tension était perceptible.

— Vous êtes viré, Sean, déclara Harry avec autorité avant même que l'homme n'ait pu articuler un son. Quittez ce bureau, ne touchez à rien et allez ramasser vos affaires. Un hélicoptère passera vous prendre pour vous déposer sur l'île principale. N'oubliez rien, car vous ne serez pas autorisé à revenir ici.

Une expression de choc et de colère se peignit sur le visage de l'homme.

— Mais pourquoi une...

— Vous savez très bien pourquoi, coupa Harry. J'ai toutes les preuves de vos petites activités occultes. Je n'alerte pas la police à condition que vous partiez immédiatement. Et je vous recommande de jouer profil bas, Sean. Si vous vous permettez de médire au sujet de la famille Finn, je devrai prendre des mesures qui ne vous plairont pas. C'est bien clair pour vous ?

La menace fit son petit effet et Cassidy ne broncha plus.

— Bien. Alors, allons-y, conclut Harry. Je vous accompagne pour vérifier que vous n'emportez que ce qui vous appartient.

Quand Harry se retourna vers elle, Elizabeth put constater que plus rien, dans son regard passé au bleu glacier, n'exprimait la nonchalance ou la détente.

— Prenez le bureau, Elizabeth, ordonna-t-il. Vous êtes désormais officiellement en charge de la direction générale.

Sa gorge était si sèche qu'elle se contenta d'acquiescer d'un hochement de tête. L'air était chargé d'électricité — une électricité venue de l'extraordinaire énergie virile de Harry. Au cours de ses deux années au service de Michael, jamais elle n'avait vu celui-ci exprimer une telle autorité, alors qu'elle le prenait pour le plus affirmé des deux frères.

Ce fut seulement lorsque les deux hommes furent sortis

et qu'elle se retrouva seule que sa tension retomba. Elle s'efforça alors de se concentrer sur le travail.

Le bureau était somptueux. Tous les fauteuils étaient en cuir, les murs lambrissés de bois exotique, et les généreuses dimensions de la pièce permettaient de s'y sentir comme chez soi.

Après avoir examiné avec satisfaction la grande table et le matériel informatique mis à sa disposition, elle jeta un coup d'œil dans les placards à fournitures, où rien ne manquait, avant de passer au coin salon. Des brochures de présentation de l'île Finn étaient disposées sur une table basse, à côté d'une série de photographies de personnalités y ayant séjourné.

Elle observa d'un œil plus inquiet le téléphone raccordé à un système de communication interne, visiblement très sophistiqué, mais quelques manipulations d'essai lui permirent de comprendre comment établir la liaison avec le restaurant, le bar, les villas et les quartiers généraux des employés.

Au-dessus de la table de travail se trouvait un immense planning spécifiant les dates d'arrivée et de départ des clients. Elle constata que la plupart d'entre eux planifiaient un séjour d'une semaine, et que les réservations de moins de cinq nuits étaient rares. Pas de week-ends, donc pas de précipitation... Il était clair qu'il faudrait personnaliser l'accueil, mémoriser le nom de chaque personne et prévoir un accueil soigné : elle aurait affaire à des hôtes habitués à une courtoisie parfaite, venus ici pour profiter du meilleur.

Elle était en train de rattacher chaque nom à la villa concernée quand elle entendit distinctement le bruit des pales d'un hélicoptère survolant l'île.

Sa porte s'ouvrit soudain.

— Tenez la baraque, Elizabeth ! lança Harry. Je reviens dans vingt minutes.

Il disparut aussitôt. Par la baie vitrée, elle le vit escorter

Sean Cassidy, qui portait ses bagages, vers l'hélisurface. A l'évidence, les deux hommes n'échangeaient plus un mot.

A sa grande surprise, elle s'aperçut que son cœur s'était mis à battre frénétiquement. Elle se rappela les paroles de Michael : ce matin, il avait dit que son frère avait « l'esprit affûté d'un félin » et « une poigne exemplaire » en affaires. Impossible de douter plus longtemps de la justesse de cette description. A maintes reprises désormais, elle avait eu la preuve que Harry décryptait chaque nuance de sa psychologie en un temps record ; et, côté professionnel, il était visiblement le maître incontestable de la situation.

L'étrange émotion qu'elle ressentait en sa présence n'en devenait que plus dangereuse. Michael lui-même l'avait confirmé : Harry était un homme à femmes, un coureur patenté, un séducteur professionnel. Elle devait s'avouer qu'il ne lui était pas indifférent — ce qui n'allait pas sans l'inquiéter. Son intelligence, sa force, sa repartie et son charme ravageur lui faisaient de l'effet. Pourtant, elle cherchait un homme pour fonder un foyer. Quelqu'un sur qui elle pourrait compter, contrairement à sa pauvre mère, condamnée à mourir assistée seulement de ses deux filles, sans le soutien d'un mari...

Oui, il fallait qu'elle trouve celui qui serait là pour elle comme elle serait là pour lui. Un homme *fiable*. Un homme prêt à *s'engager*.

Par conséquent, plus que jamais, elle devait respecter une importante distance de sécurité avec son nouveau patron.

6

A son retour au bureau, Harry était accompagné d'une femme d'âge moyen, dont il semblait proche à en juger par sa manière de lui passer le bras sur les épaules.

Ils se souriaient l'un l'autre quand ils entrèrent dans la pièce. La dame avait des cheveux courts et bouclés, sillonnés çà et là de mèches grises. Son visage séduisant semblait toujours sourire et ses yeux noisette pétillaient de la même joie de vivre. Sa solide constitution la rendait apparemment capable de mener à bien n'importe quelle tâche, et une énergie positive émanait d'elle.

Harry se chargea des présentations.

— Sarah Pickard, Elizabeth Flippence.

— Ravie de vous accueillir sur l'île Finn ! lança gaiement la gouvernante.

— Merci, répondit Elizabeth en souriant. Je vais devoir apprendre vite, et votre aide et vos conseils me seront précieux.

— Soyez tranquille, dit Sarah en s'esclaffant. Nous ne sommes jamais loin les uns des autres. Et, surtout, Harry m'a appris que vous étiez l'assistante personnelle de Mickey : je suis certaine que vous trouverez vos marques sans difficulté !

Mickey ? L'usage de ce surnom familier la désarçonna, mais elle tâcha de ne pas trahir son trouble.

— Sarah va vous montrer votre appartement, reprit

Harry. Voyez avec elle ce dont vous avez besoin. Pendant ce temps, je resterai ici.

— D'accord, merci beaucoup.

L'appartement en question était simple : un deux-pièces d'une propreté étincelante, adorablement décoré de meubles en rotin dont les coussins multicolores rappelaient le contexte tropical. Les sols étaient carrelés, ce qui donnait une agréable sensation de fraîcheur aux lieux alors que la climatisation était éteinte. La kitchenette était seulement équipée d'une bouilloire, d'un grille-pain et d'un four à micro-ondes.

— C'est le restaurant qui vous montera vos repas, expliqua Sarah. Vous n'aurez qu'à cocher les cases correspondantes à vos envies sur les menus laissés à votre porte. Dans l'appartement, vous avez du thé, du café, du sucre, une coupe de fruits. Le lait et les boissons fraîches se trouvent dans le minibar.

Elizabeth hocha la tête, enchantée : des repas de gourmet servis à domicile ; ni courses, ni cuisine, ni vaisselle... C'était exactement ce dont elle avait besoin !

— Les draps et les serviettes sont changés chaque semaine, reprit Sarah. Je vous ferai porter un sèche-cheveux, et tout ce qu'il faut côté articles de toilette. Harry m'a dit qu'il vous avait arrachée à Mickey et que vous n'avez pas eu le temps de prendre vos bagages.

Cette fois, Elizabeth se décida à poser la question.

— Excusez-moi, mais... Je l'ai toujours appelé *Michael*. Et, à ma connaissance, seul Harry l'appelle Mickey. Cela m'intrigue.

Sarah se mit à rire.

— Vous savez, je connais ces deux-là depuis leur adolescence. Jack et moi étions au service de leurs parents, à l'époque. Je crois que je suis un peu comme une seconde mère pour eux, d'autant que je n'ai jamais eu d'enfants. Ce sont de bons garçons. Vous ne pouviez pas mieux tomber, Elizabeth, tant sur le plan professionnel que sur le plan humain.

Impressionnée par la chaleur dans la voix de Sarah, elle eut envie d'en savoir davantage.

— Ils sont très différents, lança-t-elle, en espérant que sa compagne rebondirait sur ce commentaire.

— Oui. Mickey tient de son père : c'est un entrepreneur dans l'âme. Harry a sans doute davantage hérité de la nature de sa mère. C'était une femme d'un tempérament solaire, qui dégageait une joie de vivre très communicative. Ça a été un cauchemar quand...

Elle poussa un profond soupir avant de poursuivre :

— En tout cas, les garçons sont un hommage vivant à leurs parents. En les perdant si brutalement tous les deux, ils auraient pu glisser sur une mauvaise pente et dépenser tout leur argent ; au contraire, ils ont repris l'affaire familiale pour la faire fructifier. Et ils ont généreusement veillé sur tous les employés, comme si nous étions les plus fragiles après la disparition de leurs parents. Jack et moi les premiers, d'ailleurs.

Elle leva les yeux au ciel en souriant.

— Mais je parle, je parle... Alors que vous connaissez très bien Mickey. Harry m'a dit que vous avez été employée deux ans auprès de lui ?

— Oui, en effet.

— Vous allez voir, Harry est un homme avec qui il est également très agréable de travailler. Il a un tempérament différent, c'est tout.

Solaire, comme sa mère, avait-elle dit. Et comme Lucy. Etait-ce la raison pour laquelle Michael avait été si vite séduit par sa sœur ? Mais, dans ce cas, pourquoi Harry n'avait-il pas eu la même réaction ?

— Je ne suis ici que pour un mois, se contenta-t-elle de préciser. Je fais l'intérim en attendant que Harry trouve un remplaçant à Sean.

— Ah, bien, répondit Sarah, comme si cela n'avait

pas la moindre importance. Je vais vous faire monter l'uniforme. Et je vous laisse vous rafraîchir.

— Merci beaucoup. A tout à l'heure.

Une fois seule, elle se félicita d'être tombée sur une gouvernante aussi délicieuse. La présence sur l'île d'une personne sympathique, franche, ouverte, lui faciliterait la tâche, et elle savait de surcroît qu'elle pourrait lui faire entièrement confiance puisqu'elle travaillait pour la famille Finn depuis des années.

En pénétrant dans la salle de bains, Elizabeth songea à ce qu'elle venait d'apprendre au sujet des deux frères. L'accident d'avion qui avait ôté la vie à Franklyn et Yvette Finn avait fait la une des journaux environ dix ans plus tôt, à l'époque où Lucy et elle étaient en train de perdre leur mère. Même si elle ne connaissait pas les frères Finn à l'époque, elle se rappelait avoir pensé que c'était là un drame très traumatisant pour deux jeunes hommes qui venaient à peine d'entrer à l'université. Sans doute avaient-ils en tête avant le drame de prendre le temps de réfléchir à la voie qu'ils souhaitaient suivre et de passer quelques années à profiter de leur jeunesse. Sarah avait raison : il était remarquable qu'ils aient décidé de se fixer au gouvernail de l'entreprise de leur père au lieu de la vendre et de gaspiller leur argent.

Après s'être rafraîchie, Elizabeth redescendit au bureau et travailla auprès de Harry, qui commença par lui expliquer le fonctionnement du logiciel interne de gestion et de planning.

Tout en enregistrant les diverses informations, elle devait combattre un trouble grandissant : être assise aussi près de cet homme la contraignait à sentir la chaleur virile qu'il dégageait, ainsi que les effluves ensorcelants de son eau de toilette délicatement citronnée. Elle ne pouvait s'empêcher de baisser les yeux non sur le clavier de l'ordinateur, mais sur les avant-bras puissants et les mains bronzées de son nouveau patron.

Sur ses gardes, elle s'attendait à ce qu'il provoque un contact entre eux, mais il ne l'effleura pas une fois, pas même accidentellement, demeurant concentré sur les consignes qu'il lui donnait. Elle avait honte de son malaise, et elle se promit d'apprendre à se comporter avec naturel.

Quand ils en eurent terminé, environ une heure plus tard, ils sortirent, empruntant le chemin du bar où passaient quelques clients. Harry les connaissait tous par leur prénom, et les saluait avec chaleur.

— J'ai prévenu Daniel que nous irions dîner ensemble au restaurant ce soir, annonça-t-il. Cela me permettra de vous donner tous les renseignements nécessaires sur chacun de nos hôtes et de vous les présenter.

— C'est une excellente idée. Cela m'aidera.

— J'espère que vous aurez plus d'appétit qu'au déjeuner, en tout cas. Daniel sera vexé si vous ne rendez pas justice à ses créations.

— En fait, je dois admettre que j'ai assez faim. Ce doit être l'air marin.

Il la dévisagea avec insistance avant d'esquisser un sourire taquin.

— L'air marin opère de merveilleux changements...

— A propos de changement, reprit-elle très vite, il faut que je passe rapidement à mon appartement pour enfiler mon uniforme avant de me rendre au restaurant.

Comme il acquiesçait, Elizabeth fila sans demander son reste. Décidément, pour le moment, elle ne parvenait pas encore à atteindre le degré de naturel requis pour évoluer avec sérénité auprès de Harry Finn.

Or, si elle ne reprenait pas très vite le contrôle, la situation deviendrait *très* dangereuse...

En rentrant dans son nouveau logis, Elizabeth découvrit que Sarah avait fait déposer chez elle tout ce dont elle avait besoin.

Avec bonheur, elle passa sous la douche et profita des produits mis à sa disposition — savon crémeux, gels et crèmes parfumés siglés de marques de luxe. Elle prenait vraiment un nouveau départ !

Aussi une nouvelle énergie l'envahit-elle quand elle enfila son uniforme, composé d'un T-shirt bleu à logo rouge et d'un long bermuda blanc. Quoique très simples, ces vêtements ne manquaient pas de féminité et étaient tissés de coton et de lin de la meilleure qualité.

Ravie, elle se contempla dans la glace et eut soudain l'impression d'avoir trop longtemps porté sur ses épaules un extraordinaire fardeau de responsabilités. Cela avait commencé avec le cancer de sa mère et sa longue agonie, pendant que leur père les désertait. Elle avait été contrainte de soutenir la cellule familiale à bout de bras, même si Lucy lui avait offert toute son énergie dans l'entreprise.

Soudain, pour la première fois, cette longue épreuve semblait ne plus compter. Elle se trouvait sur une île, loin de la vie urbaine où elle serait encore coincée sans Harry. Et elle allait pouvoir se concentrer non sur Lucy, Michael ou son travail, mais sur la nouvelle Elizabeth.

Depuis le bureau, Harry regarda sa nouvelle directrice marcher dans sa direction. Elle était ravissante, dans ce bermuda blanc, simple et élégant, qui révélait la longueur de ses jambes. Même s'il aurait préféré qu'elle se présente devant lui en Bikini, son T-shirt moulait subtilement sa superbe poitrine.

Un sourire aux lèvres, les cheveux au vent, l'air déterminé, elle avait tout de la débutante qui veut à tout prix démontrer qu'elle saura honorer sa mission. Il admirait sa force de caractère, son refus de se laisser abattre par la désillusion subie de plein fouet. Cependant, il savait qu'il devrait continuer à lui garder l'esprit occupé, comme il l'avait fait au bureau durant la fin de l'après-midi, pour l'empêcher de songer à Michael et Lucy.

Il était également tenté de détourner son attention de manière plus créative, de sorte que, cette fois, elle ne puisse plus le congédier d'un revers de main, ni prétendre qu'il ne lui faisait aucun effet. Après tout, s'il attendait qu'elle se jette à son cou, ou même simplement qu'elle en manifeste l'envie, une éternité s'écoulerait. Ce dont il avait besoin pour faire basculer la situation, c'était d'une mise en scène concoctée avec soin.

Une idée lui vint. Il suffirait d'un mot au chef avant le dîner, puis de se concentrer sur le travail pendant tout le repas. Ensuite, dès que les clients auraient regagné leurs villas respectives, il sortirait sa surprise du chapeau.

Il se leva de son fauteuil et sourit à Elizabeth qui entrait dans le bureau.

— Il est temps de vérifier que les étoiles brillent convenablement, ce soir, déclara-t-il.

Elle haussa les sourcils.

— Mais il fait encore jour !

La spontanéité si prosaïque de la jeune femme s'accommodait mal du climat romantique qu'il cherchait à instaurer. C'était si manifeste que Harry faillit éclater de rire.

— Ce n'est pas grave, dit-il, nous les regarderons apparaître depuis notre table au restaurant. Vous êtes censée savourer l'ambiance reposante de l'île.

— Je n'y manquerai pas, promit-elle, apparemment réjouie. Merci.

— Parfait. Je tiens à ce que vous soyez heureuse ici.

Elizabeth se sentait *heureuse*, en effet. Harry la présentait à chacun comme la nouvelle directrice générale. Il était facile de sourire aux clients, facile de faire leur connaissance en suivant Harry de table en table. A l'évidence, tous les hôtes passaient un merveilleux séjour, et leur humeur joyeuse et détendue se révélait contagieuse.

Durant le dîner, Elizabeth apprécia la finesse des plats imaginés par Daniel Marven, qui faisait du restaurant de l'île, à l'excellente réputation dans tous les guides gourmands, un atout majeur dans son attractivité. Le chef la charma par son expertise et sa passion pour son métier. Après Sarah, c'était la seconde personne chaleureuse et compétente qu'elle rencontrait. Harry avait visiblement su s'entourer d'excellents collaborateurs, et elle songea que le mois à venir, entre plaisirs et travail avec une équipe efficace, serait un vrai bonheur.

— Vous pouvez vous targuer d'une belle réussite ici. Vos clients ont l'air parfaitement satisfaits.

Le regard bleu de son compagnon était toujours aussi serein.

— Vous vous êtes vous-même remarquablement bien débrouillée, ce soir.

Le compliment semblait sincère. La chaleur naturelle de sa voix avait quelque chose de délicieusement enveloppant, et son sourire possédait une charge hypnotique incroyable.

Au cours du dîner, ils s'étaient focalisés sur le travail. Harry avait parfaitement tenu son rôle de coach, et elle avait découvert qu'elle parvenait à se sentir à l'aise avec lui. Mais peut-être ce confort était-il périlleux... Car, si Harry ne flirtait plus, elle, telle une adolescente en émoi, avait des sortes de palpitations tandis que des frissons électrisaient son épiderme.

— Merci, murmura-t-elle, gênée.

Comme le dernier couple quittait la terrasse, elle ajouta très bas :

— Colin et Jayne Melville de Goulburn. Ça y est, Harry, je les ai tous mémorisés !

— Je savais que vous relèveriez le défi, répliqua-t-il en souriant.

Son cœur manqua un battement à ce compliment. En fait, cet homme était outrageusement séduisant quand il n'était pas en mode « séducteur », en train de surjouer les don Juan. Ce soir, il avait complètement renoncé à ses tactiques habituelles, tout en restant le Harry Finn qu'elle connaissait : jovial, direct. Cette nature avait du bon. Elle devait admettre que son charme opérait avec chaque client, et qu'il était particulièrement doué pour établir un contact naturel et allègre avec ses hôtes. Les vacanciers aimaient discuter avec lui.

— Encore une chose, avant de vous laisser pour la nuit, dit-il en se levant et en l'invitant à l'imiter.

— Oui ? demanda-t-elle.

— Venez. C'est une petite cérémonie de la part de l'équipe pour vous souhaiter la bienvenue. Sur la terrasse du bar.

Celle-ci donnait sur la piscine et offrait un mélange artistiquement agencé — tout en laissant croire qu'il ne l'était pas — de chaises longues, tables, parasols et de deux grands sofas.

Elizabeth repéra une table pour deux dressée juste à côté de l'entrée du spa. Sur une épaisse nappe blanche se trouvaient un seau à champagne, deux flûtes et deux assiettes à dessert. Une mise en scène au romantisme accentué par le ciel étoilé et l'air tiède bercé du roulis des vagues.

Elle était partagée entre une joie reconnaissante et l'angoisse que Harry Finn lui joue encore l'un de ses tours de dragueur impénitent. Allait-il se métamorphoser en loup, maintenant que la journée de travail avait officiellement pris fin ?

— Je ne vois pas le personnel, lança-t-elle, sur la défensive, en lui décochant un regard suspicieux.

— Ils attendent que je vous installe.

Il avait parlé d'une voix douce, et ses gestes l'étaient

aussi lorsqu'il tira une des chaises pour l'inviter à s'asseoir, non en vis-à-vis mais à côté de lui.

Le décor était sublime, et c'était une charmante attention, se dit Elizabeth, un peu honteuse de sa méfiance excessive. Elle se laissa faire et ouvrit de grands yeux quand son compagnon sortit la bouteille de champagne de son seau. Il la déboucha, remplit deux coupes, leva la sienne et déclara, un large sourire aux lèvres :

— A un nouveau départ !

— A un nouveau départ, acquiesça-t-elle en trinquant avec lui.

— Vous avez été brillante, aujourd'hui, reprit-il d'une voix caressante dès qu'ils eurent avalé la première gorgée.

Sans savoir pourquoi, elle fut soudain émue, et les larmes lui montèrent aux yeux. La journée avait été longue, riche en émotions et en rebondissements. Avec une grande générosité, Harry lui offrait un moment de détente ; par conséquent, sa tension était sans doute en train de tomber un peu trop vite.

— Ah ! Le clou du spectacle ! s'écria-t-il soudain.

Elle tourna la tête, s'attendant à voir surgir toute l'équipe, mais une seule personne se dirigeait à leur rencontre : Daniel, qui poussait un chariot sur lequel était posé un gâteau. Elle scruta l'obscurité, cherchant à distinguer les autres employés, mais personne n'apparut en chantant. Le chef s'arrêta devant elle, lui révélant une petite pièce montée au chocolat dont le glaçage était paré de la mention : « Joyeux anniversaire, Elizabeth ».

— Bravo, Daniel. Et merci, dit Harry en décochant un clin d'œil complice à celui-ci.

Après s'être incliné en souriant, le chef disparut. Ils étaient de nouveau seuls, mais dans une tout autre atmosphère, cette fois.

— C'est pour vous, reprit Harry en la couvant d'un regard à la fois curieux et bienveillant.

— Merci, souffla-t-elle d'une voix altérée par l'émotion.

Son *trentième anniversaire*. Elle l'avait presque oublié, avec tous les événements de la journée. Cette étape qu'elle avait attendue avec impatience...

Soudain, comme si une digue avait subitement rompu en elle, Elizabeth fondit en larmes. Cette charmante attention de la part du cadet des Finn avait été la goutte d'eau qui avait fait déborder son trop-plein émotionnel. Elle était incapable de maîtriser les torrents de larmes qui ruisselaient à présent sur ses joues. Les battements de son cœur s'accélérèrent, tandis qu'une grande faiblesse s'emparait de ses membres.

Au moment où elle crut qu'elle allait peut-être tomber tant elle était chancelante, sans défense contre les tourbillons affectifs qui la contrôlaient, elle fut soutenue par des bras puissants, qui l'entourèrent avec douceur.

7

Harry n'avait pas anticipé les sanglots d'Elizabeth. Il avait imaginé qu'elle tomberait *enfin* dans ses bras, mais pas ainsi, en larmes. La fonction de ce gâteau d'anniversaire surprise était d'abattre ses défenses et de gagner au passage un baiser de bonne nuit — qui, avec un peu de chance, aurait libéré toute la passion contenue entre eux, puis permis l'étreinte ardente à laquelle ils étaient promis... Raté ! Harry ne se sentait pas autorisé à profiter de cette situation.

Bon sang, qu'est-ce qui avait bien pu causer cette soudaine détresse ? Le rappel de ses trente ans ? Les femmes célibataires de cet âge-là pouvaient se sentir vulnérables, surtout quand elles n'étaient pas engagées dans une relation stable et qu'elles en espéraient une. Mais peut-être était-ce autre chose ? Le désespoir d'avoir perdu Mickey ? Cette histoire commençait à le déstabiliser. Il avait d'abord cru qu'il s'agissait d'un simple béguin, d'une fixation assez classique de la part d'une assistante arrêtant son choix sur son patron — un homme fiable, qu'elle connaissait bien. Mais il avait pu faire fausse route : et si elle était follement amoureuse de lui ?

Comme elle pleurait toujours, le visage enfoui contre son torse, son corps réagit malgré lui. Elizabeth était belle. Attirante. Et à sa merci. Une envie furieuse de la porter sur l'un des grands divans et de lui faire l'amour s'immisça dans son esprit. Mais il resta immobile, guettant l'apaisement. Impossible toutefois de lui dissimuler l'ardeur de son érection : tant pis, elle saurait quel effet elle produisait sur lui. Il était temps qu'elle prenne conscience de son sex-appeal, qu'elle sache qu'elle était une femme exceptionnellement désirable. Cela l'aiderait forcément à s'extirper de son marasme. La vie était faite pour être croquée à belles dents, et non pour se laisser aller à la déprime.

Elizabeth n'oubliait pas qu'elle se trouvait dans les bras de Harry Finn. Cela ne la gênait pas. Pour la première fois depuis bien longtemps, un homme la serrait contre lui, et c'était merveilleux. Un sentiment de sécurité et de chaleur l'apaisait peu à peu, faisant fuir cette vieille sensation de solitude qui s'était enkystée jusque dans sa moelle.

Si seulement quelqu'un pouvait être *toujours* là pour elle, exactement de cette manière ! Quelqu'un qui saurait la chérir, veiller sur elle, et lui garantir que jamais il ne la laisserait tomber...

Elle se pressa davantage contre lui, avant de se figer en percevant contre son ventre le membre durci de son compagnon. Oh non ! En un éclair, elle se recula, s'efforçant de reprendre ses esprits pour balbutier :

— Je... Je suis désolée.

Qu'avait-elle fait ? Seigneur, elle avait perdu la tête ! Pour une fois qu'il ne tentait rien, qu'il avait rangé ses vieilles méthodes de séducteur au placard, elle venait elle-même de l'inviter à un contact intime !

— Désolée de quoi ?

— Eh bien, euh, je... Je ne voulais pas me servir de vous de la sorte...

— Vous en aviez besoin. De même que j'en ai besoin aussi.

Il passa une main sous son menton pour la contraindre

à soutenir son regard. Un regard si bleu, si profond, qu'elle en fut pétrifiée. Elle ne pouvait ni protester ni bouger d'un pouce.

L'impensable se produisit immédiatement. Harry se pencha sur elle et happa ses lèvres. L'impact la stupéfia. Ce baiser n'avait rien de timide, rien de doux. C'était un véritable assaut de sensualité débridée : la bouche pleine et ardente de Harry se plaquait avec force sur son visage, sa langue audacieuse exigeait, s'immisçait entre ses lèvres.

Prise de court, Elizabeth tenta d'abord de lui refuser cette caresse trop intime, mais l'ardeur de son compagnon était si érotique, si aphrodisiaque, qu'elle eut tôt fait de céder. Des sensations volcaniques surgissaient de sa chair, elle avait l'impression de se consumer, son cerveau n'était plus qu'un foyer d'étincelles...

Perdue dans le présent, elle oublia toutes ses réserves. Elle savourait maintenant l'érection qui palpitait contre elle. Une dimension primitive de son propre corps se réveillait, déchaînée. Chaque atome de sa chair lui enjoignait d'obtenir plus, d'aller plus loin. Lorsque Harry glissa une main dans ses cheveux pour approfondir encore son baiser, elle laissa échapper un gémissement de plaisir et se plaqua plus étroitement contre lui.

Alors, avant même qu'elle ait eu le temps de comprendre ce qui se passait, il la souleva dans ses bras puissants, puis la déposa sur le confortable matelas du sofa. Il glissa alors une main sous son T-shirt et caressa ses tétons dardés par le plaisir.

— Oui, oui, murmura-t-elle, haletante.

Ses seins étaient durs, son bas-ventre en feu et elle s'abandonnait à un vertige sans fin. Elle avait follement, désespérément, envie de cet homme...

Elizabeth était en train d'écarter les jambes pour l'inviter à poursuivre ses caresses quand elle prit soudain conscience de la situation.

— Stop ! s'écria-t-elle, le souffle court, en s'écartant de lui.

Harry s'interrompit aussitôt et leva vers elle un regard médusé.

— Stop ? répéta-t-il, incrédule.

— Je… Je ne veux pas aller plus loin, balbutia-t-elle, terrifiée, incapable de croire à ce qu'elle venait de faire.

— Pourquoi ? Tu en as envie autant que moi !

— C'était juste… un moment de folie, expliqua-t-elle, tremblante.

— Ridicule ! Elizabeth, tu n'ignores pas l'électricité qui crépite entre nous depuis des années. Elle vient de se libérer d'un coup, et il est malhonnête de ta part de me repousser maintenant !

Cette accusation attisa sa colère. Non, elle n'avait pas donné son consentement. Il avait profité d'elle alors qu'elle était particulièrement vulnérable.

— Je me fiche de la manière dont tu vois les choses, protesta-t-elle. Je choisis d'en rester là, c'est tout !

— Qu'est-ce qui te prend ? Nous avons envie l'un de l'autre. C'est la chose la plus naturelle du monde, et…

— Laisse-moi, Harry. Cela ne me convient pas.

Les yeux bleus de son compagnon frustré semblaient presque noirs.

— Pour une fois, lança-t-il avec humeur, tu étais prête à sortir de l'armure dans laquelle tu te caches depuis une éternité. C'est ce qui te fait vraiment peur, n'est-ce pas ?

Bon sang, comme elle détestait son intelligence, sa puissante clairvoyance, l'instinct hors du commun qu'il déployait pour mettre au jour chaque rouage de sa psychologie ! Elle voulut lui rendre la pareille et riposta, sur les nerfs :

— Tu es un bâton de dynamite pour bien des femmes, Harry. Je ne te permettrai pas de me mettre en pièces pendant que tu vises déjà ta prochaine cible !

Visiblement déstabilisé, il la considéra d'un air stupéfait.

— Je ne t'ai jamais regardée comme une cible ! protesta-t-il. Tu crois sincèrement que je songerais à confier le management de cette île à une femme uniquement dans l'espoir de passer un peu de bon temps avec elle ?

— Peut-être pas, mais ce doit être un petit supplément non négligeable à tes yeux. Et, maintenant, tu es furieux parce que je refuse de... *coopérer.*

Il resta un moment silencieux. Puis, il secoua lentement la tête.

— Tu te fermes comme une huître pour ne pas vivre pleinement ton existence. Je ne veux pas de ta coopération. Je veux que tu aies envie de déposer les armes, et que tu te libères de manière absolue.

— Ce n'est pas ainsi que je conçois ma vie.

— Non : tu préfères poursuivre des chimères et fermer les yeux sur la réalité.

Elle haussa les épaules.

— C'est mon choix.

— Un choix que je ne peux pas respecter.

— Dans ce cas, Harry, je ne pourrai pas rester ici.

— Ne t'inquiète pas, je saurai garder mes distances, rétorqua-t-il d'un ton cynique. Sois certaine que je n'aurai plus un geste déplacé. Ce sera strictement professionnel, désormais.

Ces paroles auraient dû la soulager, mais il n'en fut rien. Une crampe douloureuse lui tordit le ventre.

Harry se leva.

— N'hésite pas à me faire signe si tu te décides à explorer une autre vie que celle que tu as prédéterminée avec tant de rigidité.

Sonnée par cette réplique, Elizabeth rajusta son T-shirt en se rasseyant sur le divan.

— Bon, fit-elle d'une voix moins agressive. Je suis contente que nous ayons réglé cela.

— Avant de te laisser, je te coupe une part de gâteau

pour que tu puisses le goûter dans ton appartement. Tu vas avoir besoin de réconfort dans la solitude de ta nuit.

Il s'exécuta et, un instant plus tard, après un « Bonne nuit » rapide, il disparut.

La gorge sèche, elle se leva et prit l'assiette. Des larmes lui montèrent aux yeux en constatant que Harry avait soigneusement découpé la plaque de pâte d'amandes pour la déposer sur sa part.

« Joyeux anniversaire, Elizabeth ».

Après avoir fait un tour à pied pour tenter de recouvrer un semblant de calme, Harry rejoignit la terrasse et s'installa seul à la petite table si romantique, préparée pour un charmant tête-à-tête.

Il serra les poings. La frustration le rendait fou. Bon sang, il n'avait même pas été capable de souhaiter la bonne nuit à Elizabeth de manière civilisée ! En ce moment, il se sentait d'ailleurs dans la peau d'un authentique barbare.

Qu'est-ce qui lui avait pris de se jeter ainsi sur elle juste après qu'elle s'était laissée aller à sa détresse… Mais, bon, il n'était pas fou : elle avait *répondu* à son baiser — et avec quelle fièvre ! Jamais une femme ne l'avait repoussé avec tant de brutalité au cours d'une étreinte. Sans doute aurait-il dû s'y attendre, avec Elizabeth. Au cours des deux années passées, elle avait élevé en art sa manière de lui claquer systématiquement la porte au nez.

Il aurait dû renoncer depuis belle lurette. Et il n'y parvenait pas…

Pourquoi *cette femme-là* s'était-elle si bien introduite sous sa peau ? Elle le démangeait, comme une maladie latente qui revenait sans cesse le torturer. Impossible de se débarrasser de ce virus. Le pire était de savoir qu'elle ressentait, elle aussi, cette inexorable attirance. Il le voyait, il le constatait depuis des mois, et cette évidence s'était révélée au grand jour quelques minutes plus tôt.

Las, il se versa une coupe de champagne et la but sans plaisir. Puis il songea à son propre anniversaire. Il avait eu trente-trois ans le mois dernier. Mickey lui avait organisé une belle fête. Ils n'oubliaient jamais d'avoir cette attention l'un pour l'autre depuis la mort de leurs parents. C'était une manière de se rappeler les heures joyeuses des cérémonies en famille, un âge d'or qu'ils avaient vu disparaître à regret. Dans la maison où ils avaient grandi, sur les hauteurs de Cairns, leurs parents prévoyaient toujours de belles surprises pour leurs fils…

Il se rappela les parties de tennis et les cocktails autour de la piscine, amoureusement organisés par leur mère. Ses copains de classe, comme ceux de Mickey, ne manquaient jamais une fête chez eux. Les grandes excursions de pêche avec leur père étaient tout aussi fantastiques. Oui, il avait vécu la plus belle des enfances. Jusqu'à ce funeste jour où l'avion s'était écrasé…

A l'époque, le complexe de l'île Finn n'en était qu'au stade des plans d'architecte. Il se souvenait de l'excitation de leur père quand il leur montrait, à son frère et à lui, les différents projets, avant de leur raconter comment il ferait de ce lieu un paradis. Après les obsèques, Harry s'était jeté à corps perdu dans la poursuite de cette entreprise. Il avait besoin d'être occupé, de créer quelque chose et d'honorer l'ambition de son père. Sans hésiter, il avait décidé de s'installer sur l'île, loin de sa ville et de son entourage, pour participer aux travaux et veiller à leur achèvement.

Mickey, pendant ce temps, s'était glissé sur le siège du pilote pour diriger les franchises, gérer les stocks, faire briller dans toute l'Australie la marque créée par leur père. L'un comme l'autre, ils avaient souhaité que leurs parents puissent être fiers d'eux. C'était le meilleur moyen, à leurs yeux, de surmonter le chagrin : remplir par le labeur le grand vide laissé par cette perte.

Cette période de deuil et de reconstruction ne s'était

guère prêtée à la légèreté, encore moins aux relations sentimentales sérieuses. Ils s'étaient contentés de sorties occasionnelles et d'aventures éphémères, et avaient tous deux pris le pli. Les années avaient passé et ni lui ni Mickey n'avaient connu de relation sérieuse. Ils se contentaient d'accumuler les conquêtes féminines.

Il se demanda si Lucy avait une chance de durer avec Michael, puis il poussa un profond soupir : il avait déjà bien assez à faire avec ses propres préoccupations. En ce qui le concernait, avant de savoir si son histoire avec Elizabeth pouvait *durer*, il devait d'abord être certain qu'elle avait commencé...

Or, ce soir, rien n'était moins sûr.

Au réveil, Harry avait la tête assez froide pour prendre une bonne résolution : il allait accorder à Elizabeth le temps dont elle avait besoin pour s'accoutumer à sa nouvelle vie. Le coup d'accélérateur qu'il avait donné la veille avait été une erreur, qu'il ne répéterait pas. Dès aujourd'hui, il allait devenir un être civilisé... Ce qui ne signifiait en rien qu'il se plierait au système psychorigide de sa nouvelle directrice !

Suspectant que celle-ci chercherait à tout prix à l'éviter au petit déjeuner, il le prit sur le yacht. Il connaissait les méthodes de Miss Efficacité : elle aurait mis son réveil à sonner une heure à l'avance pour être debout avant tout le monde, ouvrir le bureau, se plonger dans le travail et prier le restaurant de lui apporter son café sur place.

En se dirigeant vers le centre administratif, il constata qu'il avait vu juste : la silhouette de la jeune femme apparaissait derrière la baie vitrée.

Il poussa la porte et lança d'une voix légère :

— Bonjour, Elizabeth.

Un sourire prudent lui répondit, avec un marmonnement qui devait signifier : « Bonjour, Harry. » Il jeta un bref coup d'œil aux messages du jour, avant de se tourner vers son employée.

— Es-tu vierge ?

Elle devint livide en une fraction de seconde.

— Quoi ? lâcha-t-elle, une expression épouvantée sur le visage.

— C'est une simple question. Tu es vierge, oui ou non ?

— Tu... Tu n'as aucun droit de me demander une chose pareille !

— Pourquoi ? Ce serait un problème ? reprit-il en haussant négligemment les épaules.

— Parce que ce ne sont pas tes affaires ! s'exclama-t-elle d'une voix pleine de colère.

— Ah... J'imagine que la réponse est oui, si tu réagis de manière aussi vive. Le sujet est sensible pour toi ?

— Pas du tout !

— On dirait bien que si, pourtant.

Elle lui décocha un regard assassin. Si ses yeux avaient pu lancer des flèches, il serait mort vingt fois, songea-t-il, luttant contre son hilarité. Il avait réussi : il la faisait réagir, et l'air de la pièce était électrique, chargé de passion. Elizabeth parut s'astreindre au calme. Il la vit prendre une longue inspiration, avant de déclarer d'un ton digne :

— Cela ne te regarde pas, Harry. Ma vie intime n'a aucun rapport avec mon travail, et je te serais reconnaissante de ne pas l'oublier, à l'avenir.

— Bravo ! approuva-t-il d'un ton admiratif.

Il fut content de constater qu'il l'avait aussitôt déstabilisée.

— Bravo quoi ? demanda-t-elle.

— Il ne faut pas oublier les règles en vigueur dans les relations professionnelles, précisa-t-il sans ironie. Mais une soudaine curiosité a effrité ma discrétion habituelle. Et, maintenant que je sais que tu es vierge, je comprends mieux ta personnalité : tu as la tête pleine de rêves romantiques. C'est normal.

— Je ne suis *pas* vierge !

Les mots parurent lui avoir échappé : à peine les eut-elle prononcés que ses joues s'enflammèrent. Il haussa les sourcils et fit mine d'être étonné.

— Ah non ?

Elle ferma les yeux. A l'évidence, elle était furieuse contre elle-même. De son côté, en revanche, il fut rassuré. Au moins, elle lui avait ôté un doute de l'esprit. Sa rébellion d'hier soir n'en devenait, hélas, que plus cuisante : c'était lui qu'elle avait repoussé, et non tous les hommes à la fois ou aucun en particulier.

— Peut-on se mettre au travail, maintenant ? demanda-t-elle, les dents serrées.

— Tout de suite.

Harry s'assit près d'elle devant l'ordinateur, savourant au passage son parfum délicat.

— De nouvelles réservations, aujourd'hui ?

— Oui, dit-elle en désignant une case sur l'écran à l'aide de sa souris. Je crois que j'ai tout enregistré correctement. Tu veux vérifier ?

— Je te fais confiance. Mais je vais prendre le relais durant une heure ou deux : j'ai appelé Jack Pickard pour qu'il te fasse faire un tour de l'île. Il t'expliquera tout ce que tu dois savoir sur le complexe.

— D'accord, répondit-elle, apparemment réjouie de se passer provisoirement de sa compagnie.

Il en eut le cœur serré. C'était tout ce qu'il obtenait d'elle pour le moment : le désir de le fuir. Fuir l'évidence d'une attirance mutuelle. Echapper aux vibrations sexuelles qu'ils percevaient l'un comme l'autre dès qu'ils étaient ensemble. Nier l'alchimie qui les unissait, qu'elle le veuille ou non.

Harry se répéta qu'il saurait patienter. Le temps ferait son office. Tôt ou tard, Elizabeth serait à lui...

8

Elizabeth n'aurait jamais pensé qu'une promenade avec Jack Pickard éteindrait toute la colère qu'elle éprouvait vis-à-vis de Harry depuis la nuit précédente — sans parler de son comportement de ce matin, qui avait achevé de la mettre hors d'elle.

Pourtant, en lui donnant à contempler toutes les beautés de l'île et les savants aménagements réalisés par Harry, dans un respect absolu de l'environnement, l'intendant l'avait troublée. Il fallait bien l'admettre : l'incorrigible play-boy avait donné corps à ce qui n'était du temps de ses parents qu'un vague projet. Il avait tout conçu, tout supervisé lui-même ! Et elle était subjuguée par tant d'imagination, d'habileté et de savoir-faire.

Quelle détermination, quel courage et quel talent il avait fallu à un jeune homme de dix-neuf ans pour se lancer dans un chantier aussi titanesque, renoncer à sa vie sociale et demeurer sur cette île alors déserte durant des années, le temps que le projet prenne forme… Elle éprouvait pour lui une sincère admiration.

Lorsque Jack la laissa devant le bureau, elle sourit à Harry, qui se leva de son siège pour l'accueillir.

— Alors ? Le tour de l'île a été concluant ?

— Je ne sais pas quoi dire. Tu as créé quelque chose d'extraordinaire. Je ne vois pas ce qu'on pourrait y ajouter : c'est parfait.

— Si tu penses à quelque chose de nouveau, n'hésite pas à me le dire, répondit-il d'un ton neutre. Rien n'est jamais parfait, quoique la perfection reste la cible à viser.

Cette rigueur faisait partie de ce qui l'avait surprise en visitant le complexe. Elle avait commis une belle erreur en prenant Harry pour un dilettante... Michael avait raison : elle avait affaire à un vrai lion.

Visait-il également la perfection lorsqu'il se mettait au lit avec une femme ? La question, parfaitement déplacée, s'était insinuée toute seule dans son esprit, ce qui l'embarrassa aussitôt. Quelle mouche la piquait ?

— Y a-t-il du nouveau ? s'enquit-elle, mal à l'aise.

— Oui. Michael a téléphoné. La valise que ta sœur a préparée pour toi arrivera cet après-midi, avec les nouveaux pensionnaires.

— Ah, merci.

— Lucy te fait savoir que, s'il manque quoi que ce soit, il te suffit de lui envoyer un message. Elle pourra apporter le reste quand elle viendra en personne, ce week-end, avec Michael.

Elizabeth se figea, paralysée soudain. Elle eut l'impression de ne plus sentir ses membres et d'être happée par un grand vide. Non, non, ce n'était pas possible... Elle était venue ici *pour éviter* Michael et Lucy. Elle avait tout abandonné derrière elle, forçant sa nature pour se montrer audacieuse, et maintenant... ses efforts allaient être réduits à néant ?

Sa première impulsion fut de donner sa démission séance tenante pour partir par le premier bateau. Mais une foule d'autres questions s'imposèrent aussitôt à elle. Si elle renonçait à ce travail après avoir prétendu être sous le charme de Harry, que diable allait penser Lucy ? Comment lui expliquer ce revirement ? Cela n'aurait aucun sens. Lui dire la vérité n'était pas une option non plus. Elle gâcherait une chance de bonheur pour sa sœur, alors qu'elle avait définitivement tracé une croix sur ses propres chances avec Michael. Il serait bien cruel d'empêcher Lucy de vivre cette aventure, et elle aimait sa cadette plus que tout.

Elle s'obligea à se ressaisir et expira lentement. Puis elle regarda droit dans les yeux celui qui, la veille, avait été son sauveur, et semblait aujourd'hui embrasser le rôle de bourreau sadique. Pourtant, il ne venait pas de se métamorphoser en Satan : elle ne discerna aucune lueur diabolique dans son regard. Calme, il l'observait avec attention, traquant tout signe qui révélerait ses pensées et ses sentiments. Après son comportement chevaleresque lors de l'horrible déjeuner de la veille, pourquoi la plaçait-il à présent dans cette épouvantable situation ?

— Tu aurais pu dissuader ton frère de venir, lança-t-elle d'un ton de reproche.

— Comment ? En lui révélant que tu refuses de le voir ? Mickey veut constater de ses propres yeux que tu t'en sors bien à la direction de l'établissement. Et ta sœur s'inquiète aussi de ton bien-être. Après tout, ta décision de tout plaquer a été si rapide qu'ils sont en droit d'être un peu décontenancés.

— Tu aurais pu dire que toutes les villas étaient réservées, insista-t-elle. Qu'il n'y avait plus de place avant un bon moment.

— Je n'ai pas l'habitude de mentir : cela ne m'est pas venu à l'esprit. De toute façon, Mickey peut venir pour la journée avec son hors-bord, et il a toute liberté de consulter les réservations. Si j'avais menti, il l'aurait découvert très vite ; aurais-tu alors aimé lui expliquer toi-même pour quelle raison nous prétendions être au complet ?

Elizabeth secoua lentement la tête, consciente que Harry avait raison et que son frère l'avait placé dans une situation où tout refus était impossible.

— Bien. Dans quelle villa comptes-tu les installer ?

— Mickey a demandé la villa nuptiale. Et, comme elle sera libre de vendredi à dimanche soir, je la lui ai accordée.

Cette réponse lui porta un coup fatal et la tête lui tourna légèrement. Sur l'île Finn, la villa nuptiale était dévolue aux amoureux en lune de miel...

— Ils n'arriveront que samedi matin, expliqua Harry d'une voix douce. Et ils ne resteront qu'une nuit.

Elizabeth était incapable d'articuler un mot. La villa nuptiale... Cela voulait tout dire : Lucy et Michael avaient franchi le cap de la séduction et s'étaient engagés dans une vraie relation.

Seigneur...

Son ancien patron ne faisait plus partie de ses fantasmes, c'était une affaire entendue. Mais elle n'était pas encore prête à le revoir. Que le séjour prévu soit bref ne la consolait nullement. Pour couronner le tout, elle se retrouverait condamnée à jouer la comédie du marivaudage avec Harry durant deux jours !

Elle s'enfonçait dans de déprimantes pensées quand subitement une idée lui vint.

Une idée tordue, perverse.

Et elle avait besoin de Harry pour la mettre en œuvre. Ce ne serait pas un problème, se dit-elle très vite : il considérerait le stratagème du point de vue du don Juan triomphant en route vers une nuit de plaisirs. Il ne verrait aucun inconvénient à ce qu'elle se serve de lui s'il obtenait ce qu'il voulait dans le marché. Quant à elle, elle ne serait pas blessée puisqu'elle dominerait le jeu. Ce serait une manière de se concentrer sur elle-même, sur sa nouvelle vie de papillon savourant tous les parfums exotiques, s'autorisant tous les jeux défendus...

Oui, c'était exactement ce dont elle avait besoin ! Une catharsis d'une nuit, pour laisser fuir le chaos des émotions qui rugissait encore en elle et se réfugier dans l'immédiateté des sens, l'acte physique, la sensation pure. Harry avait prouvé la nuit précédente qu'il savait allumer en elle un volcan. Elle avait eu le plus grand mal à mettre fin à leur étreinte, et elle avait passé toute la nuit à imaginer la suite de leurs ébats. Pourquoi ne pas le laisser lui prouver ce dont il était capable ?

Au lendemain de cette nuit, elle serait comblée, et elle pourrait faire face à Lucy et à Michael sans l'horrible impression d'être passée à côté de tout. Ni la jalousie, ni l'envie, ni aucune autre émotion négative ne l'animerait plus. Elle serait *libre*. Et sa relation avec sa sœur redeviendrait ce qu'elle était depuis toujours : une affection absolue.

Encore fallait-il que Harry accepte d'entrer dans son jeu. Mieux valait en avoir tout de suite le cœur net. Elle rassembla son courage et lança, de but en blanc :

— Dis-moi, Harry, tu veux toujours coucher avec moi ?

Elle lut sur son visage que son compagnon accusait le choc. Intérieurement, elle savoura ce retournement de situation. Il ne s'attendait probablement pas à ce qu'elle puisse adopter sa technique. Sidéré, il resta un moment silencieux.

— Oui, concéda-t-il enfin avec lenteur. C'est un désir constant chez moi depuis un certain temps, maintenant, Elizabeth. Je crois qu'il serait plutôt opportun de savoir si tu admets enfin que, *toi*, tu as également envie de coucher avec moi ?

— Oui, j'en ai envie, déclara-t-elle sans tergiverser. Mais seulement à certaines conditions.

Il la considéra d'un œil suspicieux.

— Je t'écoute.

— Tu m'as dit que la villa nuptiale serait libre à partir de vendredi. Je veux que ce soit là-bas, à ce moment-là. Et ce sera tout. Et, d'ici à vendredi soir, nous en resterons strictement à nos affaires professionnelles.

Harry eut besoin de tout son sang-froid pour ne pas réagir avec brusquerie et demeurer impassible. Car ses instincts étaient piqués au vif, prêts à charger contre cette odieuse, cette indécente proposition ! Elizabeth n'était pas du tout en train de s'incliner devant la force qui les attirait l'un vers l'autre ! Il ne s'agissait que de damer le pion à Mickey et Lucy. Aveuglée par la jalousie, elle devait, dans un coin bien sombre de son esprit, compter s'abîmer dans la projection et le fantasme, imaginer qu'elle ferait l'amour avec son frère en se focalisant sur le décor dans lequel se trouveraient leurs hôtes la nuit suivante.

Quelle horreur ! Il était hors de question qu'il serve de vulgaire succédané. Le seul fait qu'elle ose lui proposer pareil marché était une terrible offense à sa fierté, en plus de la preuve qu'elle se souciait comme d'une guigne de ce qu'il pouvait bien ressentir. De plus, il la détestait de refuser ainsi ce qu'ils pourraient avoir ensemble.

Harry bouillait véritablement. Jamais il n'avait éprouvé semblable rage à l'égard d'une femme. Pourquoi le heurtait-elle à ce point ? Il devait être fou : il ferait mieux de l'oublier sur-le-champ et de trouver une compagne digne de lui, heureuse de vivre quelques moments agréables en sa compagnie.

Hélas, si son esprit était rationnel, pas son corps. Et c'était Elizabeth Flippence que voulait celui-ci ! Incapable de se calmer, il se dit qu'il fallait en finir avec cette obsession. Et elle lui en fournissait le moyen sur un plateau d'argent...

— D'accord, répondit-il avec calme. Je me chargerai moi-même de tous les arrangements pour que la villa nuptiale soit à notre disposition vendredi soir.

Elle parut satisfaite et hocha la tête en signe d'acquiescement, une lueur espiègle dans les yeux, comme si elle avait toujours su qu'il céderait. A plusieurs reprises, elle l'avait qualifié de séducteur. Il savait ce qu'elle pensait en ce moment : que, pour lui, une nuit de sexe était toujours bonne à prendre. Plutôt que de la détromper, il décida de renforcer cette illusion.

— Néanmoins, j'ai moi aussi quelques conditions à poser.

— Ah ? s'étonna-t-elle. Lesquelles ?

— D'abord, expliqua-t-il en arborant un sourire carnassier, je veux que tu portes la blouse à manches papillon que tu avais hier. Sans soutien-gorge. Sois sexy pour moi.

A ces mots, elle devint écarlate.

— Et tu porteras un bas de Bikini qui s'attache sur les hanches avec des lacets. Pour que je puisse le faire tomber en le dénouant. Je suis sûr que tu n'auras aucun mal à trouver cela à la boutique.

— Je ne me rendais pas compte que tu avais besoin d'accessoires pour être excité, rétorqua-t-elle, visiblement déstabilisée.

Il haussa les épaules.

— Non, je n'en ai pas besoin. Mais j'ai envie que tu aies l'air accessible, pour une fois. Offerte. Il y a deux ans que je me heurte à un mur. Si je ne dois passer qu'une nuit avec Elizabeth Flippence, cela peut se dérouler ainsi, non ?

— Oui, concéda-t-elle, les dents serrées.

— Ce sera une nuit mémorable, poursuivit-il. Quelque chose de spécial. Un voyage sensuel unique. Il faut encore que je réfléchisse à tous les détails.

— Très bien ! s'écria-t-elle, visiblement agacée. Tu as trois jours et demi pour mettre ton imagination à profit. Et, puisque l'essentiel est acquis, je propose que nous retournions aux affaires de l'hôtel.

Harry ne put réprimer un sourire.

Elle pensait mener le jeu ? Elle n'était pas au bout de ses surprises.

Durant les jours qui suivirent, Harry ne lui soumit pas d'autres conditions. Il n'évoqua jamais plus le sujet, et se conforma à sa requête de se concentrer strictement sur le travail, ce qui ne rendit leur petit secret que plus savoureux et excitant.

Elizabeth trouva un Bikini rouge à lacets à la boutique du complexe, et cette couleur lui parut de circonstance. Elle se sentait dans la peau d'une concubine des temps anciens. Etrangement, elle n'éprouvait ni gêne ni culpabilité. Sans doute avait-elle besoin de ce moment de pure liberté. Et puis leur marché avait l'avantage de ne présenter aucun risque : personne ne serait blessé, personne n'attendrait quoi que ce soit d'autre que cette nuit-là. Une nuit de plaisir, sans attaches, sans lendemain.

Le fait de ne plus être sur ses gardes du matin au soir lui rendait également ses journées auprès de Harry beaucoup plus agréables. Du reste, si elle voulait être honnête avec elle-même, c'était un homme qu'elle prenait plaisir à fréquenter : il était charmant, sexy, efficace dans le travail, toujours de belle humeur. Dans son regard, elle devenait à son tour belle et désirable.

Quand vendredi arriva, elle était impatiente de vivre leur nuit…

La journée au bureau lui parut bien longue. A 18 heures pile, elle se précipita chez elle pour prendre une douche et se préparer.

Alors qu'elle se dirigeait vers la villa nuptiale — une longue veste en lin dissimulait sa tenue osée —, sa nervosité était à son comble. Jamais elle n'avait fait une expérience de ce genre, et ce rendez-vous la troublait au plus haut point. Le seul fait d'être quasiment nue mettait ses sens en émoi.

C'était de la folie, ce n'était pas *elle*, lui souffla une petite voix, qu'elle refusa cependant d'écouter. Pas question de reculer. Tout était prêt pour l'aventure, et elle ne s'en priverait pour rien au monde !

La baie vitrée de la villa était ouverte. Celle-ci disposait d'un jardin, d'une terrasse, d'une piscine privée, d'un balcon donnant sur la mer, d'un grand salon en rez-de-chaussée et d'une chambre en mezzanine.

Dès qu'elle pénétra dans la pièce principale, Elizabeth huma des odeurs capiteuses venues de l'étage. Elle leva les yeux. Là-haut se trouvait un formidable lit *king size* qui n'attendait plus qu'eux. Elle gravit l'escalier et découvrit une collection de bougies parfumées disposées dans la chambre. Il y en avait de toutes les tailles, de toutes les formes, et leurs parfums se mêlaient dans une dominante exquise de magnolia.

C'était Harry qui avait arrangé cela... Pourquoi s'était-il donné cette peine ? Cette nuit n'aurait rien de romantique. Avait-il besoin de faire comme si c'était le cas ? Elle ne décryptait pas sa motivation, mais ne pouvait nier que l'attention était délicate.

Après avoir ôté sa veste, elle redescendit et trouva son compagnon installé sur la terrasse. Elle se rendit compte que, malgré sa réticence initiale, elle était impatiente de savoir si la tenue qu'elle avait enfilée en suivant ses directives serait à son goût. Des frissons délicieux coururent sur sa peau.

— Tu offres toujours des bougies parfumées aux femmes que tu fréquentes ? lança-t-elle d'un ton badin, espérant dissimuler son excitation et chasser son appréhension.

Il se retourna vers elle, et Elizabeth oublia immédiatement de vérifier l'impression qu'*elle* lui faisait. Elle avait le souffle coupé.

C'était la première fois qu'elle voyait Harry en pantalon de ville et chemise blanche. Rien de sophistiqué, mais dans cette tenue à la fois simple et élégante il était métamorphosé : c'était un homme diaboliquement séduisant. L'étalon, l'athlète et le gentleman en un seul homme.

— Non, répondit-il tranquillement. Mais j'associe les parfums des fleurs et les papillons, Ellie. C'est un plaisir innocent.

Le fait qu'il l'appelle de nouveau par le surnom hérité

de son enfance la déconcerta. A l'évidence, il comptait prendre son temps pour installer un climat érotique.

Elle reporta son attention sur la table qu'il avait dressée. Une coupe de fraises était posée à côté d'un seau à champagne. Il ouvrit la bouteille et, dès qu'il lui tendit une coupe, elle remarqua que deux fraises avaient été légèrement écrasées et placées au fond.

— Viens te détendre, suggéra-t-il en lui désignant une chaise longue, avant de s'installer sur la plus proche. Je crois que nous allons avoir un très beau coucher de soleil.

Elle suivit volontiers ce conseil. Dès qu'ils furent assis, Harry leva sa coupe.

— A notre première nuit ensemble.

Il sourit, et elle avala une gorgée de cette boisson qui se révéla extraordinairement sensuelle. L'orientation de la villa était idéale pour contempler le coucher du soleil. Les couleurs du ciel étaient si pures, si intenses, qu'aucun artiste n'aurait pu relever le défi de les restituer dans leur splendeur.

Les inhibitions d'Elizabeth s'évaporèrent.

L'instant était magique, et le champagne aux fraises faisait des merveilles.

9

— As-tu déjà visité Broome ? demanda Harry.

— Non.

Cette ville, célèbre pour ses perles, se trouvait de l'autre côté du pays, sur la côte ouest de l'Australie.

— Pourquoi cette question ? s'enquit-elle.

— Les couchers de soleil y sont splendides. Les gens viennent sur la plage, montent un barbecue, sortent des boissons fraîches, puis ils jouent de la musique, se détendent et savourent les bienfaits de la nature. Ils se coupent de la fureur du monde et vivent dans l'instant.

Sa voix, autant que ses propos, agissait sur elle comme un baume apaisant. Un effet d'osmose se produisait, et elle avait l'impression d'être dans une image de bonheur parfait.

— Nous ne vivons pas suffisamment dans le présent, poursuivit-il, dans le même murmure irrésistible. Essayons de ne pas commettre cette erreur ce soir, Ellie. Pas d'hier, pas de demain... Juste chaque moment tel qu'il vient.

— Oui, concéda-t-elle, séduite par ce principe.

Ils dégustèrent le champagne en silence, tout en regardant le soleil disparaître lentement derrière la ligne d'horizon.

— Mes parents faisaient cela, expliqua-t-il. A la fin de chaque journée, ils prenaient le temps de contempler ensemble le coucher du soleil. Et, les tiens, ont-ils un rituel de ce genre ?

Elle secoua la tête en signe de dénégation.

— Ma mère est morte d'un cancer quand j'avais dix-neuf ans. Je n'ai pas revu mon père depuis les obsèques. Il est mineur de fond, il vit avec une autre femme de l'autre côté du pays. Mes parents n'ont pas vécu un vrai mariage. Maman nous a pratiquement élevées toute seule, Lucy et moi.

Harry fronça les sourcils et se tourna vivement vers elle.

— Ton père ne s'intéresse pas à toi ?

— Je crois que des enfants représentaient une responsabilité dont il voulait se passer, soupira-t-elle. La plupart du temps, quand il nous rendait visite, il se soûlait et restait hors de la maison.

— Mais... et quand ta mère est tombée malade ?

— Il a espacé ses visites. Il ne voulait pas être confronté à tout cela. Il disait que c'était à Lucy et à moi de prendre soin d'elle.

— Cela a dû être une terrible épreuve.

— Oui. Mais c'était aussi un moment très particulier, parce que nous vivions pleinement l'instant présent, comme tu le disais. Chaque minute pouvait être la dernière, donc chaque minute était précieuse.

— Au moins, tu as pu t'en apercevoir, déclara-t-il en esquissant un faible sourire. Mickey et moi... Nous n'avons mesuré le prix de ces moments en famille qu'après avoir perdu nos parents.

— Oui, je crois qu'une mort soudaine est beaucoup plus douloureuse et difficile à surmonter, dit-elle avec empathie.

— Je ne sais pas. La fin de vie nous a été épargnée : c'est aussi une chance.

Il resta pensif un instant et reprit :

— Tu n'avais que dix-neuf ans. Comment as-tu fait ?

— Je suivais un cursus de commerce à l'université, je pouvais donc passer beaucoup de temps à la maison, expliqua-t-elle. Lucy quittait le lycée plus tôt quand j'étais retenue à l'extérieur.

— A-t-elle pu reprendre le cours de ses études, ensuite ?

— Non, répondit Elizabeth, très mal à l'aise.

Elle n'avait pas le droit de lui révéler que l'école avait toujours été un lieu de défis impossibles pour Lucy. Sa sœur était si complexée par sa dyslexie qu'elle n'en parlait à personne.

— Elle n'en avait pas besoin dans le parcours professionnel qu'elle visait, ajouta-t-elle.

— Mais je ne comprends pas. Sans diplôme, il est difficile de...

— Lucy croit qu'il faut se confronter à la réalité, interrompit-elle. Elle a toujours su trouver un travail grâce à sa faculté d'adaptation.

— Je vois. Tu es donc la seule à être engagée dans une carrière stable. C'est la raison pour laquelle elle te considère comme son roc ? Son *ancre* ?

Elizabeth laissa échapper un soupir et se tourna vers lui en souriant.

— C'est une bien curieuse conversation quand nous sommes censés vivre une nuit de plaisir, non ?

— Pas forcément. C'est une conversation intime. Nous avons toute la nuit devant nous pour nous consacrer aux plaisirs de la chair. Il y a deux ans que nous nous croisons sans rien savoir de nos univers respectifs. J'ai l'impression de connaître assez bien Elizabeth, mais ce soir j'aimerais rencontrer Ellie.

— Ellie appartient au passé. A mon enfance. La convoquer, ce n'est pas vivre dans l'instant présent.

Les yeux bleus et intenses de son compagnon se posèrent sur elle, et elle fut gagnée par une étrange faiblesse.

— Ellie est en toi en cet instant même, dit-il d'un ton grave. Elle est à l'origine de la femme que tu es devenue. Elle donne la direction à ta vie.

— C'est ridicule.

— Tu crois ? Tu es l'aînée, celle qui a été chargée de soutenir sa mère dans le moment le plus difficile, celle qui a dû protéger sa jeune sœur, celle qui portait toutes les responsabilités, qui organisait les soins médicaux et les funérailles, celle qui voudrait aujourd'hui trouver dans la vie un homme qui ne lui fera jamais subir l'abandon qu'a imposé son père à son épouse comme à ses filles.

Une nouvelle fois, Elizabeth fut sidérée par la puissance et la justesse de son analyse. Mais elle en était également ulcérée, car cela lui donnait le sentiment d'être transparente. Elle se redressa sur sa chaise longue pour rétorquer sèchement :

— Je ne suis pas venue ici pour être disséquée comme un *papillon mort*.

— Non, en effet, répondit-il tranquillement. C'est Ellie qui a voulu se libérer du cocon d'Elizabeth et voleter elle-même jusqu'ici, n'est-ce pas ?

Seigneur ! Elle détestait sa façon de dénicher sans cesse les vérités les plus secrètes ! Elle se sentait bien plus déshabillée que si elle était entièrement nue devant lui. Dans un geste de défense, elle lui tendit sa coupe vide. Il la lui remplit, et elle trouva assez de force pour reprendre :

— Tu joues au psy avec toutes tes conquêtes d'une nuit, Harry ?

Il la dévisagea avec perplexité.

— Qu'est-ce qui te fait croire que ma vie sexuelle prend la forme d'une suite de conquêtes d'une nuit ?

— Ton flirt continuel, rétorqua-t-elle, sûre d'elle. Michael dit que tu te comportes ainsi avec toutes les femmes. Ce n'est pas un traitement de faveur qui me serait réservé.

Il haussa les épaules.

— C'est distrayant de flirter. Les deux parties peuvent trouver cela agréable. C'est une manière de rechercher l'ingrédient magique qui peut nous conduire dans un lit, même si on ne le déniche que très rarement. Mais, quand c'est le cas, il serait stupide de n'en profiter qu'une nuit.

Je ne me souviens pas avoir fait une seule fois cette expérience. Tu te fondes sur des présupposés entièrement faux.

— En tout cas, ce soir ne sera que le premier et le dernier, insista-t-elle, déterminée à reprendre le contrôle d'un jeu qui lui échappait.

— Pourquoi ?

— Parce que...

Elle refusait d'affronter la peur si profondément enfouie en elle. Harry était un play-boy, un séducteur impénitent qui passait d'une femme à une autre — et peu importait qu'il consacre une seule ou quelques nuits à ses proies. Elle avait appris à se protéger, et elle ne courrait pas le risque de souffrir à cause d'un spécimen de cette espèce !

— Je ne veux pas m'engager au-delà avec toi, Harry Finn, poursuivit-elle.

— Pourquoi pas ? Tu redoutes que je te laisse tomber ?

Un « oui » tonitruant lui brûlait la langue, mais il ne lui laissa pas le temps de le lâcher.

— Est-ce que je t'ai laissée tomber quand Mickey a jeté son dévolu sur ta sœur ? Est-ce que je t'ai laissée tomber quand tu as cherché à leur échapper ? Est-ce que je n'ai pas honoré ta requête cette semaine, en me focalisant exclusivement sur le travail ? Ne t'ai-je pas donné la preuve que je tenais pleinement compte de tes sentiments ?

C'était indéniable. Et pourtant, pourtant...

— C'est... C'est juste parce que tout cela correspondait aussi à tes propres projets, balbutia-t-elle.

— Ah ? Lesquels ?

Ses tempes bourdonnaient. Il voulait apparemment la pousser dans ses derniers retranchements, et elle commençait à paniquer. Il fallait qu'elle appuie sa réponse sur une vérité incontestable.

Excédée, Elizabeth se leva d'un bond.

— Lesquels ? Mais ceux-là ! s'emporta-t-elle en désignant sa blouse et ses jambes nues. Tu voulais m'avoir ainsi ; non comme la professionnelle que je suis d'habitude, mais comme une femme *accessible, offerte* ! Ce sont tes propres mots, Harry. Alors pourquoi ne pas mettre un terme à cette discussion et sauter sur ce que tu désires depuis si longtemps ?

Harry avait toutes les peines du monde à contenir sa colère. Il avait tenté d'aller vers Elizabeth, d'établir entre eux un lien profond, véritable, et pour toute réponse elle ne cessait de se fermer à lui ! Elle verrouillait ses instincts, ses pensées, et elle le maintenait fermement au-dehors de son monde.

Il posa son verre, se leva à son tour et planta son regard dans le sien.

— Tu veux être traitée comme un morceau de viande et non comme une femme qui mérite mon intérêt ? Très bien ! Ne bouge pas et laisse-moi faire.

L'effet de cette tirade fut immédiat : le visage de sa compagne se vida de son sang. Au diable ! Il s'en fichait. Elle l'invitait à renoncer à toute forme d'attention, et son niveau de frustration avait atteint de tels sommets qu'il allait lui donner ce qu'elle attendait.

Il leva les mains vers ses seins et accomplit le geste dont il rêvait quelques jours plus tôt, dans le bureau de Mickey : il les soupesa avec familiarité, avant de vérifier la dureté des tétons sous la soie de sa blouse. La douceur de cette étoffe augmentait son excitation, et son érection se fit bientôt douloureuse.

Bon sang ! Il avait furieusement envie de cette femme. Ce désir le tourmentait chaque seconde depuis une semaine.

Sans mot dire, il défit les boutons du vêtement et en écarta les pans. Puis, il retira sa propre chemise. Il avait envie de sentir les seins nus d'Elizabeth contre son torse. Glissant les bras autour de sa taille, il l'attira brutalement à lui.

La sensation était merveilleuse...

— Harry, lâcha-t-elle d'une voix terrifiée.

Il ne l'écouterait plus. Ignorant sa plainte, il lui ferma la bouche d'un baiser vorace, ravageur, pour faire oublier définitivement son frère à cette femme impossible.

A sa surprise, elle ne lutta qu'une fraction de seconde et répondit rapidement à son ardeur, enroulant la langue autour de la sienne avant de passer les bras autour de son cou.

Déchaîné par cette réponse, il la plaqua plus étroitement contre lui, la contraignant à mesurer la force de son érection tout en défaisant avec rage les liens de son Bikini. Celui-ci glissa à terre. Il posa ses mains sur l'adorable fessier qu'il convoitait depuis si longtemps et en savoura la fermeté, ainsi que la douceur ensorcelante de sa peau. Ces courbes féminines agissaient sur lui comme une allumette près d'un baril de poudre : il était prêt pour l'explosion.

Il se recula d'un pas pour la contempler. Elle avait un corps divin : des seins ronds et généreux, une taille de guêpe, des jambes longues et fines... Et elle était à lui !

Il se débarrassa fissa de son pantalon et de son boxer, avant de dévêtir Elizabeth de sa blouse pour qu'elle soit, comme lui, entièrement nue. *Accessible. Offerte.*

Une pulsion primitive s'empara de lui. Sans hésiter, il la prit dans ses bras, la souleva et traversa la terrasse pour gravir l'escalier du salon et la conduire jusque sur le lit.

Après avoir vérifié qu'il avait bien laissé un préservatif sur la table de chevet, il glissa à son tour sur le matelas et bascula sur elle.

La passion grimpa entre eux, au diapason, dès qu'il s'empara de nouveau des lèvres de la jeune femme. Tandis que leur baiser se faisait enfiévré, elle ondulait sous lui, ouvrant d'instinct les cuisses comme si son corps avait pris le contrôle. Harry se souvint d'un coup du caractère *unique* de cette nuit ; cela le galvanisa, malgré l'amertume. Il ne laisserait pas un instant de répit à Elizabeth. Il devait débarrasser son cerveau de cette femme, l'expulser hors de ses pensées et de ses rêves. Dans cette perspective, il était déterminé à épuiser chacun de ses fantasmes, afin de se trouver libéré dès le lendemain.

Il embrassa encore rageusement les lèvres pulpeuses et chaudes de sa maîtresse, avant de descendre vers son cou pour y déposer une myriade de baisers brûlants. Prenant tout son temps, il s'attarda sur sa peau délicate, savourant le goût salé de sa transpiration, le parfum enivrant de sa chair palpitante.

Puis, il s'attaqua, lentement toutefois, à sa poitrine, traçant du bout de la langue des cercles autour de ses tétons durcis. Lorsqu'il en happa un, Elizabeth poussa un cri de plaisir. Il se repaissait de cette féminité exacerbée, tandis que sa partenaire se consumait en gémissements, entièrement abandonnée à ses caresses.

Lorsqu'il laissa glisser une main entre ses jambes, il retint une exclamation de triomphe : l'excitation de sa compagne ne faisait aucun doute, elle était prête à le recevoir...

Dans une torture étudiée, il effleura longuement sa toison, à la bordure de son sexe. Elle se cambrait, en un langage charnel sans équivoque, une supplique muette pour qu'il la possède. Refusant de céder, Harry ralentit encore ses gestes, avant d'introduire soudain deux doigts en elle. Elle poussa un cri et referma les cuisses sur son bras, l'invitant à poursuivre, à soutenir le rythme d'une pénétration qu'il voulait patiente et interminable.

Hélas, sa propre excitation menaçait d'atteindre ses limites. Le visage d'Elizabeth, chaviré par le plaisir qu'il lui donnait, constituait une stimulation érogène puissante.

— Ouvre les yeux ! ordonna-t-il.

Elle battit des paupières et releva vers lui ses pupilles embuées de désir.

— Dis mon nom ! exigea-t-il.

— Que... Quoi ?

— Dis mon nom ! répéta-t-il avec force.
— Ha... Harry, balbutia-t-elle.
— Encore !
— Harry, Harry, Harry, gémit-elle d'une voix tendue. Oh ! je t'en prie...
— Tu as envie de moi ?
— Oui... Oui, oui !

Il la contraignit au silence d'un baiser et se redressa pour enfiler rapidement le préservatif. Puis il pénétra Elizabeth d'un impérieux coup de reins. Fermant les yeux, il savoura l'intensité de la sensation. Elle enroulait déjà les cuisses autour de lui pour l'inciter à accélérer la cadence, mais Harry demeurait déterminé à laisser la tension monter peu à peu et à repousser l'explosion.

Imprimant un langoureux va-et-vient à leur étreinte, il se concentra sur chaque fraction de seconde. Progressivement, il s'abandonna au tempo naturel de leurs corps qui se répondaient et se complétaient, suivant un élan mystérieux. Il s'enfonçait si profondément dans sa chair qu'elle lâchait des râles de plaisir, la tête basculée en arrière, absolument *offerte*...

Enfin, il se laissa submerger par le désir. Répondant à la prière muette qu'il lisait dans le regard de sa partenaire, il convoqua toute la puissance de ses muscles pour un ultime assaut et l'écouta crier tout en la rejoignant dans l'orgasme.

En proie au plus délicieux des vertiges, le cœur battant à se rompre dans sa cage thoracique, Harry retomba sur le matelas, trempé de sueur. A son étonnement, Elizabeth laissa ses jambes enchevêtrées dans les siennes et, au lieu de se retrancher au bord du lit, se blottit contre lui, haletante.

Durant les minutes qui suivirent, elle ne tenta pas de s'écarter de lui. Peut-être était-elle trop épuisée pour accomplir le moindre effort ?... Il lui caressa les cheveux, savourant leur texture soyeuse, et se demanda comment elle allait se comporter durant les heures à venir : Ellie allait-elle enfin émerger, ou Elizabeth garderait-elle définitivement le dessus ?

Il tenta de se convaincre que cela lui était égal. Au moins, il venait d'acquérir la certitude qu'elle le désirait, et que chaque fibre de son être s'était engagée dans leur corps à corps. Même si ce n'était que pour une nuit.

10

Elizabeth ne voulait pas bouger. Elle était merveilleusement bien, la tête au creux de l'épaule de Harry. Des images heureuses de son passé affleuraient à sa mémoire : elle se revoyait petite, assise sur les genoux de sa mère qui lui caressait les cheveux — exactement comme son amant en cet instant. Personne d'autre n'avait accompli ce geste. Quand Lucy avait du chagrin, c'était elle qui la réconfortait, jamais l'inverse. C'était étrange de ressentir un tel apaisement auprès de lui…

Elle aimait aussi se trouver nue près de cet homme. Savourer le contact de sa peau chaude sur la sienne, l'aura de cette force virile qui lui offrait la sécurité. Ces minutes de paix s'avéraient également bienfaisantes, après la tempête d'émotions qu'avait fait souffler leur étreinte.

Le sexe avec Harry était… explosif. Jamais elle n'aurait cru possible un tel bouillonnement dans ses veines, un tel feu d'artifice dans sa chair. Les brèves relations qu'elle avait connues jusqu'à présent avaient souvent été agréables, mais sans passion. Quelque chose de magique venait de se produire. Elle avait perdu tout contrôle de son corps comme de son esprit, et elle avait adoré cette fougue. Un univers entier de plaisirs inconnus venait de s'ouvrir à elle et, après un orgasme saisissant de puissance, elle s'abandonnait à un bien-être inédit.

— Tu vas bien ? demanda-t-il doucement, sans cesser de caresser ses cheveux.

— Oh oui, merci, souffla-t-elle dans un soupir bienheureux.

— Alors, allons nous rafraîchir dans la piscine.

— Excellente idée.

Un instant plus tard, l'eau se referma sur son corps brûlant, comme une caresse de soie. Elle ferma les yeux pour s'abandonner à la volupté de l'instant.

— Ne bouge pas, dit Harry. Je vais allumer les torches pour faire fuir les moustiques et nous rapporter des huîtres et du vin.

— Des huîtres ! fit-elle en riant. Je n'ai vraiment pas besoin d'un aphrodisiaque !

Il s'interrompit aussitôt et la fixa droit dans les yeux.

— Ce n'est pas un truc de séducteur, Elizabeth. Je me suis seulement rappelé que tu les avais appréciées à ton déjeuner d'anniversaire.

Cet « Elizabeth » froid et inattendu l'atteignit comme une gifle en plein visage. Comme une gifle qu'elle recevait, certes, mais qui lui rappelait celles qu'elle comprenait avoir symboliquement administrées à Harry chaque fois qu'elle l'avait qualifié de séducteur, de don Juan ou de play-boy. Un peu tard, elle s'apercevait qu'elle l'avait insulté pendant deux ans. Pourtant, ne lui avait-il pas déclaré dès le départ que cette étiquette ne lui correspondait pas ? Et ne s'était-elle pas montrée injuste envers lui ? De quelle preuve disposait-elle pour prétendre qu'il était un collectionneur de conquêtes faciles ? Aucune.

Elle nagea jusqu'aux marches de la piscine et s'y assit, le corps immergé, en contemplant les reflets de la nuit sur l'eau.

Il s'agissait de se concentrer.

Au cours de ses deux années au service de Michael, Harry avait régulièrement fait des apparitions au bureau de Cairns. Elle se rappela la toute première. Il émanait de lui une charge sensuelle si puissante qu'elle y avait été sensible — et elle avait instantanément pris en grippe le frère de son patron. Dans son esprit, un homme doté d'un tel magnétisme devait attirer l'attention de chaque femme alentour, et la gent féminine au complet ne pouvait que convoiter d'avoir la chance de fréquenter un homme non seulement séduisant, mais riche et sexy. Déterminée à rester en dehors de son champ d'attraction, elle s'était bâti de solides remparts et avait repoussé fougueusement tout assaut de la part de celui en qui elle ne voyait qu'un dragueur.

A présent, elle avait la nette impression d'avoir entretenu d'odieux préjugés contre un homme dont la seule faute consistait à se montrer direct et chaleureux, et qui méritait d'être connu dans un sens qu'elle n'aurait jamais cru possible...

Elizabeth fut tirée de ses pensées en voyant Harry sortir de la villa avec un plateau sur lequel reposaient une assiette d'huîtres, une bouteille de vin blanc et deux verres. Il avait noué une serviette blanche sur ses reins.

La nuit était tombée, et les flammes des torches ne lui laissaient pas deviner l'expression de son visage. Etait-il toujours furieux contre elle ?

— Je viens t'aider ? proposa-t-elle.

— Inutile. Si tu préfères rester dans l'eau, je peux te servir ici.

— La température est parfaite.

— Alors, ne bouge pas.

Il posa le plateau au bord du bassin, déboucha le vin et en remplit les deux verres.

— Tu as raison, Harry, j'aime les huîtres. Merci de t'en être souvenu.

Il lui tendit un verre en souriant.

— Je me rappelle aussi que ta sœur a précisé que tu

aimais le chili de crabe. Comme je connais un restaurant de Port Douglas dont c'est la spécialité, j'en ai commandé. Il est en ce moment dans le micro-ondes. Dès que tu en auras envie, je le fais réchauffer.

Elle le fixa longuement, stupéfaite. Ses attentions étaient constantes et sa générosité infinie... De son côté, elle n'avait cessé de le traiter avec méchanceté, de se servir de lui et de le mépriser.

— Je suis désolée, lâcha-t-elle en baissant la tête.

Il haussa les sourcils.

— Désolée de quoi ?

— De mon attitude envers toi... Je me suis comportée comme une pimbêche, j'ai été insupportable, et je t'ai même rendu responsable de choses qui n'avaient rien à voir avec toi. J'ai été injuste, Harry. Et je ne comprends pas comment tu peux continuer à être aussi adorable avec moi. Je ne le mérite vraiment pas.

Submergée par la honte, elle ne fit rien pour empêcher les larmes de rouler sur ses joues.

— Je regrette profondément, reprit-elle. Je suis une catastrophe ambulante.

— Allons, tout va bien, répondit-il d'un ton rassurant. Respire lentement et ça va passer. La vie est parfois difficile. L'astuce consiste à ne pas s'arrêter ni se retourner. J'ai essayé de t'aider à regarder de l'avant, Ellie.

Ellie... La douceur de son surnom enfantin se posa sur elle comme une câlinerie. Ravalant ses larmes, elle leva vers lui un regard reconnaissant.

— Merci de m'aider ainsi, chuchota-t-elle.

— Tu mérites d'être traitée avec bienveillance, dit-il avec solennité. Tout le monde le mérite. Ma mère m'a appris cela.

Elle le considéra avec curiosité. A tous les égards, elle révisait son jugement sur cet homme, et ce qu'elle savait de lui prenait un sens nouveau.

— Sarah dit que tu ressembles beaucoup à ta mère.

— Son exemple est difficile à suivre, mais je m'y efforce.

— Parle-moi d'elle.

Il vint s'installer à son tour dans la piscine ; elle s'approcha de lui et lui sourit pour l'inviter à répondre.

— Mais… Je ne saurais pas par où commencer.

— Peut-être par la rencontre de tes parents ? suggéra-t-elle.

Il s'esclaffa.

— Cela s'est produit dans un hôpital ! Mon père s'était cassé la jambe, et ma mère était la seule infirmière à refuser d'écouter ses protestations toute la journée.

— Ah bon ? Ta mère était une simple infirmière ?

Elle ignorait que Franklyn Finn avait épousé une femme qui n'était pas issue, comme lui, de la grande bourgeoisie australienne.

— Une infirmière hors du commun, protesta-t-il. Tous ses patients étaient amoureux d'elle, y compris mon père. Il a toujours considéré comme un immense privilège le fait qu'elle lui rende son amour. Il lui a fallu un certain temps pour gagner son cœur.

— Ainsi, elle n'est pas tout de suite tombée amoureuse de lui ?

— Je crois que c'était compliqué. Elle ne savait pas comment elle pourrait s'intégrer à son monde, et surtout au projet de vie qu'il avait conçu. Papa était très ambitieux. En fin de compte, elle a fixé un certain nombre de règles pour que leur couple fonctionne, et mon père a dû promettre de les respecter.

— Il a tenu parole ?

— A la lettre. Elle était la lumière de sa vie, et pour rien au monde il ne l'aurait laissée partir.

Il secoua la tête tristement.

— En un sens, ajouta-t-il, c'était leur destin de disparaître ensemble. Ils ne faisaient qu'un.

Quel merveilleux mariage, songea Elizabeth, formant

le vœu d'avoir un jour la même chance que ces deux amoureux-là.

Dès le réveil, Elizabeth eut l'impression d'avoir miraculeusement perdu les inquiétudes qui la taraudaient d'habitude. La perspective de la visite de son ex-patron et de Lucy, loin de l'embarrasser ou de lui déplaire, lui était agréable. Elle était impatiente de revoir sa sœur et espérait de tout cœur que sa relation avec Michael se passait pour le mieux.

En fin de matinée, Harry partit les chercher pour les ramener lui-même en Jeep jusqu'au centre administratif.

Installée dans son bureau, Elizabeth entendait le roulis des vagues et le chant de quelques oiseaux voletant dans les plantes exotiques. Malgré les crampes douloureuses qui tendaient chacun de ses muscles, jamais elle ne s'était sentie aussi épanouie. Insatiable, Harry lui avait fait découvrir les plaisirs les plus extrêmes. Ils avaient follement fait l'amour dans la piscine, avant de remonter dans la chambre pour deux nouvelles étreintes, suivies d'une promenade sur la plage au lever du soleil.

Un sentiment de paix et de bien-être l'habitait.

Lucy était accrochée au bras de Michael quand Harry les fit entrer dans le bureau. Elizabeth en ressentit une joie sincère : sa sœur était amoureuse ! Elle rayonnait. Ses yeux pétillaient de joie et son sourire exprimait un bonheur neuf et profond.

— Ellie, cette île est fabuleuse ! s'exclama-t-elle. Quel endroit merveilleux pour travailler !

— Un paradis tropical, admit-elle en se levant pour aller l'embrasser.

— Tu te plais ici ?

— Pas trop, j'espère, grommela Michael en la saluant avec chaleur.

Elizabeth sourit, amusée.

— C'est un sacré changement, reconnut-elle.

Son ancien patron était plus séduisant que jamais. Pourtant, de manière étonnante — et à son grand soulagement —, elle ne ressentait rien pour lui. Il était juste le petit ami de sa sœur.

— Un *bon* changement, j'espère, lança Harry en la sondant d'un regard insistant.

Ces yeux d'un bleu intense, transperçant, ne la mettaient plus mal à l'aise. Au lieu de lui en vouloir de s'intéresser à elle, elle lui en était reconnaissante.

— Oui, répondit-elle avec chaleur. Un bon changement...

— Harry, débaucher mon assistante personnelle n'est pas une option, déclara Michael d'un ton ferme.

Son frère le toisa avec calme.

— Comme je te l'ai déjà dit, Mickey, ce choix n'appartient qu'à elle.

— Allons, allons... Pendant que vous vous disputez ma sœur comme deux chiffonniers, je veux qu'elle me fasse visiter son logement, coupa Lucy.

Cette dernière se retourna vers elle :

— Michael m'a dit que ton appartement se situait dans ce bâtiment. Au fait, je tiens à te dire que cet uniforme te va à merveille !

Elizabeth s'esclaffa.

— Il n'est pas aussi spectaculaire que ton ensemble.

— Tu crois que j'en ai trop fait ? s'enquit sa cadette.

Lucy portait un minishort en denim, un dos-nu rouge et violet, des baskets rouges, une paire de grandes boucles créoles aux oreilles, et sa chevelure blonde était attachée en queue-de-cheval par un gros ruban violet.

— Non, tu peux tout porter, Lucy. Tu es splendide.

Elles prirent le chemin du bâtiment principal, et Elizabeth l'entraîna vers son appartement.

— C'est charmant ! s'écria Lucy. Montre-moi la chambre et la salle de bains.

Elle jeta un coup d'œil au lit, dont les proportions étaient généreuses.

— Tu l'as déjà partagé avec Harry ? s'enquit-elle d'un ton espiègle.

— Eh bien, non, répondit-elle en invitant sa sœur à s'asseoir avec elle dessus. Tu veux bien me raconter comment ça se passe avec Michael ?

— Oh ! c'est... fabuleux. Tu sais, Ellie, je n'ai jamais été aussi dingue d'un garçon. Je suis tellement amoureuse que c'est indescriptible, mais c'est tout aussi merveilleux que terrifiant. Tu comprends ?

— Pourquoi est-ce terrifiant ?

Lucy poussa un profond soupir, s'allongea et glissa un coussin sous sa nuque.

— Michael est intelligent, n'est-ce pas ? demanda-t-elle. Je veux dire... vraiment *très* intelligent ?

— Euh... Oui, admit Elizabeth.

— Alors que se passera-t-il quand il découvrira que j'ai le cerveau branché de travers, que je suis une analphabète, nulle en lecture comme en écriture ? Jusqu'ici, j'ai puisé dans mon bon vieux réservoir d'astuces et de poudre aux yeux, mais cette relation est beaucoup plus sérieuse et intense que ce que j'ai pu vivre auparavant. Tôt ou tard, il va se poser des questions, remarquer des détails bizarres, observer certaines choses inhabituelles.

Lucy se redressa et la toisa d'un regard implorant.

— Ellie, tu as travaillé avec lui pendant deux ans. Dis-moi la vérité : est-ce qu'il va me laisser tomber si je lui avoue que je suis dyslexique ?

Elizabeth était gênée, soudain. Que répondre, alors que Michael était un perfectionniste, un homme redoutablement exigeant ?

— Honnêtement, je n'en ai aucune idée. As-tu l'impression qu'il est amoureux de toi ?

— Eh bien... Sur le plan physique, il est accroché. Je ne suis pas certaine que ce soit de l'amour, mais c'est ce que je souhaite de toutes mes forces. Plus que n'importe quoi d'autre au monde. Je voudrais qu'il m'aime assez pour oublier que je suis handicapée.

Elle prit la main de sa sœur dans la sienne et s'approcha d'elle.

— Cela n'aura aucune importance s'il t'aime, assura-t-elle. Et cesse de te considérer comme une personne à qui il manque quelque chose. Tu es intelligente, pleine de ressources, tu possèdes de nombreux talents. N'importe quel homme a de la chance si tu entres dans sa vie.

Lucy hocha la tête.

— Je ne suis pas encore prête à le lui dire. Je ne pourrais pas m'en remettre si...

Sa cadette leva soudain un regard anxieux vers elle.

— Tu ne l'as pas dit à Harry ?

— Non. Et je ne le ferai pas.

— Il me faut un peu plus de temps pour donner une chance à cette histoire... Tu comprends ?

— Oui, bien sûr, approuva Elizabeth.

— Mais assez parlé de moi ! Que se passe-t-il entre Harry et toi ?

Elle haussa négligemment les épaules.

— Comme toi : c'est encore trop neuf.

— Mais il te plaît ? insista Lucy.

— Oui.

Toute l'hostilité qu'elle avait entretenue à l'égard de son nouvel employeur — et amant — s'était envolée la veille. Restait un homme merveilleux, avec lequel elle avait simplement conclu un pacte sexuel pour une durée limitée.

Lucy lui passa le bras autour des épaules.

— Promets-moi que tu ne renonceras pas à ton histoire avec Harry si ma relation avec Michael tourne mal.

Cette question la surprit autant qu'elle l'émut. Lucy avait toujours vécu dans le présent, et c'était la première fois qu'elle l'entendait exprimer une inquiétude sur son avenir. Avant même qu'elle n'ait eu le temps de répondre, sa sœur reprit :

— Harry pourrait bien être l'homme qu'il te faut. Soyons honnêtes : il possède un charme dévastateur, il est sexy et il tient visiblement à ce que tu restes auprès de lui. Vous pourriez être heureux ensemble, et je ne supporterais pas d'être un obstacle entre vous si son frère et moi devions rompre. Te voir heureuse avec lui me rend heureuse, indépendamment de ma relation avec Michael.

Profondément touchée, Elizabeth l'embrassa.

— Mais tu es si amoureuse de Michael que tu seras terriblement blessée s'il met fin à votre histoire…

— Je rebondirai, comme je le fais toujours, assura Lucy. Je sais fermer une porte et passer à autre chose. Je me suis bien entraînée à ce jeu-là. Ellie, je ne veux pas que tu t'inquiètes pour moi. Tu mérites de trouver le bonheur.

— Toi aussi.

— Eh bien, nous y parviendrons peut-être toutes les deux, qui sait ? Je voulais juste que tu saches que la voie doit être libre pour Harry et toi. Dis-moi que tu es d'accord.

Elizabeth s'efforça de surmonter son émotion. Elle hocha la tête.

— Je suis d'accord, si cela te convient. Et, quoi qu'il advienne, nous serons toujours là l'une pour l'autre.

— Absolument ! renchérit sa sœur. Et maintenant allons retrouver nos hommes.

Elle sauta à bas du lit et entama un joyeux entrechat.

— Savourons un merveilleux week-end, et suivons notre cœur sans penser à demain.

Comme Elizabeth fermait la porte derrière elles, Lucy ajouta :

— On ne sait jamais quand le sort décide de s'en mêler et de mettre fin aux plaisirs de la vie, n'est-ce pas ?

— En effet.

Elle avait acquiescé en fronçant les sourcils, et se demanda soudain quelle part du comportement de sa sœur était imputable à la mort de leur mère et aux souffrances causées par sa maladie. Elle n'avait que dix-sept ans, alors...

Michael saurait-il l'envelopper de l'amour et de la sécurité dont elle avait besoin ?

Les deux hommes se tenaient exactement là où ils étaient, dans le bureau, au moment de leur départ. Elizabeth nota que l'attention de Michael s'était aussitôt portée vers Lucy dès qu'elles étaient entrées. Il avait le visage rayonnant de joie.

Il prit le bras de sa compagne sous le sien et se retourna vers son frère.

— J'aimerais que nous allions déjeuner tous les quatre au restaurant. C'est possible ?

— Je m'en occupe, répondit Harry d'un ton hésitant. Mais pourquoi n'y conduirais-tu pas Lucy ? Installez-vous en terrasse, commandez une bouteille de vin, Elizabeth et moi vous rejoindrons dès que nous aurons bouclé nos dossiers.

— Entendu. A tout de suite, lança Lucy avec un joyeux signe d'au revoir.

Même seule avec Harry, Elizabeth ne pouvait s'empêcher de penser à sa sœur. Elle avait attentivement étudié le comportement de Michael, espérant lire dans son cœur et déterminer s'il était capable de faire souffrir Lucy. Car cette fois, pour celle-ci, ce n'était pas une petite aventure sans lendemain. Jamais elle n'avait vu sa sœur aussi amoureuse.

Etait-il l'homme qu'elle méritait, l'époux affectueux et attentif dont elle avait besoin ? Encore huit jours plus tôt, elle était persuadée qu'il était l'homme idéal *pour elle* ! Cela ne signifiait pas qu'il saurait rendre Lucy heureuse. Et, en un sens, elle se trouvait plus exigeante avec Michael, maintenant qu'elle ne s'intéressait plus à lui. Sa sœur était fragile. Il fallait qu'il sache l'aimer et l'entourer de soins.

Seigneur, à quel étrange jeu le destin se livrait-il ? Maintenant qu'elle ne ressentait plus ni remords ni jalousie à l'égard de Michael et de Lucy, elle était en proie à une vive inquiétude pour l'avenir de celle-ci. Oui, la distribution des cartes entre les deux frères, sa sœur et elle donnait lieu à bien des retournements de situation !

Harry ne parvenait à desserrer ni les dents ni les poings. Il ne lui avait pas échappé qu'Elizabeth n'avait eu d'yeux que pour Mickey. Dès que ce dernier était entré dans la pièce, elle avait paru oublier tout le reste et se concentrer exclusivement sur son ancien patron. Pas une seule fois elle ne s'était tournée vers *lui*... De peur de comparer ce qu'elle éprouvait pour chacun d'eux ? Mickey était donc toujours son obsession ?

Il fallait qu'il sache à quoi s'en tenir !

— Elizabeth...

Elle leva les yeux vers lui et sourit. Curieusement, il ne décelait aucune trace de souffrance ou d'amertume dans son regard. Elle le dévisageait plutôt avec curiosité.

— Si tu préfères éviter ce déjeuner à quatre, reprit-il, j'ai trouvé cette excuse des dossiers en retard pour que nous puissions y échapper...

— Non, je serai heureuse que nous déjeunions ensemble, assura-t-elle. Si cela ne te dérange pas que je déserte le bureau...

— Tu es sûre ? insista-t-il.

S'il était soulagé par sa réaction, il désirait également être certain qu'elle n'avait pas de regrets quant à Mickey. Alors, à sa grande surprise, Elizabeth vint vers lui, un sourire enjôleur aux lèvres, et lui passa les bras autour du cou.

— Lucy a dit que nous devions être avec nos hommes

et, pour le moment, tu es mon homme, Harry. Cela te fait plaisir ?

Il se détendit quelque peu, sans toutefois réussir à éviter de se demander si elle le pensait sincèrement. Il attira la jeune femme contre lui. Elle ne résista pas. Au contraire, elle se blottit plus étroitement contre son torse, lui provoquant aussitôt une intense érection.

Il se pencha sur sa bouche et, d'un même mouvement, elle lui offrit ses lèvres. Leur baiser fut langoureux et doux, tendre et excitant. Hélas, le moment était mal choisi pour déserter le bureau en quête d'un lit : Mickey et Lucy les attendaient au restaurant ! Néanmoins Harry comprit à cet instant qu'une révolution venait d'avoir lieu dans l'esprit d'Elizabeth Flippence.

Leur nuit de sexe ne resterait pas unique.

Cette certitude lui insuffla une énergie nouvelle. Il pouvait attendre. Il avait gagné : Elizabeth était à lui.

11

Quand elle ouvrit les yeux, Elizabeth contempla l'homme nu endormi à côté d'elle. Celui qui lui avait donné tant de plaisir au cours de la nuit. Harry Finn...

Elle écouta sa respiration régulière en se délectant de la chaleur qui émanait de son corps. Roulant sur le matelas afin de se redresser, elle se cala un oreiller dans le dos et sourit en le regardant plus attentivement : ses puissantes épaules, ses bras musclés, les mèches de cheveux noirs qui tombaient sur son front, sa barbe naissante... Elle avait le cœur qui battait fort. C'était *son* homme.

Du moins pour le moment.

« On ne sait jamais quand le sort décide de s'en mêler et de mettre fin aux plaisirs de la vie », comme l'avait dit Lucy la veille. Toutefois, malgré l'angoisse que lui inspirait la fin inéluctable de cette relation, à plus ou moins brève échéance, Elizabeth était déterminée à vivre dans l'instant. Pas question de permettre à son perpétuel sentiment d'insécurité de lui gâcher son bonheur — à plus forte raison si le temps était compté !

La décision qu'elle avait prise la veille l'aidait à repousser ses craintes, à rester un papillon ne s'occupant que de ce que lui offrait la vie sur le mode du présent. Elle pressentait que c'était le bon choix.

— Bonjour, beauté, lança Harry d'une voix ensommeillée, la tirant de ses réflexions.

— Bonjour, répondit-elle en souriant.

— Il y a longtemps que tu es réveillée ?

— Assez pour me demander comment tu as hérité de cette petite bosse sur le nez, dit-elle en le caressant à cet endroit précis.

Harry cligna les yeux et s'extirpa de sa torpeur. Une fois de plus, il était frappé par la beauté d'Elizabeth. Les yeux encore brillants des émotions de leur nuit, elle avait un visage parfaitement détendu. Elle semblait heureuse.

— Un plaquage au rugby, expliqua-t-il en s'esclaffant, avant de l'attirer dans ses bras. J'avais quinze ans. Mon nez a été cassé, mais j'ai empêché mon adversaire de marquer un essai, et notre équipe a remporté le match.

— Ah, le sport… Jack Pickard m'a dit que tu étais extrêmement doué dans tous les sports, à l'adolescence. Il a même déclaré que tu étais un champion sur tous les terrains.

Il haussa les sourcils.

— Tu lui as posé des questions à mon sujet ?

— Non, il m'a raconté tout cela spontanément. Mais je suis curieuse d'en savoir davantage. Quels sont les moments sportifs qui ont marqué ta jeunesse ?

Harry était agréablement surpris de ce soudain intérêt. Pendant deux années, Elizabeth Flippence l'avait rejeté avec une constance exemplaire. Le glacier avait fondu, et elle s'était métamorphosée en une maîtresse douce, joyeuse, pleine d'attentions. Il évoqua son parcours sportif — cricket, natation, athlétisme, rugby — et constata qu'elle buvait ses paroles.

— As-tu songé à une carrière professionnelle ? demanda-t-elle, visiblement impressionnée. A viser les Jeux olympiques ? Ou à représenter l'Australie au rugby ou au cricket ?

— Non, j'étais seulement un grand amateur. Je n'ai jamais songé à en faire mon métier. Mickey et moi avons éprouvé très jeunes le désir de travailler auprès de notre père. Il était un vrai héros à nos yeux : un visionnaire, un rêveur capable de s'investir à cent pour cent dans ses projets afin de les réaliser. Il était aussi très encourageant. Patient, compréhensif... J'aimais l'idée de vivre cette existence qui permet, contrairement au sport, d'établir ses propres règles.

— Tu as eu de la chance d'avoir un père si merveilleux, Harry.

Il perçut une note de tristesse dans sa voix et se rappela les épreuves qu'elle avait traversées. Son père l'avait trahie et abandonnée. Elle n'avait jamais reçu d'affection de sa part, et cela influait forcément sur ses relations avec les hommes. Rien d'étonnant à ce qu'elle se soit réfugiée derrière une carapace protectrice. Car elle n'avait jamais cessé d'être le pilier de sa mère et de sa sœur.

Il admirait cette force de caractère hors du commun. Et, de toute son âme, il aurait voulu lui offrir sur-le-champ la garantie qu'elle était en sécurité auprès de lui, qu'il ne la trahirait pas. Mais seul le temps pouvait accomplir une telle œuvre.

Oui, le temps était leur meilleur allié...

— Je serai le même genre de père pour mes enfants, lâcha-t-il.

Ce commentaire parut la déstabiliser. Elle battit des cils et demanda d'une voix chevrotante :

— Tu... Tu comptes avoir une vie de famille ?

— Bien sûr. Pas toi ?

Elle semblait si troublée que son vieux doute se réveilla : était-elle encore dans le deuil de son fantasme avec Mickey ? Avait-elle été capable de se représenter en mère de famille seulement au côté de son frère ?

— C'est ce que je croyais, mais je ne sais plus, souffla-t-elle. J'ai besoin de reconsidérer mes projets d'avenir.

Bon sang, si seulement elle consentait à oublier son frère ! Un malaise pénible s'empara de lui et il se demanda si, finalement, le temps serait un allié...

Le séjour de Michael et Lucy était bref, aussi, pour en profiter, tous les quatre se retrouvèrent-ils au restaurant pour un dernier déjeuner.

Dès qu'ils furent installés et qu'on leur eut donné les menus, Elizabeth lut à haute voix la liste des plats proposés, pour que Lucy puisse arrêter son choix et non imiter quelqu'un en choisissant la même chose. Sa sœur lui adressa un discret coup d'œil de gratitude et sourit. Michael semblait toujours aussi admiratif devant elle. Ils formaient un joli couple, et elle espérait de toute son âme que les choses tourneraient au mieux.

Le repas se déroula dans une atmosphère joyeuse. Au moment des cafés, Michael ramena la conversation sur un plan professionnel.

— As-tu reçu des candidatures au poste de directeur général, Harry ?

Celui-ci haussa les épaules.

— Quelques-unes. Je n'ai pas encore programmé d'entretiens. Elizabeth va peut-être vouloir rester, maintenant qu'elle domine parfaitement la situation.

— Elizabeth est à moi ! protesta Michael d'un air courroucé.

— Non ! s'écria-t-elle avec force.

Tous les regards se tournèrent vers elle.

— Ne me dites pas que mon frère a réussi à vous séduire au point de vous convaincre de rester ici ? demanda Michael, stupéfait.

— Ce n'est pas le cas. Je resterai jusqu'à la fin du mois, comme convenu, en attendant qu'il ait trouvé la personne qui conviendra.

L'île était une merveille, mais elle savait qu'elle ne pourrait pas se contenter d'une relation purement sexuelle avec Harry. Sa décision était prise depuis la veille. Ce genre de passion n'était pas fait pour durer : son amant était un conquérant, et il se lasserait bientôt d'elle.

Le matin même, il l'avait profondément troublée en

lui avouant qu'il songeait à fonder une famille. Mais une petite voix lui soufflait qu'elle n'était pas la femme qu'il attendait : elle n'était pas assez solaire pour lui. Si elle lui plaisait, c'était uniquement parce qu'elle avait longtemps représenté un défi pour lui. Deux années de rejet avaient excité son désir de la posséder ; à présent qu'il l'avait assouvi au cours de fabuleuses nuits, elle ne serait bientôt plus à ses yeux qu'une simple collaboratrice, hélas...

De plus, elle ne pouvait pas concevoir de vivre aussi loin de Lucy.

— Ensuite, vous reviendrez à mon service, n'est-ce pas ? reprit Michael, visiblement rasséréné.

— Non, dit-elle en secouant la tête. Je suis désolée, mais ce n'est pas ce que je souhaite non plus.

Les connexions personnelles qui s'étaient établies entre les deux frères et les deux sœurs l'empêchaient de redevenir sereinement son assistante personnelle, mais ce n'était pas la seule raison de son choix.

— Pourquoi ? insista son ex-patron.

Elizabeth était conscience du regard que Lucy posait sur elle. Or il ne fallait surtout pas que sa sœur s'imagine qu'elle était la cause de son changement de carrière.

— La semaine que j'ai déjà passée ici m'a fait comprendre que j'ai besoin de quelque chose de nouveau. Je veux essayer un autre type de travail. Considérez que je suis en train de vous donner mon préavis, Michael.

Furieux, ce dernier se tourna vers son frère.

— Bon sang ! Si tu ne t'en étais pas mêlé...

— Hé, du calme, Mickey ! Elle ne reste pas davantage avec moi...

— S'il vous plaît, implora-t-elle, je ne veux pas être à l'origine de problèmes entre vous. Je souhaite seulement prendre une nouvelle direction dans la vie.

— Mais vous êtes brillante dans le poste que vous occupez ! plaida Michael.

— Merci. Mais je regrette, vous allez devoir trouver quelqu'un d'autre.

— Pourquoi ne demandes-tu pas à Lucy de reprendre le flambeau à tes côtés ? proposa Harry. Elle est sans doute aussi douée que sa sœur.

Lucy devint blême, et un éclair de panique passa dans son regard.

— Ce n'est pas du tout le genre de métier qui lui plaît, délara fermement Elizabeth.

Michael fronça les sourcils et se retourna vers sa compagne.

— Tu travailles déjà dans l'administratif, non ?

— Oui, mais à l'accueil, pour traiter directement avec les visiteurs, expliqua Lucy en toute hâte. Je ne fais pas de travail de bureau. Je suis bonne dans les relations humaines, l'aide à la clientèle, le conseil. C'est l'essentiel de mon activité au cimetière. Et j'aime ça.

— Oui, je le sais, admit Michael. Tu es faite pour être au contact des gens. Je ne veux pas que ça change, donc je ne te demanderai pas de remplacer ta sœur.

Elizabeth lut un profond soulagement sur le visage de Lucy. Mais elle était elle-même inquiète : celle-ci ne pourrait pas éternellement dissimuler sa dyslexie à Michael.

— J'espère que vous accepterez de m'écrire une lettre de recommandation, reprit-elle à l'adresse de son ancien boss.

Ce dernier soupira et lui sourit.

— Elle partira au courrier dès demain. Je regrette profondément de vous perdre, mais je vous souhaite bonne chance, Elizabeth.

— Merci.

Harry avait écouté la fin de la conversation en silence, travaillé par des émotions virulentes. Il n'avait pas anticipé la décision que venait de prendre Elizabeth, qui ne lui convenait pas plus qu'à Mickey. Elle coupait les ponts avec lui, et il n'en comprenait pas la raison. Ce matin encore, il avait cru qu'elle lui manifestait de l'intérêt, qu'elle commençait à s'attacher à lui... Si elle avait renoncé à ses vues sur son frère, pourquoi quittait-elle son poste auprès de lui ? C'était un travail passionnant, et elle aurait beaucoup de mal à retrouver un salaire aussi motivant.

Probablement ne tenait-elle pas à vivre en insulaire de manière permanente... Peut-être à cause de la distance qui la séparait de sa sœur. A Cairns, elles habitaient sous le même toit : la séparation lui semblait-elle trop douloureuse ?

En tout cas, elle n'envisageait pas d'avenir possible avec lui, et il n'était pas certain de pouvoir la convaincre de changer d'avis au cours des trois semaines à venir.

S'était-il bercé d'illusions lorsqu'il avait cru, la nuit précédente, que leur liaison était en train de commencer ? Il semblait bien que l'heure de la fin avait sonné. Et qu'elle n'avait partagé son lit que dans l'espoir d'oublier Mickey...

Elizabeth tourna la tête vers Harry. Silencieux et sombre, il dissimulait ses sentiments, mais elle percevait sa tension. Une étrange douleur lui vrilla la poitrine. Pourtant, elle savait qu'il n'avait rien d'autre à lui offrir que quelques nuits mémorables. Fâchée contre elle-même, elle se reprochait d'avoir parlé si tôt d'un sujet qui avait rompu une atmosphère charmante pour plonger les deux frères dans la colère et la consternation. Contrarié, peut-être vexé, Michael semblait toutefois accepter sa décision. Mais Harry ?...

— Je vais me refaire une beauté, lança soudain Lucy, nerveuse. Tu m'accompagnes, Ellie ?

— Bien sûr, fit-elle.

Dès qu'elles furent à l'abri des oreilles indiscrètes, devant les lavabos des toilettes pour femmes, sa cadette s'écria :

— Qu'est-ce qui te prend ? Pourquoi quittes-tu un poste que tu adorais ? Michael est profondément malheureux.

— Je ne peux pas rester uniquement pour lui faire plaisir.

— Mais tu m'as toujours dit que tu aimais ton travail !

— C'est vrai, concéda-t-elle. Mais je ne m'étais jamais rendu compte à quel point j'étais sous pression avant de venir ici. Je ne veux plus être à la merci du stress dès le matin et jusqu'au soir. J'ai besoin de chercher quelque chose de plus souple.

Sa sœur planta son regard dans le sien, comme pour la sonder au plus profond.

— Tu me promets que ce n'est pas à cause de mon histoire avec Michael ?

— Je t'assure que cela n'a rien à voir. Je regrette de causer cette déception à Michael, mais je pense qu'il s'en remettra vite et que cela n'aura pas de conséquences sur toi. Et, s'il te faisait le moindre reproche, cela voudrait dire qu'il n'est pas l'homme qu'il te faut.

Sa sœur poussa un profond soupir.

— Tu as raison. Il est normal que tu songes à ton avenir, et tu as le droit de changer de carrière. Il n'aurait pas dû réagir aussi vivement.

— Tu peux jouer les infirmières pour faire passer la pilule, suggéra-t-elle en lui adressant un clin d'œil.

Lucy se mit à rire et, au grand soulagement d'Elizabeth, la tension retomba.

Néanmoins, quand elles revinrent s'asseoir, Michael faisait toujours grise mine, et les adieux furent rapides. En les regardant partir vers le port, Elizabeth forma le vœu que Lucy parvienne à profiter de cette situation pour renforcer sa relation avec lui. Jamais elle n'avait eu l'intention de gâcher de cette journée, ni de jeter un voile sur leur union.

Une fois dans le bureau, Harry, muré dans le silence depuis la fin du repas, ne desserra pas plus les dents. Alors Elizabeth prit les devants.

— C'était convenu ainsi dès le départ. Je ne suis ici que pour un mois.

Le regard glacial qu'il lui décocha la surprit. Il la considérait d'un visage fermé, et l'air se fit soudain très lourd dans le bureau.

— Pourquoi as-tu démissionné de ton poste auprès de Mickey ? demanda-t-il enfin.

— J'ai expliqué pourquoi...

— Tu as jeté des arguments factices en l'air pour dissimuler la vraie raison. Dis-moi de quoi il retourne, Elizabeth.

De plus en plus étonnée par sa rage sourde, elle prit une longue inspiration, le temps de choisir ses mots.

— Je suis navrée que tu considères mes motifs comme des arguments factices. Je ne sais pas ce que je peux ajouter à ce que j'ai déjà dit.

La frustration se peignit sur les traits de Harry, qui secoua la tête, comme s'il refusait cette réponse.

— Ton petit scénario à la villa nuptiale était juste une revanche sur Lucy et Michael, dit-il d'un ton amer. Tu n'avais pas envie d'être avec moi. Je savais que je n'étais qu'un outil pour toi, vendredi soir. Maintenant, dis-moi la vérité. J'ai besoin de savoir si ce que nous avons vécu tous les deux depuis ce soir-là était aussi un moyen de te venger de Michael ; et si ta décision de ne plus travailler pour lui fait partie de la même dynamique.

Elle était encore accablée de honte en songeant à la manière dont elle s'était servie de lui, vendredi soir, et encore plus maintenant qu'elle savait que Harry l'avait démasquée. Mais elle ne pouvait croire qu'il l'accusait d'être encore obnubilée par Michael ! Soudain, elle se mit à sa place : Harry était un observateur redoutable de la psychologie humaine, rien ne lui échappait. Sans doute avait-il remarqué qu'elle s'intéressait beaucoup à son frère depuis son arrivée sur l'île. Et il en avait conclu que Michael la hantait toujours, alors qu'elle cherchait seulement à s'assurer qu'il ne blesserait pas sa sœur. Seigneur, elle avait promis à Lucy de ne pas révéler son secret ! Comment convaincre Harry qu'elle cherchait seulement à protéger Lucy si elle ne lui avouait pas que celle-ci était victime d'une faiblesse bien particulière dont elle avait honte ?

— Harry, il faut me croire, je ne pense plus à Michael, affirma-t-elle en faisant quelques pas vers lui, presque implorante. Et je ne te considère pas comme un *outil* ! Dès vendredi soir, j'étais profondément troublée par ta personne, et je savais que je ne venais pas te retrouver pour prendre une revanche sur ton frère. Même si au départ...

Elle s'interrompit et, le cœur battant, elle posa les mains sur ce large torse devenu son port d'attache depuis plusieurs jours.

— A partir de ce jour, reprit-elle, je te promets que j'ai savouré chaque minute, chaque seconde. Je veux mieux te connaître, et tout ce que j'apprends à ton sujet me plaît. Cela n'a aucun rapport avec ton frère.

Il fronça les sourcils.

— Dans ce cas, pourquoi as-tu décidé de ne plus travailler pour lui ?

Elle soupira, déçue de voir ses soupçons persister.

— Je n'ai probablement pas très envie de me rappeler chaque jour que j'ai été bien stupide, admit-elle. Et je pense sincèrement avoir besoin d'un autre type de poste.

Passant les bras autour de son cou, elle riva le regard au sien et ajouta :

— S'il te plaît, pouvons-nous oublier Michael, maintenant ?

Il demeurait sur ses gardes, la toisant d'un œil indécis.

— C'est mon frère, opposa-t-il sèchement.

Elizabeth recula d'un pas, prise de colère. Certes, Michael était son frère, de même que Lucy était sa sœur et qu'elle courait le risque d'être blessée.

— Est-ce que cela signifie que je *dois* rester son

assistante, que cela me plaise ou non ? Que, si je refuse, tu me retireras ta confiance ?

— Bien sûr que non, dit-il en l'attirant à lui.

— Tant mieux, murmura-t-elle, en le laissant l'envelopper de ses bras chauds et forts. Parce que je ne veux pas qu'un homme essaie de me dicter ce que j'ai à faire.

Il lui répondit par un sourire complice, avant de se pencher sur ses lèvres. L'émotion qui lui étreignit le cœur fut intense.

— Je comprends ton besoin de prendre un temps de réflexion, avoua-t-il, en la couvant d'un regard qui exprimait une sincère compréhension. De réfléchir à ce que tu as envie de faire. Et je t'annonce que tu auras un peu de solitude pour te concentrer là-dessus.

Elizabeth frissonna. Que voulait-il dire ?

— Je serai absent toute la semaine prochaine. Les réunions annuelles de la société me retiendront à Cairns et sur l'île principale. Je pars demain matin et... si tu n'es pas contre, je crois que j'aimerais beaucoup passer la nuit avec une femme qui ne se laisse rien dicter par qui que ce soit.

Grisée par le baiser de son amant, elle en oublia la nouvelle qui venait de faire saigner son cœur.

12

Elizabeth parvint à prendre en charge toute l'organisation administrative de l'île durant la semaine. Le travail, ainsi que ses réunions quotidiennes avec Daniel Marven et Sarah et Jack Pickard, lui permirent d'oublier sa solitude. De nombreux clients venaient également lui rendre visite pour bavarder avec elle, lui raconter leur journée ou préparer la suivante. Quelques touristes étrangers, habitués à parcourir le monde, ne résistaient pas au plaisir de comparer l'île Finn à d'autres petits paradis, et elle était heureuse d'apprendre que leur faveur allait immanquablement à celui-ci. C'était une distinction à l'actif de Harry.

Dire qu'elle l'avait d'abord considéré comme un playboy se dorant toute la journée au soleil… Jusqu'au bout des ongles, il était un bâtisseur et un homme d'affaires, au même titre que Michael.

Il lui téléphonait chaque jour afin de faire le point sur les réservations, et leurs longues conversations étaient pour elle un bonheur précieux. Leur complicité augmentait constamment, et ils parlaient de tout avec une grande facilité : la tension des premiers temps n'était plus qu'un souvenir. Même les remarques charmeuses et le flirt innocent qui l'avaient tant agacée lui plaisaient, désormais. Cette attitude la faisait rire, et une merveilleuse chaleur emplissait son corps quand elle l'écoutait la courtiser gentiment.

Elle restait sidérée par les immenses changements que la vie lui imposait en si peu de temps. Ses conflits intérieurs s'éteignaient en même temps qu'avaient disparu ses fantasmes autour de Michael, et qu'augmentaient son attirance pour Harry et son bien-être sur l'île. Elle parvenait enfin à dissiper ses inquiétudes quant à l'avenir, et s'autorisait à être un papillon voletant en liberté.

Lucy lui adressait régulièrement de courts messages reflétant le bonheur de sa relation avec Michael. Elle le considérait comme l'homme idéal ; de son côté, Elizabeth commençait à se demander si Harry n'était pas son prince charmant…

Il revint sur l'île le samedi matin, et une joie immense l'envahit tout entière lorsqu'il franchit le seuil du bureau. Incapable de se refréner, elle se précipita vers lui et bondit à son cou. Tout son corps vibrait de désir, et elle était follement impatiente de faire l'amour avec lui.

— Bonjour ! lança-t-il en riant.

Il lâcha son attaché-case et la serra dans ses bras. Le cœur battant à se rompre, Elizabeth accueillit son baiser ardent, passionné, ravageur.

Le travail ne leur permettait malheureusement pas de s'absenter du bureau pour des retrouvailles plus torrides. Ils passèrent en revue les différentes candidatures reçues pour le poste de directeur. Ensuite, ils avaient tant de tâches à assumer que l'après-midi s'écoula rapidement.

Enfin, le soir tomba, et ils se réfugièrent dans sa chambre pour faire follement l'amour.

Ils venaient de retomber sur le matelas l'un contre l'autre, en sueur, les jambes entrelacées, quand Harry la couvrit d'un regard de braise.

— J'aimerais vraiment que tu restes ici, Ellie, dit-il de sa voix chaude et enveloppante. Il n'est pas trop tard pour changer d'avis.

Sa gorge se noua.

— Je... Je ne peux pas, Harry, balbutia-t-elle.

Il fronça les sourcils.

— Tu as été heureuse ici jusqu'à maintenant, non ? La semaine qui vient de s'écouler s'est bien passée ? Je l'ai entendu dans ta voix, chaque fois que nous parlions au téléphone. Et, aujourd'hui, j'ai constaté à quel point tu te sentais à ton aise dans le travail. Pourquoi ne pas y réfléchir ?

Elle n'avait pas le droit de trahir le secret de sa sœur, se rappela-t-elle. Mais elle ne pouvait pas non plus lui laisser croire qu'il ne la rendait pas heureuse.

— Ne pense surtout pas que je te rejette. Mais je dois rester à proximité de Lucy. Il m'est impossible de vivre en permanence sur l'île.

Il lui décocha l'un de ces regards perçants qui la mettaient à nu.

— Tu veux être là pour elle ?

— Oui.

— Alors je crois qu'il ne me reste qu'une chose à faire : venir dans ton monde, à Cairns.

Un soulagement intense la gagna, et l'émotion lui fit monter les larmes aux yeux.

— Oui, s'il te plaît, répondit-elle en se serrant contre lui.

Quelque chose venait de s'ouvrir en elle, et elle était sur le point de le lui avouer, et de lui confier ses sentiments, quand la sonnerie du mobile de son compagnon retentit sur la table de chevet.

Etonnée, elle lança un coup d'œil vers l'horloge. Il était 6 heures du matin.

— Qui cherche à te joindre à une heure pareille ?

— Je ne sais pas, répondit-il, une note d'inquiétude dans la voix, en attrapant l'appareil.

Harry prit la communication, une vague appréhension au ventre.

— Allô ?

— Harry Finn ? demanda une voix masculine qu'il ne reconnut pas.

— Oui. A qui ai-je l'honneur ?

— Je suis Colin Parker, infirmier d'accueil. Je vous appelle depuis l'hôpital de Cairns. J'ai le regret de vous apprendre que votre frère, Michael Finn, a eu un grave accident de voiture il y a une heure...

Harry crut que son cœur cessait de battre. Un mélange de surprise et de terreur lui brouilla l'esprit, mais il rétorqua immédiatement :

— Grave ? C'est-à-dire ?

— Votre frère et deux adolescents se trouvent actuellement en soins intensifs. Je ne peux pas m'exprimer à la place des médecins, mais les blessures sont sérieuses.

— Il n'est pas mort, lâcha-t-il entre ses dents.

C'était au moins ça. Même sans la garantie que Michael s'en sortirait, pour le moment, il était toujours là.

— Qui ? demanda Elizabeth, affolée. Qui n'est pas mort ?

Harry songea aussitôt à Lucy.

— Mon frère était-il seul dans son véhicule au moment de l'accident ? demanda-t-il à l'infirmier.

Comprenant ce qui était arrivé, Elizabeth porta les deux mains à son visage et laissa échapper un gémissement plaintif.

— Oui. Il n'y avait pas de passager.

— Merci de votre appel. Je me rends à l'hôpital dès que possible.

Il raccrocha et se tourna vers Ellie.

— Lucy n'était pas avec lui.

Il ramassa en hâte ses vêtements et se rua dans la salle de bains pour prendre une douche, le cerveau fonctionnant à plein régime. Le plus rapide était l'hélicoptère. Mais le temps de le commander, de faire venir un pilote en pleine nuit... Non, ce serait trop long. La meilleure option était encore le yacht. En poussant les moteurs, il parviendrait à Cairns en un temps raisonnable et, depuis la marina, le trajet jusqu'à l'hôpital était bref.

« Tiens bon, Mickey », pria-t-il intérieurement, en serrant les poings.

Elizabeth avait enfilé un déshabillé et faisait les cent pas dans la chambre quand il émergea de la salle de bains.

— C'est si grave ? demanda-t-elle, le regard agrandi par l'angoisse.

Il ne put empêcher sa sombre jalousie d'affleurer.

— Lucy aura besoin de savoir, ajouta-t-elle.

Etait-ce bien pour sa sœur qu'elle se faisait un sang d'encre ? Le moment était mal choisi pour résoudre cette question.

— Mickey est en soins intensifs. C'est tout ce que l'infirmier a su me dire. Il faut que je parte, Ellie. Tu pourras tenir seule ici jusqu'à ce que… ?

Impossible de terminer cette phrase. Il refusait d'envisager le pire.

— Bien sûr, assura-t-elle. Je ferai tout ce que tu me demanderas, Harry. Mais appelle-moi. Je suis là, tant que tu as besoin de moi.

C'était cette attitude qui l'avait empêchée jusqu'ici de savourer la vie, songea Harry, non sans amertume. Elle était toujours là pour les autres, faisant passer leurs besoins avant les siens. A son tour, il lui faisait assumer ce rôle : elle devenait son roc, son ancre. Il savait qu'il n'avait pas le droit de lui imposer ce sacerdoce — quand bien même elle était consentante. Mais, pour l'heure, le temps lui interdisait de régler ce problème.

Eperdu de gratitude, il la prit dans ses bras et savoura la chaleur qu'elle lui offrait. Une chaleur qui parvenait presque à juguler le courant d'air glacial qui soufflait dans son âme.

Il l'embrassa sur le front et murmura :

— Merci. Je t'appelle dès que possible.

Elle lui lança un regard d'une infinie douceur, et il sentit son courage revenir. Elizabeth ne le lâcherait pas.

Il espérait que ce soit également vrai de Michael...

En regardant Harry quitter précipitamment l'appartement, Elizabeth eut mal pour lui. Ses parents avaient été tués dans un accident d'avion, et s'il devait perdre son unique frère dans des circonstances aussi brutales... Non, non, le destin ne pouvait se montrer si cruel !

Elle avait elle-même cru défaillir en imaginant que sa sœur se trouvait également à l'hôpital. Le souvenir de cette terreur la hantait. C'était ce que ressentait Harry en ce moment. Saurait-elle l'aider ? Pouvait-elle lui être du moindre réconfort, en des circonstances aussi graves ?

Une foule de questions la poursuivaient. Où était Lucy ? Pourquoi Michael était-il seul dans la voiture au moment de l'accident ? Fébrile, elle alla chercher son téléphone et se hâta de composer le numéro de Lucy. Les tonalités s'égrenèrent, et son angoisse monta d'un cran. Certes, il était encore tôt, se rappela-t-elle. L'horloge indiquait 6 h 30.

Enfin, la voix ensommeillée de sa sœur lui répondit :

— Allô ?

— Réveille-toi, Lucy ! s'écria-t-elle, les nerfs à vif. Il y a eu un accident.

— Quoi ?... C'est toi, Ellie ?

— Oui. Michael est blessé, il a eu un accident de voiture très tôt ce matin. Son état est sévère.

— Michael ? demanda sa sœur, en proie à la panique. Oh ! non, mon Dieu... Tout est ma faute !

— Comment est-ce que cela pourrait être ta faute ?

— Je... J'ai dû manger quelque chose d'avarié, hier soir. Il m'a raccompagnée à la maison. J'ai vomi, c'était horrible, et ça ne passait pas, il est parti trouver une pharmacie de nuit. J'étais tellement malade que je me suis rendormie...

Je ne me suis pas rendu compte qu'il n'était pas rentré. Il s'est tué par ma faute !

— Arrête, Lucy ! ordonna-t-elle avec autorité. Tu n'es pas responsable de cet accident, et une crise de nerfs n'aidera pas Michael. Tout allait bien entre vous, jusqu'à hier soir ?

— Oui, oui. Il a été merveilleux, pendant que j'étais malade. Oh ! Ellie, s'il meurt, je ne m'en remettrai pas !

— Alors, fais tout ce que tu peux pour l'aider à survivre, reprit-elle avec force. Te sens-tu toujours mal ? Es-tu capable de te rendre en taxi à l'hôpital ? Il est en soins intensifs.

— J'y vais, répondit sa cadette avec détermination.

— Je dois rester sur l'île, mais Harry est en route pour rejoindre son frère. S'il te plaît, veille aussi sur lui. N'oublie pas que Michael et lui ont perdu leurs parents dans un tragique accident. C'est un traumatisme pour Harry, il aura besoin de soutien...

— Je comprends. Tu l'aimes, et tu souffres de ne pas pouvoir être auprès de lui en ce moment.

Elle... Elle *l'aimait* ? Sa sœur avait décidément tendance à tout exagérer, mais le moment était mal choisi pour la détromper.

— Il faut que j'aie des nouvelles, Lucy, que je sache comment les choses évoluent. Tu me promets de me tenir au courant ?

— Promis. Je t'appelle dès que j'en saurai davantage. Il faut que j'y aille maintenant, d'accord ?

— D'accord.

En raccrochant, Elizabeth poussa un profond soupir et s'astreignit au calme.

La vie était si fragile... Et si précieuse. Plus que jamais, elle devait graver cette vérité en elle. Chaque moment qu'elle avait connu avec Harry lui avait apporté du bonheur. Oui, il la rendait heureuse... Etait-elle tombée amoureuse de lui ? Elle ne pouvait pas nier qu'un espoir était né en elle : celui que Harry Finn soit l'homme de sa vie.

Durant toute la matinée, Elizabeth eut le plus grand mal à rester concentrée sur ses dossiers et à ignorer son angoisse. Elle était persuadée que Lucy serait la première à lui donner des nouvelles, mais ce fut la voix de Harry qui résonna dans le combiné, aux alentours de midi. L'état de Michael était stable et, malgré de nombreuses blessures, ses jours n'étaient pas en danger.

— La voiture a été emboutie au niveau de la portière du conducteur, expliqua-t-il. Il a le bras droit et une hanche fracturés, plusieurs côtes cassées, quelques lacérations au visage, beaucoup d'ecchymoses et de contusions. Les médecins ont redouté que son foie n'ait été transpercé par une côte, mais les radios ont ôté tout doute à ce sujet.

Il poussa un long soupir et ajouta :

— Il ne reviendra pas travailler au bureau avant un bon moment, mais il s'en sortira sans conséquence.

— Ce sont d'excellentes nouvelles, Harry, souffla-t-elle, tandis que son corps se relâchait, débarrassé de toute sa tension.

— Lucy est là, poursuivit-il. Je l'ai laissée tenir la main de Mickey. Elle est étonnante, ta sœur !

— Ah ? Que s'est-il passé ?

— Eh bien, il n'est pas beau à voir… Son visage est si marqué que je n'étais pas sûr de devoir la laisser entrer dans la chambre : le choc aurait pu être trop violent. Je redoutais qu'elle ne s'évanouisse ou qu'elle ne s'écroule en larmes, mais elle m'a fait comprendre avec un aplomb inouï qu'elle était prête à tout endurer pour lui. La souffrance des autres ne semble pas lui faire peur.

Elizabeth sourit, le cœur empli de tendresse et de fierté.

— Je t'avais bien dit qu'elle avait été merveilleuse avec maman, répondit-elle.

— Elle l'est aussi avec Mickey. Je ne peux pas m'empêcher de penser à la rencontre de mes parents à l'hôpital. Quand il se réveillera, mon frère bénira ces moments. Il est encore sous sédatifs : je n'ai pas pu lui parler, mais les médecins sont sûrs qu'il est hors de danger.

— Concentre-toi là-dessus, Harry. Rien d'autre ne compte. Quoi que l'avenir puisse lui réserver, il a un avenir.

— Oui, Dieu merci.

— Comment l'accident s'est-il produit ? Lucy m'a seulement dit que ton frère avait pris la route au milieu de la nuit pour trouver une pharmacie.

Elle perçut la tension de son interlocuteur à l'autre bout de la ligne.

— Des adolescents ivres étaient au volant d'une voiture volée. Ils l'ont percuté de plein fouet. Les quatre se trouvent à l'hôpital, probablement en train de se maudire de leur stupide nuit de folie. J'ai du mal à éprouver de la compassion pour eux…

Ses paroles étaient dures, mais elle comprenait l'état dans lequel il se trouvait.

— Et toi, comment te sens-tu ? s'enquit-elle. Le choc a été rude, et des répercussions peuvent apparaître par la suite.

— Non, je vais bien. Je vais retourner auprès de Mickey. Ensuite, il faudra que je prenne sa place au siège de la société, ici à Cairns, jusqu'à ce qu'il se rétablisse. Je peux déléguer mes responsabilités sur l'île, mais Mickey a toujours conservé le contrôle sur les franchises : impossible de confier cette mission à qui que ce soit d'autre.

— Je sais, soupira-t-elle.

Elle déplorait que tant de responsabilités incombent à Harry dans un moment si douloureux. Il fallait qu'elle lui facilite les choses. Elle était prête à tout pour atténuer son chagrin, ses angoisses, pour alléger un peu la charge qui pesait sur lui.

— Je vais examiner les deux candidatures que nous avons sélectionnées hier pour le management de l'île, reprit-il. Je te ferai part de mon choix pour que tu puisses organiser un entretien. Tu me diras si tu partages mon point de vue.

— Entendu. Je demanderai également leur avis à Sarah, Jack et Daniel. Tu peux compter sur nous. Ne t'inquiète pas à ce sujet, concentre-toi sur Michael. Tiens-moi seulement informée quand tu le pourras.

— Je n'y manquerai pas. Et merci de...

Il s'interrompit, comme s'il cherchait les mots justes.

— Merci d'être là, Elizabeth. Et, surtout, merci d'être toi.

Ces mots la bouleversèrent. Elle déglutit lentement et murmura :

— Tu n'es pas seul dans cette épreuve. Je suis avec toi, tu peux m'appeler quand tu veux. D'accord ?

— Je t'adore. Vraiment.

Un frisson l'électrisa et elle retint son souffle. Etait-ce une authentique déclaration ? se demanda-t-elle, interdite. Ou une expression de soulagement ? Une formule à la Harry, mélange d'enthousiasme et de flirt ?

Avant même qu'elle n'ait eu le temps de réagir, il raccrocha.

13

Harry avait conscience d’avoir franchi une limite dangereuse. Les mots lui avaient échappé sans qu’il se rende compte de ce qu’il était en train de dire et, aussitôt, il s’était représenté avec effroi la réaction d’Ellie.

C’était pourtant la vérité. Cela ne faisait plus aucun doute désormais pour lui : il aimait cette femme…

L’attirance instinctive et profonde qu’elle lui inspirait depuis deux ans ne l’avait jamais quitté. En outre, il s’était révélé incapable de renoncer à la conquérir, malgré le rejet constant qu’elle lui opposait, malgré ses fantasmes sur son frère. Rien ne l’avait arrêté et il s’en félicitait, car il était maintenant certain qu’ils étaient faits l’un pour l’autre. Jusque dans sa moelle, il en avait la certitude. Ils possédaient tout pour être heureux ensemble. Mais, de son côté, en avait-elle conscience ?

Elle lui avait promis de ne pas l’abandonner durant cette crise. Toutefois, tant qu’il ne l’aurait pas retrouvée, il devait s’interdire de lui exprimer de nouveau ses sentiments. D’abord parce qu’il ne voulait pas vivre un moment aussi crucial au téléphone, ensuite parce qu’il devait éteindre à jamais la crainte qui demeurait dans son cœur : qu’elle éprouve encore des sentiments pour Mickey.

Chaque jour, Elizabeth s’apercevait que les appels de Harry étaient sa bouffée d’oxygène, celle qui lui permettait de ne pas étouffer. Les progrès de Michael étaient encourageants, et elle s'y intéressait, bien sûr ; mais elle avait avant tout besoin de savoir que Harry se remettait de son traumatisme, et parvenait dans le même temps à assumer seul la direction de l'entreprise tout en veillant sur son frère.

Il n'avait pas répété sa déclaration, et elle commençait à croire que cela n'en avait pas été une ce premier soir au téléphone, seulement l'expression d'un bouillonnement nerveux, d'une grande émotion après une journée éprouvante.

Pourtant... Chaque nuit, elle se retournait sans cesse dans son lit en songeant au bonheur qui serait le sien si Harry Finn pouvait l'aimer.

Ce dernier avait recruté un nouveau directeur, David Markey. A seulement vingt-huit ans, il avait déjà un CV solide ; il avait notamment été assistant de direction dans un complexe de Kangaroo Island, au sud d'Adélaïde. Son entretien téléphonique avait donné toute satisfaction à Elizabeth, qui avait fait savoir à Harry qu'elle cautionnait ce choix. Son successeur avait prévu d'arriver dans la matinée de samedi et de s'installer alors dans l'appartement du centre administratif qu'elle occupait depuis des semaines maintenant. Harry lui avait demandé de se réserver une villa pour le temps de la transition. Il l'avait également prévenue qu'il accompagnerait David, aussi se consumait-elle d'impatience...

Dès qu'elle entendit le grondement des moteurs et des pales, Elizabeth sortit de son bureau, au comble de l'excitation. Elle n'avait pas fermé l'œil de la nuit tant elle se réjouissait de revoir Harry.

Devant le nouveau directeur, il lui serait hélas interdit de céder à son impulsion et de se jeter dans les bras de l'homme qui faisait battre son cœur et frémir sa peau. Elle se contraignit donc à patienter sur le seuil du bureau.

Des bruits de voix et de pas se firent bientôt entendre.

Quand Harry apparut dans son champ de vision, une étrange faiblesse s'empara d'elle — sa gorge était nouée, son estomac fourmillait et une sorte de vertige lui brouillait l'esprit. Un champ magnétique d'une puissance vertigineuse émanait de Harry, provoquant un phénomène d'attraction irrésistible. Non sans difficulté, elle s'astreignit au calme et salua le nouveau directeur avec autant de chaleur et de dignité que possible, même si elle mourait d'envie de se jeter dans les bras de son fabuleux amant.

— David Markey, Elizabeth Flippence, lança-t-il en guise de présentations.

— Heureux de faire votre connaissance, déclara le nouveau venu en lui offrant une poignée de main.

— Enchantée également, David. J'espère que vous serez heureux de travailler sur l'île Finn.

C'était un jeune homme propre sur lui, aux manières affables. Ses cheveux étaient coupés court, il avait des yeux bruns et un sourire avenant.

— C'est une chance pour moi, et j'en suis conscient, répondit-il avec enthousiasme.

Jack Pickard apparut avec les bagages de David Markey. Harry invita ce dernier à emboîter le pas de l'intendant.

— Allez découvrir vos nouveaux quartiers avec Jack. Nous aurons tout le temps de faire plus ample connaissance tout à l'heure, et je dois discuter avec Elizabeth.

— A tout à l'heure, alors, répondit David.

Dès qu'il fut sorti, la nervosité d'Elizabeth grimpa en flèche.

— Dure semaine, n'est-ce pas ? lança-t-elle à Harry.

Il hocha la tête en signe d'assentiment.

— J'ai besoin de te sentir tout contre moi, dit-il en ouvrant les bras.

Elle n'avait pas besoin de se le faire dire deux fois : elle se précipita dans cette étreinte avec délectation. Seigneur, ce contact était si précieux ! Elle ferma les yeux pour savourer la force de Harry, sa chaleur, et le geste tendre dont il la gratifia tout de suite en lui caressant les cheveux.

— Il n'y a rien de mieux que ton corps souple et chaud pressé sur soi pour se sentir mieux, dit-il dans un murmure. J'ai eu si souvent envie que tu sois près de moi cette semaine, Ellie...

— J'aurais voulu être plus présente pour toi.

— Tu n'aurais pas pu mieux m'aider que tu ne l'as fait. Je resterai avec toi cette nuit, si tu es d'accord.

Elizabeth leva les yeux vers lui et lui sourit, heureuse. Elle avait tant redouté qu'il ne reparte vers Cairns aussitôt le nouveau directeur arrivé !

— C'est ce que j'espérais entendre, répondit-elle en se blottissant plus étroitement contre lui.

Lorsqu'ils quittèrent le bureau, Harry lui prit la main, entrelaçant ses doigts aux siens.

— Quelle est ta villa ? demanda-t-il.

— La numéro un. J'ai choisi la plus proche du bureau, au cas où on aurait besoin de moi. Je resterai le temps qu'il faudra, jusqu'à ce que David soit parfaitement à l'aise.

Harry hocha la tête.

— As-tu réfléchi à ce que tu souhaiteras faire quand les choses rentreront dans l'ordre ?

— Non. Je prends chaque jour tel qu'il se présente.

— Puis-je me permettre une suggestion ?

Préférant éviter une discussion désagréable, Elizabeth serra sa main dans la sienne et lui sourit tristement.

— Je ne travaillerai pas à plein temps avec toi, Harry.

Elle espérait qu'il ne tenterait pas une nouvelle fois de la persuader. Car elle était amoureuse de lui. Follement, éperdument... Et cela avait tout changé, en plus de rendre impossible une cohabitation professionnelle. Oui, elle devait partir, ignorer la douleur dans son cœur et songer qu'elle aurait au moins eu la chance de connaître Harry Finn, la chance de vivre une relation magique avec lui.

Elle inspira en grand et s'obligea à savourer cet instant

précieux où, main dans la main, ils marchaient ensemble, en harmonie, devant la mer majestueuse.

— Ce n'est pas ce que j'allais te proposer, rétorqua-t-il d'un ton tranquille.

— Ah non ? Quoi, alors ?

Elle posa les mains sur son torse avant d'enrouler ses bras autour de son cou. Puis, elle l'invita à lui donner un baiser. Son pouls qui battait à une vitesse folle résonnait à ses tempes. Sa chair frémissait de désir. Elle avait envie de lui, envie d'une nuit d'amour.

Il se recula pour plonger son regard dans le sien. Un regard grave.

— Je ne veux plus que tu travailles à mon service, Ellie. Je veux que tu vives avec moi. Et j'aimerais que tu envisages l'idée de devenir ma femme. Nous pourrions fonder un foyer, une famille, et être heureux. Qu'en penses-tu ?

Elizabeth demeura bouche bée, pétrifiée, incapable d'articuler un son. Le seul signe de vie provenant de son corps était un martèlement affolé. Celui de son cœur.

Les yeux d'Ellie s'étaient dilatés de stupeur. Harry se maudit intérieurement : il avait encore brûlé les étapes !

Mais aussitôt il se dit que cela lui était égal. Car, de toute son âme, il souhaitait qu'elle réfléchisse à sa demande, qu'elle comprenne qu'il était sérieux. Oui, il voulait partager son avenir avec cette femme merveilleuse. Elle était celle qu'il avait toujours cherchée sans vraiment le savoir, celle qui le complétait et qui parachevait son existence de mille façons extraordinaires.

Il ne supportait pas qu'elle ait des doutes quant aux sentiments qu'elle lui portait. Il fallait qu'elle soit sûre d'elle avant de lui répondre. De son côté, il avait effacé ses dernières réserves pendant la semaine qui venait de s'écouler. Au cours de leurs conversations quotidiennes, une évidence avait fini par le frapper : Michael n'était plus un astre rayonnant dans le cœur d'Elizabeth Flippence.

Au contraire, Harry avait noté qu'elle ne se souciait que

de lui, de son bien-être ; de savoir s'il se sentait apaisé, s'il dormait, s'il mangeait, si ses nouvelles responsabilités ne l'écrasaient pas, si elle pouvait faire quelque chose pour l'aider. Il aurait fallu être sourd pour ne pas se rendre compte qu'elle n'avait eu à cœur que ses sentiments et ses pensées *à lui*, plus que la situation de son frère.

Restait à savoir si elle aimait être son ancre autant qu'il aimerait être la sienne. Il était possible qu'elle ne soit pas prête pour le mariage, mais il avait préféré qu'elle sache que c'était ce qu'il avait en tête — à court ou long terme. Qu'il comptait inscrire ses sentiments pour elle dans la durée.

Il la dévisagea avec attention. Certes, elle était choquée, mais... Il ne perçut aucune forme d'énergie négative de sa part.

— Je te demande seulement d'y penser, répéta-t-il, avant de l'embrasser avec douceur.

Elizabeth n'avait pas du tout envie de penser. Elle voulait pleinement savourer tout ce que Harry lui faisait ressentir. Fermant les yeux, elle accueillit son baiser avec ferveur et le lui rendit, langoureusement, passionnément.

Lui seul était capable de faire jaillir ce flux de sensations électrisantes en elle... Et elle adorait cela. Et même plus : elle ne saurait plus vivre sans. En ce moment même, son corps appelait celui de son amant, une requête impérieuse plus éloquente que n'importe quel autre langage.

— Je t'aime, Harry, avoua-t-elle, soulagée. Le renversement est sans doute extraordinaire, mais c'est la vérité.

Il resta une seconde interloqué, mais se reprit très vite et lui décocha un de ses sourires ravageurs.

— Je t'aime aussi. Nous sommes faits l'un pour l'autre. Je sais que je pourrai toujours compter sur toi, et j'espère que tu sais que tu pourras toujours compter sur moi.

— Oui... Oui, je le sais.

Elle était sincère : son cœur était empli de cette certitude.

— Alors ?... demanda Harry avec une pointe d'anxiété dans la voix. Tu acceptes de m'épouser ?

Oh oui ! Oh oui, elle le voulait ! Et Lucy le voudrait aussi, indépendamment de ce qui pouvait arriver entre Michael et elle.

— Si tu as une réserve, reprit Harry, sans doute inquiété par son silence, dis-moi de quoi il s'agit.

Elizabeth leva les yeux vers lui, décidée à lui parler franchement.

— Tu n'en voudrais pas à Lucy si Michael et elle devaient rompre ? Tu lui garderais ton amitié ?

La réponse de Harry revêtait pour elle une importance capitale. Elle ne pouvait taire cette hypothèse alors qu'elle savait que cela pouvait poser un problème dans le futur. La rupture d'un couple signifiait de l'amertume, la volonté de voir l'entourage prendre position... Si cela arrivait à Lucy et Michael, Harry et elle n'auraient pas le jeu facile.

— Bien sûr que je lui garderais mon amitié. Lucy est ta sœur !

— Et Michael, ton frère. Notre loyauté envers l'un ou l'autre pourrait nous mettre en rivalité.

— Et nous trouverions le moyen de nous en sortir, promit-il. Je sais que Mickey ne s'opposerait jamais à ce qui peut me rendre heureux, et je parie que Lucy ne supporterait pas d'être un frein à ton bonheur. Je me trompe ?

— Non, admit-elle. C'est vrai.

— Alors nous n'avons pas de problème. Ils ne finiront peut-être pas ensemble, mais cela n'affectera jamais nos liens familiaux avec eux. Et nous aurons leur bénédiction.

Elizabeth hocha la tête : elle en était également certaine.

— Ecoute, reprit Harry en l'attirant contre lui, nous n'avons qu'une vie à vivre. Nous nous sommes trouvés. Ne gâchons pas le temps qui nous appartient. On ne sait jamais quand notre joie peut nous être définitivement arrachée.

Comme cela avait été le cas pour ses parents, songea-t-elle. Comme cela avait bien failli arriver à Michael.

— Tu as raison, lança-t-elle en souriant. Nous devrions nous marier, fonder une famille. J'ai trente ans, tu sais !

Il lui décocha un clin d'œil complice.

— Oui, je sais. C'est ton trentième anniversaire qui nous a rassemblés.

— Un peu de force ! répliqua-t-elle en riant.

— Ce n'était qu'une affaire de temps, affirma-t-il, retrouvant un peu de son arrogance naturelle.

Seigneur, comme elle aimait cet homme ! Heureuse, elle le gratifia d'un regard frondeur.

— Je sais que tu ne veux pas perdre de temps, le provoqua-t-elle, mais je dois retourner travailler…

Harry la saisit par la taille et l'embrassa passionnément, avant de l'entraîner vers la villa. Le corps d'Elizabeth brûlait de désir et d'amour, mais son esprit était en paix. Elle aimait Harry Finn, qui le lui rendait bien. Quoi que l'avenir leur réserve, ils sauraient en tirer parti puisqu'ils seraient là l'un pour l'autre. C'était inscrit quelque part, et ils allaient maintenant le vivre.

Oui, Harry et elle feraient exister ce bonheur… Tout était parfait !

EMMA DARCY

Sous l'assaut de la passion

Traduction française de
BARNABÉ D'ALBES

AZUR

HARLEQUIN

Titre original :
HIS MOST EXQUISITE CONQUEST

Ce roman a déjà été publié en 2015.

1

Une jeune fille pleurée par ses parents et inhumée dans la mauvaise concession, un intrus occupé à creuser à côté d'une tombe, un chien en maraude dans le jardin du mémorial, y saccageant les célèbres statuettes en forme de têtes d'anges : ce lundi matin commençait bien, songea Lucy, qui allait devoir résoudre tous ces problèmes.

Au volant de la camionnette du cimetière de Greenlands, pour lequel elle travaillait, elle se dirigeait vers la section où l'homme à la pelle avait été signalé.

Elle soupira.

Cette suractivité tombait mal. Un peu de temps libre aurait été bienvenu, le jour de l'anniversaire de sa sœur ! Elle espérait parvenir à l'emmener déjeuner. Au téléphone, un peu plus tôt, elle lui avait annoncé qu'elle passerait la voir à son bureau, sans lui laisser la possibilité de refuser. Ellie lui avait annoncé qu'elle avait une nouvelle coupe de cheveux, et qu'elle portait la tenue chic et chatoyante que Lucy lui avait offerte. Elle avait hâte de voir ça ! La métamorphose de son aînée, le jour de ses trente ans... Pas trop tôt !

Au cours des deux dernières années, sa sœur s'était effacée derrière ses tailleurs ternes, se privant de toute forme de vie autre que professionnelle, s'attachant à être la plus parfaite des assistantes de direction. Pas un homme n'avait su la divertir de ce morne quotidien.

Certes, en ce moment, Lucy pouvait presque comprendre le profond désintérêt d'Ellie à l'égard de la gent masculine puisqu'elle-même revenait d'un week-end à Port Douglas, où celui qui promettait d'être un prince charmant s'était changé en horrible crapaud. Si elle y réfléchissait, elle devait admettre que ce phénomène finissait toujours par se produire, tôt ou tard. A vingt-huit ans, elle n'avait pas encore rencontré la perle rare, l'exceptionnel chevalier qui conserverait une armure brillante en toutes circonstances…

La difficulté de l'enjeu ne l'incitait pas à renoncer à la fréquentation de ces messieurs : elle adorait éprouver le frisson d'une nouvelle rencontre et se sentir aimée, tant pis si ce n'était pas encore pour toujours. Ces bonheurs-là valaient la cruauté des désillusions qui, jusqu'ici, s'en étaient toujours suivies. Tant qu'elle serait en vie, elle ferait partie du jeu et s'offrirait l'expérience de tout ce qui lui paraissait délicieux. Elle suivait en cela le conseil prodigué par sa mère — une mère qui avait dû épouser son méchant crapaud de compagnon parce qu'elle était enceinte d'Ellie.

« Ne commets jamais cette erreur, Lucy. Sois prudente », lui avait-elle dit.

Oh oui, elle était prudente ! Toujours. D'autant plus qu'elle ne désirait pas avoir d'enfant. Cette décision lui fendait le cœur, certes, mais elle ne transmettrait pas le fardeau quotidien de sa dyslexie à un autre être humain. Imposer à un enfant l'enfer qu'elle avait elle-même subi à l'école ne pouvait être considéré comme un acte d'amour. D'ailleurs, les problèmes ne cesseraient pas à la sortie du lycée : ce handicap incurable bloquait tous les chemins par lesquels passaient les gens normaux sans même qu'ils s'en rendent compte de leur chance.

La seule idée de mettre au monde un bébé au cerveau aussi mal connecté que le sien glaçait le sang de Lucy. Elle n'avait pas le droit de courir ce risque. Ce qui signifiait aussi qu'elle ne se marierait probablement jamais : un mariage sans projet de famille n'avait guère de sens...

Restait cependant l'espoir de rencontrer un jour un prince charmant qui ne se préoccuperait guère de concevoir une descendance ; ou un prince charmant atteint lui-même d'un défaut génétique, heureux de se contenter de l'amour de sa compagne et de celui qu'il lui donnerait. Elle n'avait pas réussi à tuer ce vieux rêve en elle et, à la vérité, il lui permettait sans doute de continuer à arpenter joyeusement le sentier des découvertes de la vie.

Situé en périphérie de la ville de Cairns, le cimetière baptisé Greenlands, « terres vertes », portait bien son nom : ses grandes pelouses et ses arbres feuillus lui conféraient une intense couleur verte, celle-là même que l'on trouvait généralement dans tout lieu naturel de la région nord du Queensland, surtout par un temps chaud et humide comme celui dont cette partie de l'Australie bénéficiait en ce moment. Lucy se félicitait d'avoir un métier qui ne l'obligeait pas à rester enfermée dans un bureau, loin de ce magnifique soleil.

Elle gara sa camionnette à l'ombre et, à peine descendue, repéra un quidam avec une pelle au milieu des rangées de tombes. Il s'agissait forcément de l'individu signalé... L'homme semblait âgé, et Lucy prit aussitôt la décision de l'aborder. Même si elle évaluait toujours la possibilité d'un danger ou d'une réaction agressive avant d'agir, elle hésitait rarement, car son apparence avait l'art de désarmer ses interlocuteurs.

Elle adorait s'habiller comme cela lui chantait. A Port Douglas, le marché du dimanche était souvent pour elle une mine de trouvailles. La veille, elle y avait déniché des colliers en perles de bois, des franges de cuir, une ravissante lanière tressée à porter en ceinture et des sandales spartiates montant jusqu'à mi-jambe, qui mettaient en valeur l'ensemble blanc adopté aujourd'hui — une minijupe en broderie anglaise et une tunique empire. Elle avait remonté ses longs cheveux blonds en chignon de style choucroute, afin de dégager son visage et ses boucles d'oreille de bois. Elle n'avait jamais cédé au conformisme vestimentaire, et ses tenues incitaient les gens à se confier facilement, à se sentir à l'aise pour amorcer le dialogue.

Dès qu'il la vit marcher dans sa direction, le vieil homme cessa de creuser, s'appuya sur le manche de sa pelle et la regarda approcher. Comme la plupart des mâles, il la détaillait de la tête aux pieds. En parvenant à sa hauteur, elle distingua deux grands sacs de terreau et un rosier emballé, posés près de lui.

— Vous offrez un ravissant spectacle pour des yeux fatigués, mademoiselle, lança l'homme en guise de salut, un sourire chaleureux aux lèvres. Vous venez visiter une personne chère ?

— Oui, je viens toujours voir ma mère quand je passe dans ce secteur, répondit Lucy en souriant à son tour.

Le visage du vieux monsieur était si ridé, si constellé de taches de son qu'elle lui donna dans les quatre-vingts ans. Solide sur ses jambes et élancé, il semblait toutefois alerte.

— Votre maman ?... Elle a dû partir bien jeune, observa-t-il.

— Elle avait trente-huit ans.

Dix ans de plus que Lucy aujourd'hui. Cette vérité ne la quittait jamais. C'était comme une horloge interne lui répétant sans cesse de profiter de la vie, tant qu'elle le pouvait.

— Qu'est-ce qui vous l'a enlevée ? interrogea-t-il.

— Le cancer.

— Ah... C'est une mort difficile, soupira-t-il en secouant tristement la tête. Je devrais considérer que j'ai de la chance que ma femme soit partie brutalement. Son cœur a lâché. Elle allait avoir soixante-quinze ans. Nous aurions pu célébrer nos noces de diamant...

— Vous avez connu un mariage heureux, dit Lucy, tout

trahison complétait un tableau déjà guère reluisant, et Lucy était soulagée que cet odieux personnage ne fasse plus partie de leur vie. Elle ne lui pardonnait toujours pas de ne pas avoir donné à leur mère l'affection qu'elle méritait.

Un arrière-goût amer lui vint dans la gorge. Le mariage de ses parents n'avait pas été un chemin semé de roses...

— C'est l'anniversaire d'Ellie, aujourd'hui, maman, annonça-t-elle à haute voix en s'agenouillant. Je suis sûre que tu t'en souviens. Je lui ai offert une belle blouse à manches papillon et une jupe adorable qui va très bien avec. Il y a trop longtemps qu'elle se déguise en taupe travailleuse, et je voudrais qu'elle se libère. Tu nous as priées de veiller l'une sur l'autre, mais Elizabeth remplit bien plus que sa part de la mission. Elle est toujours là pour moi. Elle m'aide constamment à franchir les obstacles que m'impose ma dyslexie. J'aimerais l'aider à trouver sa moitié. Comme les hommes sont souvent attirés par les couleurs vives, j'ai choisi des vêtements adéquats. Il est temps qu'elle se lance, tu ne crois pas ?

Elle sourit en se rappelant les paroles de sa sœur au téléphone, plus tôt dans la matinée. Outre sa nouvelle coupe de cheveux, Ellie avait aussi opté pour une nouvelle teinte, un brun balayé. C'était une première étape franchie dans la bonne direction ! Si seulement son aînée pouvait se détendre un peu, s'accorder des loisirs, s'amuser... Les hommes aimaient aussi cela : sentir la joie de vivre chez une femme.

— Maman, tu pourrais accomplir un miracle et nous trouver deux princes, un pour Ellie et un pour moi ? Ce serait formidable de les rencontrer aujourd'hui. Oui, ce serait un cadeau d'anniversaire inoubliable.

Lucy ne put s'empêcher de s'esclaffer après avoir prononcé ces paroles absurdes.

— Bon, en attendant, il faut que j'y aille, poursuivit-elle. Figure-toi que je suis censée aller ramasser des statuettes en forme de têtes d'anges, celles qui décorent le mémorial. Je dois m'assurer qu'elles n'ont pas été cassées par un chien en vadrouille. A bientôt.

Un peu plus tard, au milieu des pelouses du mémorial, Lucy resta interdite devant le nombre de têtes d'anges renversées. Ces décorations étaient fragiles, et le chien responsable de leur dégradation, un danois ou un berger allemand selon un de ses collègues qui l'avait aperçu, s'en était donné à cœur joie.

Elle retourna chercher sa camionnette et passa plus d'une heure à ramasser les débris, qu'il faudrait ensuite aller confier à un spécialiste pour qu'il les remette en état. Consultant sa montre, elle décida de remplir cette dernière tâche après déjeuner. Il était 11 heures et demie. Si elle ne partait pas tout de suite pour le bureau d'Ellie, sa sœur risquait d'aller prendre son repas seule. Lucy l'avait avertie qu'elle passerait la voir, mais le déjeuner d'anniversaire était une surprise !

Trouver une place où se garer dans le centre-ville relevait de la mission impossible. Lucy se résolut donc à abandonner son véhicule à trois pâtés de maisons du building l'Esplanade, où étaient situés les bureaux de Finn's Fisheries, l'entreprise qui employait sa sœur. Aussi parcourut-elle la distance au pas de charge.

Essoufflée, elle parvint enfin devant le bureau de sa sœur, frappa et passa aussitôt sa tête dans l'entrebâillement, pour vérifier qu'Ellie était là.

Et elle était là ! Mais il s'agissait d'une toute nouvelle Ellie. Sexy, avec ses longues jambes moulées dans une jupe vert d'eau ; audacieuse, dans cette blouse de soie multicolore et sophistiquée ; incroyablement féminine, grâce à cette coupe de cheveux dégradée. Lucy en ressentit une bouffée d'excitation et s'écria :

— Je peux entrer ?

— Oui.

Sans se le faire dire deux fois, elle jaillit dans le bureau et se mit à sautiller, émerveillée par la nouvelle apparence de sa sœur. C'était prodigieux !

— J'adore ta coiffure, Ellie ! s'exclama-t-elle en s'asseyant sur un coin du bureau pour la regarder plus attentivement. C'est incroyablement sexy ! Ces mèches un peu folles dans ton cou sont un appel à foncer dans un lit, et la couleur est magique ! C'est exactement ce qu'il fallait pour la tenue que je t'ai offerte. N'est-ce pas que j'ai bien choisi ? Tu es tout simplement rayonnante ! Dis-moi que tu te sens dans la peau d'une femme fatale !

Malgré sa mine décontenancée, sa sœur finit par sourire.

— Oui, je suis heureuse de ce changement. Comment s'est passé ton week-end ?

C'était typique ! Ellie détournait systématiquement le sujet sur son interlocuteur quand on l'interrogeait sur ses propres sentiments. En même temps, Lucy ne voulait pas la brusquer.

— Pas mal, dit-elle. Mais la matinée a été effroyable !

Elle ne tenait pas à épiloguer sur son aventure avec le crapaud du pub irlandais de Port Douglas. Pas question d'évoquer des hommes décevants le jour où Ellie décidait enfin de sortir de sa carapace et d'exalter sa beauté. Elle se contenta donc de lui raconter sa matinée au cimetière, en s'attardant sur sa rencontre avec Ian Robson, puis sa découverte des têtes d'anges renversées au mémorial.

— ... J'ai été obligée de ramasser les statuettes une par une, de les mettre dans le van et de les rapporter à l'atelier, mais je dois encore trouver quelqu'un pour les restaurer et les remettre en place. Tu n'as pas idée à quel point c'est lourd, une tête d'ange !

Mais visiblement sa sœur ne se souciait guère de ses aventures. Celle-ci semblait distraite et jetait des coups d'œil anxieux vers l'autre côté de la pièce.

— Une tête d'ange, énonça soudain, comme en écho, une voix derrière elle.

Une voix masculine, profonde et vibrante, grave et virile, qui produisit sur elle un effet immédiat. Ce fut comme si elle avait reçu une décharge électrique. Des frissons coururent sur son épiderme et son cœur se mit à battre à coups frénétiques. Stupéfaite, elle se retourna pour découvrir à qui appartenait cette voix.

Et alors, elle le vit.

Il était grand, séduisant, mystérieux... L'illustration parfaite du prince des contes de fées !

2

Tout ce que Michael avait dans la tête à ce moment-là fut balayé par la vision du stupéfiant spécimen féminin perché sur le bureau de son assistante.

Ce furent d'abord les jambes qui le frappèrent. D'interminables jambes dorées par le soleil, s'achevant par de fines chevilles délicatement parées de hautes sandales. Une adorable et minuscule jupe blanche dissimulait le galbe d'un petit fessier, mais la blouse, même bouffante, laissait deviner la rondeur d'une épaule. Quant à la masse lumineuse des longs cheveux blonds cascadant autour de son visage, elle semblait soyeuse, appelait la caresse.

Des boucles d'oreille allongées dansaient dans son cou, de même qu'un ensemble de bracelets à franges autour de ses poignets. D'une voix animée, elle venait de raconter, avec des gestes gracieux, une étonnante histoire de têtes d'anges roulant dans l'herbe d'un cimetière — histoire qui contribuait à la dimension surréaliste de cette rencontre.

Il avait presque besoin de se pincer pour s'assurer qu'il ne rêvait pas...

La présence de cette femme captivante dans le bureau d'Elizabeth était aussi incompréhensible que la manière dont il réagissait. Car il ne se sentait pas du tout dans son état normal ! Une curieuse faiblesse s'emparait de lui, et il avait l'impression que son rythme cardiaque se déréglait.

Or Michael avait pour habitude d'évaluer longuement

une femme avait de décider si elle méritait qu'il investisse un peu de son temps dans une liaison forcément fugace. Et s'il ne se précipitait jamais, c'était parce qu'il savait combien il était parfois difficile de mettre fin à la relation quand il se rendait compte que la demoiselle ne lui convenait pas. Il n'en éprouvait pas moins en ce moment une sorte d'élan furieux, ainsi que le désir irrépressible de ne pas ignorer son instinct, qui le poussait vers cette créature extraordinaire.

L'inconnue se tourna lentement vers lui. Ses ravissants yeux noisette s'agrandirent, sa bouche pulpeuse et rouge comme un fruit mûr s'arrondit, et elle s'exclama d'une voix sexy :

— Mazette !

En effet. C'était le mot qui lui brûlait les lèvres. Michael savourait la manière dont la jeune déesse le scannait à son tour, d'un regard avide et curieux. Le fait qu'elle ose lui manifester ainsi son intérêt, si ouvertement, ne faisait qu'enflammer le sien, et bientôt son corps réagit. Bon sang, c'était la première fois de son existence qu'il avait une érection en face d'une femme qu'il venait de rencontrer ! Même adolescent, il n'avait pas connu cela ! Et vivre cette expérience à trente-cinq ans le désarçonnait. Lui qui se flattait d'être toujours sous contrôle…

— Vous êtes le patron d'Ellie ? s'enquit-elle avec vivacité.

Ellie ?… Il lui fallut un moment pour se concentrer, dominer la fièvre qui s'était emparée de ses sens et établir la connexion entre ce surnom inconnu et le prénom de son assistante, Elizabeth.

— Oui, oui, en effet, parvint-il à articuler. Et vous êtes ?

— Lucy Flippence, la sœur d'Ellie. Je travaille au service administratif du cimetière, je me retrouve donc souvent confrontée à des têtes d'anges.

Elle avait expliqué cela comme si elle ressentait le besoin de lui certifier qu'elle ne venait pas d'une autre planète, qu'elle était un humain ordinaire occupant une fonction ordinaire.

— Je vois, murmura-t-il d'un ton absent, plus persuadé que jamais que cette jeune femme était, au contraire, *extraordinaire*.

La créature sauta gaiement à bas du bureau pour aller vers lui, la main tendue. Ses hanches rondes se mirent à onduler et ses seins pointèrent sous l'étoffe de sa blouse. Elle était grande, mince et délicieusement féminine.

— Ravie de faire votre connaissance, dit-elle en souriant. Je peux vous appeler Michael ?

Il serra sa main dans la sienne et son sang se mit à bouillir de plus belle à ce contact. Elle avait la peau douce et fine. Il aurait aimé se perdre durant dans des heures dans cette sensation.

— Bien sûr, souffla-t-il. Et le plaisir est réciproque.

Un léger bruit détourna son attention et il constata que son frère était entré dans la pièce. Bon sang, il avait complètement oublié que cette charmante apparition interrompait le très sérieux problème professionnel dont il discutait jusqu'ici avec Harry ! Naturellement, son cadet l'avait rejoint dans le bureau d'Elizabeth pour comprendre ce qui le retenait aussi longtemps…

Harry le séducteur allait-il éprouver le même choc que lui en découvrant Lucy Flippence ? De toute son âme, il espéra que non ! Il n'avait jamais cru possible de se disputer une femme avec son frère, mais si cela devait arriver aujourd'hui, il se battrait jusqu'à ses dernières forces. Un sens bien primitif de la propriété était en train de se diffuser dans sa chair. Cependant, en matière de femmes, ils avaient toujours eu un comportement très respectueux l'un vis-à-vis de l'autre.

— Voici mon frère, Harry, reprit-il en désignant celui-ci.

Il décocha à ce dernier un regard explicite, un message invisible, mais clair et direct : « territoire réservé ». Il traqua également la réaction de la jeune femme, et fut infiniment soulagé par l'échange qui suivit, neutre et inoffensif :

— Salut, Harry.

— Charmé, répondit celui-ci.

Lucy reporta aussitôt son attention sur lui, ses grands yeux revenant l'hypnotiser. Il était tout bonnement magnétisé par l'intensité de la connexion intense qui s'établissait entre eux.

— Je ne sais pas si vous êtes au courant, reprit-elle, mais c'est l'anniversaire d'Ellie, aujourd'hui. J'aimerais beaucoup célébrer l'événement en l'invitant à déjeuner dans un bon restaurant. Vous ne serez pas fâché si je vous l'enlève et que je vous la ramène un peu en retard, Michael ?

Il fronça les sourcils. Le déjeuner ?... Mais oui, le déjeuner ! Il exulta intérieurement. Quel meilleur moyen de passer du temps avec cette créature enchanteresse et d'apprendre à la connaître que d'aller déjeuner en sa compagnie ?

— Quelle coïncidence, il se trouve que j'allais faire la même chose ! Je me proposais de l'emmener déjeuner au Mariners Bar.

— Wouaw ! Le Mariners Bar ?

Des étincelles crépitèrent dans son regard.

— Vous êtes le plus fabuleux des patrons pour inviter Ellie dans un endroit pareil ! ajouta-t-elle.

— Pourquoi ne pas vous joindre à nous ? Nous fêterons plus joyeusement cet anniversaire.

— Je viens aussi, coupa Harry. Plus on est de fous, et cætera.

« Et il vaut mieux être quatre que trois », songea aussitôt Michael. Son frère devait déjà avoir compris que Lucy ne s'intéressait pas à lui, et il pourrait se charger de distraire Elizabeth ; de son côté, cela lui permettrait de mieux se concentrer sur sa conquête.

— Mais... J'ai seulement réservé pour deux, protesta son assistante.

— Ce ne sera pas un problème, assura-t-il, confiant, en offrant son plus beau sourire à Lucy. Le maître d'hôtel sera enchanté de nous permettre de fêter dignement cet événement en si charmante compagnie.

— Je trouve aussi qu'une table de quatre sera bien plus amusante. Vous n'êtes pas de mon avis, Ellie ? renchérit son frère.

Elizabeth se tourna vers sa sœur et observa :

— C'est sûr qu'avec toi, il n'y a pas de risque de voir passer un ange dans la conversation.

Lucy s'exclama :

— Eh bien, c'est entendu, alors ! Merci de l'invitation, Michael. Et je suis ravie que vous soyez également de la partie, Harry.

Ce déjeuner n'aurait rien d'une partie de double : Michael comptait bien jouer en simple avec Lucy Flippence. Il n'aurait d'yeux que pour elle. A partir de cet instant, elle obtenait son attention exclusive et totale, physique et mentale. Il la voulait, et il voulait qu'elle soit entièrement à lui.

Il ne lui vint pas même à l'esprit que coucher avec la sœur de son assistante n'était peut-être pas une bonne idée. Il ne savait qu'une chose : elle l'ensorcelait, et il trouverait le moyen de la faire sienne le plus rapidement possible.

Lucy ne parvenait pas à croire à sa chance. Le prince charmant semblait l'apprécier, voulait être auprès d'elle… Et quel prince ! Non seulement il était d'une beauté à tomber à la renverse, mais il s'agissait d'un millionnaire ! Ellie lui en avait assez dit au sujet de Finn's Fisheries pour qu'elle sache que cet homme-là était l'un des plus beaux partis d'Australie.

Cette pensée la conduisit au doute et à la méfiance, alors qu'ils traversaient tous quatre la place de l'Esplanade en direction de la promenade menant à la marina. Michael

Finn avait-il un grave défaut pour que sa sœur n'ait jamais ressenti la moindre attirance envers lui ? Etait-il un patron tyrannique ? Lucy n'aimait pas beaucoup les hommes excessivement exigeants. Or si Ellie l'avait rayé d'office de sa liste des hommes envisageables, elle avait intérêt à savoir pourquoi avant de se lancer dans une aventure inconsidérée.

Néanmoins, c'était une journée radieuse, et elle entendait son cœur chanter. Ces doutes n'allaient pas la priver de savourer une attirance mutuelle aussi délicieuse. Dès qu'ils parvinrent sur la promenade, ils s'assemblèrent par paires, Ellie et Harry derrière, Michael et elle devant. Son compagnon lui sourit avec tant de charme qu'elle fondit.

— Parlez-moi de vous, Lucy. Comment en vient-on à travailler dans l'administration d'un cimetière ? A vous voir, on penserait que vous auriez choisi une carrière de mannequin.

Il planta un regard inquisiteur dans le sien. Ses prunelles d'un gris intense lui donnaient l'impression d'être unique au monde.

Elle évoqua ses expériences dans le mannequinat, les avantages et les inconvénients de ce métier. Puis elle lui raconta comment elle était devenue guide. Il rit en l'écoutant égrener quelques anecdotes au sujet des caprices des voyageurs, et de la nature. Elle en était à sa brève incursion dans l'enseignement, du temps où elle donnait des cours de danse, lorsqu'elle lui demanda à brûle-pourpoint :

— Vous savez danser, Michael ? Vous aimez cela ?

Le test était intéressant. Si la réponse était négative, ce serait un mauvais point pour lui. Mais il lui décocha un sourire carnassier et rétorqua, tranquille :

— Sans aller jusqu'à prétendre que j'ai le rythme dans la peau, je me défends. Une, deux, trois, une, deux, trois, ajouta-t-il en oscillant le bassin, lui démontrant qu'il connaissait la valse et la samba.

Elle éclata de rire, ravie.

— Notre mère a beaucoup tenu à ce que nous prenions des cours de danse quand nous étions petits, Harry et moi, expliqua-t-il. Pour elle, c'était un impératif en termes de sociabilité, et nous finirions par l'apprécier. Nous avons beaucoup rechigné à quitter le sport pour aller suivre des cours de danse, comme les filles, mais elle avait raison. On connaît la même décharge d'adrénaline en dansant qu'en faisant du sport.

— Situation typique où une mère sait ce qui sera le meilleur pour ses enfants, remarqua-t-elle.

— Oui. Elle le savait toujours.

Comme il venait de changer d'expression, elle s'enquit avec inquiétude :

— Dois-je comprendre que vous avez perdu votre mère ?

Il la dévisagea avec étonnement.

— Vous ne vous rappelez pas l'accident d'avion qui a emporté mes parents ?

— Non, je regrette...

— C'était dans tous les journaux.

Lucy déglutit avec peine. Pas question d'admettre que sa dyslexie la privait de la lecture.

— Quand est-ce arrivé ? demanda-t-elle.

— Il y a près de dix ans. Vous étiez peut-être trop jeune... Quel âge avez-vous ?

— Vingt-huit ans. Et il y a un peu plus de dix ans, ma mère est morte d'un cancer. Je dois dire qu'il y a beaucoup de choses auxquelles je n'ai pas prêté attention à l'époque.

— Mon Dieu... C'est bien compréhensible.

Il lui sourit, et elle fut heureuse du nouveau lien qui venait de se créer entre eux.

— Je n'ai pas de père non plus, précisa-t-elle. Il nous a abandonnées avant le décès de notre mère. Ellie et moi sommes seules au monde.

— Vous vivez ensemble ?

— Oui, nous partageons un appartement. Ellie est une grande sœur fantastique.

Par coïncidence, la voix ulcérée de celle-ci s'éleva derrière eux juste à cet instant :

— C'est parce que vous êtes exaspérant !

Lucy fit aussitôt volte-face. Ellie fêtait ses trente ans, il fallait que ce soit une journée parfaite pour elle. Michael parut aussi étonné qu'elle, et il regarda son frère avec des reproches plein les yeux.

— Tout va bien, expliqua Ellie, visiblement gênée par cet éclat. Harry fait juste son numéro habituel.

A ces mots, Lucy fut gagnée par la culpabilité. Venait-elle d'abandonner sa sœur à un homme désagréable pour profiter de la compagnie de Michael ? Etait-elle en train de gâcher involontairement son anniversaire ?... Accaparée par son prince charmant, elle ne s'était pas suffisamment souciée de savoir si ce déjeuner à quatre convenait à Ellie.

— Sois gentil avec Elizabeth, Harry, insista Michael. C'est son anniversaire.

— Je suis gentil ! protesta le cadet des Finn.

C'était étrange... Ellie ne perdait jamais son sang-froid. Lucy observa plus attentivement le frère de Michael. C'était un homme très viril, laissant deviner une magnifique musculature sous son T-shirt et son bermuda. Il avait un bronzage parfait, une silhouette d'athlète, et il émanait de lui une aura charismatique — même si sa séduction était moins classique, moins urbaine que celle de son frère. Mais avec ses épaisses boucles noires, son nez cassé et ses yeux bleus, il devait souvent faire des ravages auprès des femmes. Toutefois, il y avait chez lui une aisance, une confiance et un certain goût de la provocation qui promettait bien des étincelles avec Ellie : s'il osait manifester des manières de séducteur, il serait mort avant la fin du repas.

— Essaie de faire mieux que ça, rétorqua Michael à son petit frère.

Il se retourna vers Lucy.

— Je ne pense pas qu'ils aient entamé un duel. Tout le monde aime Harry, il sait charmer naturellement. Mais c'est sa manière de flirter sans cesse qui agace prodigieusement Elizabeth. Ne vous inquiétez pas. Il se tiendra bien.

Lucy ne serait vraiment rassurée qu'après avoir échangé quelques mots avec sa sœur. Le moment était mal choisi, et elle décida d'attendre qu'ils soient arrivés au restaurant. D'ici là, rien ne l'empêchait de profiter de la compagnie de Michael Finn.

— Nous en étions à la danse, lui rappela-t-il. Mannequin, guide de voyage, professeur de danse : comment tout cela peut-il conduire à un travail administratif dans un cimetière ?

— Oh ! il y a encore eu beaucoup de choses entre-temps. J'ai suivi des cours d'esthétique, qui m'ont mené à deux postes successifs dans des grands magasins, puis à des emplois en centres de vacances. Je sais encore prodiguer des massages de pieds et faire des soins de pédicure, si cela vous intéresse.

— Quelle femme aux multiples talents ! s'exclama-t-il.

Elle aimait l'entendre rire. C'était comme une petite musique venant conquérir son cœur, faisant pulser son sang un peu plus vite dans ses veines. Qu'allait-elle faire si Harry se révélait un authentique crapaud ? Le déjeuner serait fichu...

Michael la couvrait de questions et semblait sincèrement intrigué, désireux d'en apprendre le plus possible sur elle. C'était tellement agréable ! La plupart des hommes ne voulaient parler que d'eux-mêmes. Celui-là, au contraire, lui donnait l'impression que c'était la première fois qu'il rencontrait une personne susceptible de le captiver, et qu'il ne se lasserait jamais de sa compagnie. Pourtant, la fin surviendrait tôt ou tard, comme c'était toujours le cas — et le plus souvent, c'était tôt, hélas...

Mais de toute façon, Michael ne manifesterait pas cette

curiosité s'il connaissait la vérité, à savoir qu'elle ne voletait pas d'un job à un autre uniquement par fascination de la nouveauté ou par amour du changement. Elle était souvent contrainte d'abandonner un poste au moment où sa dyslexie la plaçait devant des difficultés insurmontables. Un changement de carrière subit lui permettait au moins d'éviter l'humiliation d'être découverte. Depuis longtemps, elle avait appris à vivre avec cette malédiction sur les talons, et elle demeurait déterminée à savourer les bons moments avant de devoir disparaître et se réinventer dans un autre domaine.

Et en cet instant, la promesse de moments charmants auprès de Michael Finn la galvanisait, lui donnait l'impression de sautiller sur un nuage, même si elle voulait également s'assurer que ce bonheur imprévu ne gâchait pas l'anniversaire de sa sœur. Les hommes allaient et venaient dans son existence ; Ellie était la seule personne sur laquelle elle pourrait toujours compter, quoi qu'il arrive.

Quand ils furent parvenus devant le Mariners Bar, Harry héla son frère :

— Hé, Mickey ! Pendant que tu règles le problème de la table, je vais offrir des cocktails à ces dames.

Lucy roula de gros yeux. *Mickey* ? C'était un surnom de cour de récréation ! Si Harry jouait au petit garçon farceur, elle comprenait mieux pourquoi Ellie le jugeait irritant. Rien de plus fatigant qu'un homme ravi de se montrer immature.

— D'accord, acquiesça Michael, visiblement accoutumé à être appelé ainsi.

Puis il disparut dans le bar, non sans s'être retourné vers elle plusieurs fois. Lucy songea alors que ce scénario allait lui permettre de consulter Ellie en tête à tête.

Harry les conduisit sur l'immense terrasse, vers un coin à l'écart équipé de confortables fauteuils et d'une table basse. Après avoir pris place face à elles, il suggéra :

— Maintenant, laissez-moi choisir personnellement vos cocktails. Pour vous, Ellie, ce sera une margarita.

Lucy nota l'étonnement de sa sœur. Elle-même l'était aussi, car Harry avait visé juste : Ellie appréciait beaucoup ce cocktail.

— Pourquoi ? demanda son aînée d'une voix atone.

— A cause du sel qu'on dépose sur le bord du verre de margarita. Vous savez qu'on dit des gens bons et généreux qu'ils sont « le sel de la terre ». Ces qualités, vous les possédez plus que quiconque ; et puis vous êtes également la touche de sel sans laquelle tout semble fade.

— Vous avez mis en plein dans le mille, Harry, observa Lucy. Ellie adore les margarita, et elle a en effet un cœur d'or. Je ne sais pas ce que je deviendrais sans elle. Elle a toujours été mon roc, mon ancre.

— Une ancre, répéta Harry, pensif. C'est ce qui manque à ma vie.

— Une ancre risquerait de vous entraîner au fond de l'eau, Harry, rétorqua Ellie, glaciale. Vous seriez comme un albatros enchaîné.

— Je ne suis pas contre certaines chaînes...

— Essayez les gourmettes en or.

Il éclata de rire. Lucy contempla le duo avec perplexité. La joute verbale était vive !

— Vous vous comportez toujours ainsi, tous les deux ?

— Les étincelles sont immanquablement au rendez-vous, confirma Harry.

— Je dois reconnaître que la présence de Harry est extrêmement revigorante, ajouta Ellie en coulant un curieux regard en coin à son compagnon.

Lucy s'esclaffa et applaudit des deux mains avant de s'exclamer :

— Voilà qui me plaît ! Quel déjeuner merveilleux nous allons vivre, tous les quatre !

Au fond, si ces deux-là se comportaient comme chien et chat, ce n'était sans doute qu'une façade, se dit-elle. Ellie se dissimulait toujours derrière un masque de courtoisie parfaite, et puisque les extrêmes s'attiraient, les provocations de Harry devaient l'électriser.

— Dites-moi, Harry, reprit-elle, quel cocktail allez-vous choisir pour moi ?

— Pour celle qui amène le soleil ?... Une piña colada.

Impressionnée, Lucy lança un sifflement admiratif.

— Bravo ! C'est mon préféré.

— A votre service, dit-il en s'inclinant théâtralement devant elles. Je vais passer la commande au bar.

Dès que Harry fut hors de vue, Lucy se pencha vers sa sœur, le cœur battant.

— Il représente tout ce dont tu as besoin, Ellie ! Légèreté et plaisir. Il y a si longtemps que tu portes toutes les responsabilités du monde... Il est temps que tu lâches du lest. Que tu cesses d'être une abeille ouvrière pour devenir papillon !

Sa sœur esquissa un sourire amusé.

— Oui, c'est sûrement une bonne idée.

— Alors ne le lâche pas ! Moi, je fonce avec Michael : il est extraordinaire. Je remercie le ciel de n'avoir pas été retenue plus longtemps au cimetière ce matin. Dire que j'aurais pu le manquer... Pourquoi ne m'as-tu jamais dit que ton patron était à tomber ?

— Je ne sais pas. Je crois que je l'ai toujours trouvé un peu froid.

— Tu plaisantes ? Crois-moi, ce type est une vraie bombe ! Un feu ardent. Il me fait crépiter de partout.

Ellie haussa les épaules.

— Ce doit être une question de chimie. Moi, c'est Harry qui me fait l'effet d'un feu ardent.

La *chimie* ?... Mais oui, bien sûr ! Sa sœur avait raison, elle était là, l'explication ! Michael ne dissimulait pas une tare atroce. Simplement, Ellie n'avait jamais ressenti aucune *chimie* particulière entre elle et son patron. Personne ne pouvait provoquer ce genre de choses. Cela arrivait ou cela n'arrivait pas. Elle-même avait souvent rencontré des garçons adorables avec lesquels elle n'aurait pas songé à sortir, parce que l'attirance n'avait pas lieu.

Rassérénée, elle bascula plus confortablement dans son siège. Elle était libérée d'un grand poids, et se sentait à présent parfaitement libre de tomber amoureuse !

Souriant à sa sœur, elle murmura :

— Rends-toi compte : deux frères, deux sœurs… Est-ce que ce ne serait pas magnifique si nos deux paires finissaient ensemble ? Deux familles unies et heureuses ?

Quel merveilleux fantasme ! Délirant, bien sûr, car Lucy n'oubliait pas qu'elle était loin d'appartenir à la lignée des femmes que fréquentait un milliardaire comme Michael Finn. Mais… inutile de s'inquiéter pour demain. Aujourd'hui, cet homme était à elle. Il partagerait d'ailleurs certainement son lit dès ce soir. Et avec un peu de chance, ils pourraient vivre une ou deux semaines fabuleuses.

— Euh…, bredouilla sa sœur. Tu t'emballes un peu, tu ne trouves pas ? Un jour après l'autre, et nous verrons.

3

Si Lucy ne croyait guère à ce rêve pour elle-même, elle ne voyait aucune raison pour qu'il ne se réalise pas pour sa sœur. Ellie était brillante dans tous les domaines. Il était impossible de lui trouver un défaut. En revanche, sa vie privée avait sacrément besoin d'un brin de folie, et Harry Finn paraissait mieux placé que quiconque pour lui offrir ce cadeau. A condition que la trop sage Elizabeth Flippence ne lui ferme pas la porte au nez !

— Oh ! Ellie, soupira-t-elle, tu es toujours si raisonnable…

— Et c'est une qualité que j'apprécie par-dessus tout chez votre sœur, coupa Michael en souriant chaleureusement à Ellie.

Il bondit sur le siège près de Lucy.

— Désolé, j'ai été un peu long : un coup de fil professionnel.

— Moi aussi, admit-elle, heureuse que Michael reconnaisse les mérites d'Ellie. Mais j'aimerais que cela ne l'empêche pas de s'amuser un peu !

— D'où mon entrée en scène, lança Harry joyeusement.

Il déposa des cacahuètes et des bretzels sur la table basse, puis s'assit de manière très décontractée en rapprochant son siège de celui de sa sœur. Celle-ci rougit. Hum… Il se passait décidément quelque chose entre eux.

— Harry, quel cocktail avez-vous choisi pour Michael ? demanda Lucy.

— Un manhattan. Mon frère est un homme de la ville, très civilisé, et il oublie jusqu'à l'existence du soleil, sauf quand il se trouve juste devant...

Lucy ne put que rire en se rappelant qu'il l'avait qualifiée de « celle qui amène le soleil » un moment plus tôt.

— Et pour vous-même ? s'enquit-elle.

— Ah, ma vie est au grand air, en plein cœur des mers. Je suis un amateur de sel marin, et je partage le goût d'Elizabeth pour les margarita.

— En plein cœur des mers ? répéta-t-elle, intriguée.

— Oui, Harry s'occupe de la branche touristique de notre entreprise, Finn's Fisheries, expliqua Michael. De mon côté, je gère tout ce qui concerne nos magasins en franchise.

A présent, Lucy comprenait pourquoi Harry n'était pas habillé en homme d'affaires. Quant à Finn's Fisheries, elle aurait difficilement pu ignorer de quoi il s'agissait : la marque s'affichait dans toute l'Australie. L'entreprise des frères Finn ne se limitait pas à proposer du matériel de pêche ou des produits liés aux activités aquatiques, c'était aussi une prestigieuse ligne de vêtements de plage, de maillots de bain et d'accessoires. Ellie lui avait déjà parlé de la diversité phénoménale des produits commercialisés sous la seule responsabilité de Michael Finn.

L'activité touristique de la société lui était tout aussi familière. En tant que guide, elle avait eu maintes fois l'occasion d'entendre chanter les louanges des croisières Finn. Une imposante flotte de bateaux offrait de formidables circuits en mer autour de la Grande Barrière de Corail et la location de navires de pêche. Le joyau de l'entreprise était une île privée : un petit cercle de privilégiés avait accès au luxueux complexe hôtelier de l'île Finn — qu'elle avait souvent eu envie de découvrir.

Si Harry était aux manettes d'une compagnie aussi importante, il devait être beaucoup moins play-boy qu'il n'en avait l'air. Pour la première fois, elle remarqua l'emblème de poisson tropical brodé sur son T-shirt. Elle comprit alors qu'il était venu de l'île Finn jusqu'à Cairns le matin même. Si Michael et elle continuaient à s'apprécier, peut-être l'emmènerait-il visiter ce petit paradis ?

Soudain, elle fut happée par une sensation grisante : Ellie et elle n'auraient pas pu rêver d'une double rencontre plus excitante que celle de Michael et Harry Finn !

Dès que le serveur vint leur apporter les cocktails, ils trinquèrent tous quatre à l'anniversaire d'Ellie, qui alla jusqu'à boire une seconde margarita. C'était formidable : Ellie semblait prête à prendre un nouveau départ, le jour de ses trente ans, et la voir ainsi se permettre un léger écart remplissait Lucy de joie.

Après l'apéritif, ils passèrent dans la salle de restaurant où on leur remit les menus. Tout à son excitation, Lucy prit la parole et, au lieu d'attendre, comme elle le faisait toujours, que les autres aient commandé pour choisir un plat déjà cité, elle lança :

— Je parie que je sais ce que tu vas commander, Ellie !

Sa sœur haussa les sourcils.

— Ah ? Quoi ?

— Le chili de crabe !

Depuis qu'elle était toute petite, c'était son plat favori.

— C'est curieux, je ne le vois pas au menu, observa Michael en lui retournant un regard décontenancé.

— Oh ! je n'ai pas vérifié, expliqua-t-elle très vite. Je pensais qu'ils en faisaient, c'est un classique.

Intérieurement, elle se maudit d'avoir agi de manière si impulsive. Révéler son handicap à un homme qu'elle cherchait à impressionner — et à plus forte raison, à un homme aussi intelligent et cultivé que Michael Finn — revenait à condamner la suite de l'histoire avec lui. Il perdrait instantanément tout intérêt pour elle. Pire, il la prendrait peut-être en pitié… Non, elle ne pourrait pas supporter de lire ce sentiment dans son regard. Il fallait agir ainsi qu'elle l'avait toujours fait, et dissimuler.

Elle fit mine d'étudier convenablement le menu et se tourna vers lui pour s'enquérir :

— Et vous, Michael, qu'avez-vous choisi ?

— Le steak.

— Que diriez-vous de partager un plateau de fruits de mer avec moi, Elizabeth ? proposa Harry à Ellie. Vous aurez du crabe, et nous saurons nous répartir le reste à votre convenance.

A ces mots, elle sentit son affection pour Harry grandir. Non seulement il se souciait du bien-être de sa sœur, mais il détournait l'attention de Michael de son choix à elle.

— Attention, coupa Michael, Harry se réservera la part du lion.

— Je promets de vous laisser goûter de tout, répliqua l'accusé en riant.

— Marché conclu, répondit sa sœur.

— Scellé d'un baiser, alors, rétorqua Harry avant de se pencher sur Ellie pour l'embrasser sur la joue.

— Vous devriez garder votre bouche pour manger, Harry, opposa sèchement sa sœur, visiblement surprise par l'attaque de son voisin.

— Voyons, Elizabeth, je ne vis que dans l'attente du jour où je pourrai vous déguster !

— Vous voulez parler du Jugement dernier ? L'Apocalypse ?

— Exactement : quand les portes du Paradis s'ouvriront à moi, plaisanta-t-il.

Lucy ne put retenir son rire devant cette amusante saillie. Le couple que formaient sa sœur et Harry faisait des étincelles !

— Vous êtes incorrigible, finit par soupirer son aînée.

Cet homme était drôle, charmant, plein de vie. Lucy connaissait trop bien Ellie pour ignorer que devant un tel assaut, celle-ci se protégeait derrière une façade de glace. Mais elle avait précisément besoin de la légèreté et de la liberté d'un Harry Finn.

Pour l'heure, en tout cas, leur choix culinaire ne l'aidait

pas : elle n'allait pas commander pour elle seule un plat de fruits de mer prévu pour deux personnes. Il ne lui restait donc qu'à copier Michael, ce qui lui convenait. Dans un établissement aussi renommé, le steak serait sans doute de premier choix.

Michael était amusé de voir son frère partir si furieusement à la conquête d'Elizabeth, amusé aussi d'assister à la résistance que celle-ci déployait pour le contrer. La plupart des femmes auraient battu des cils et gloussé en écoutant Harry leur faire son numéro de flirt. Cette fois, son cadet tombait sur un os, et il devrait se montrer très inventif, patient et délicat pour parvenir à ses fins — s'il y parvenait jamais... Cette bataille avait également l'avantage de lui permettre de prodiguer tous ses soins à sa charmante compagne.

Les deux sœurs étaient décidément très différentes. Ce matin, quand son assistante était arrivée dans sa somptueuse blouse de soie multicolore — une pièce vestimentaire très inhabituelle dans la garde-robe ultraclassique d'Elizabeth —, elle lui avait révélé qu'il s'agissait d'un cadeau de sa sœur, et qu'elles étaient toutes deux comme le jour et la nuit. Elle avait diablement raison. Pour lui, Elizabeth avait toujours eu l'image d'une directrice d'école un peu sévère, austère. Aux antipodes, Lucy semblait promettre l'exotisme, la sensualité, la légèreté...

Papillonnant d'un job à l'autre, comme si toute activité était pour elle un nectar à goûter, la jolie sirène vêtue de blanc semblait suivre une ligne de conduite d'un hédonisme absolu et se tenir prête à profiter de chaque cadeau de la vie. Ce qui lui donnait l'impression d'en être un pour elle !

Une délicieuse ivresse circulait dans son sang quand il pensait à la manière dont elle lui faisait ouvertement comprendre qu'il lui plaisait. Pas de jeux, pas de faux-semblants, pas de garde à tenir : directe et joyeuse, Lucy lui envoyait sans cesse un message aussi clair qu'électrisant. Il lui en devenait même extrêmement difficile de juguler son excitation.

Il songea à Fiona Redman, la dernière maîtresse avec laquelle il avait rompu, si obsédée par l'idée de garder sans relâche la mainmise sur leur relation. Les avantages de l'avoir pour partenaire sexuelle ne l'avaient pas emporté sur les inconvévients de son exaspérante poursuite du pouvoir. Aucune femme ne pourrait jamais décider quand il était autorisé à travailler et quand il devait s'arrêter ! Le succès de Finn's Fisheries demeurait sa priorité dans l'existence. Il en était ainsi depuis la mort de son père, et ce n'était pas près de changer.

Toutefois, aujourd'hui, il ne demandait qu'à offrir tout le temps qu'elle souhaitait à Lucy pour satisfaire son appétit sexuel. Leur liaison serait sans doute brève. L'attrait de la nouveauté se déliterait. Puis l'ennui, voire l'irritation qui suivait toujours, y succéderait. La fameuse magie qui permettait de faire durer une relation lui était inconnue. Il finissait immanquablement par trouver un quelconque défaut à sa conquête, et à la vérité sans doute ne s'agissait-il que d'un prétexte — il admettait volontiers sa responsabilité dans ce processus immuable. Quoi qu'il en soit, pour l'heure, il allait savourer cette ravissante jeune femme aussi longtemps qu'elle resterait fascinante à ses yeux.

Quand le serveur vint prendre leur commande, il remarqua que Lucy avait également choisi le steak. Devait-il en déduire qu'elle était prête à *tout* partager avec lui ?

Comme elle tournait vers lui ses superbes yeux noisette constellés d'éclats dorés, le sang fusa dans ses veines.

— Vous disiez que les leçons de danse vous empêchaient de suivre votre entraînement sportif quand vous étiez petit, Michael. Vous aimiez jouer à quoi ?

— A l'époque, un peu à tout, répondit-il en souriant. Le cricket, le base-ball, le tennis, le football, le rugby.

— Et aujourd'hui ?

— Ces passions enfantines se sont assagies. Je joue un peu au tennis, quand l'occasion se présente. Deux fois par semaine, je pratique le squash et, en principe, je m'offre une partie de golf le week-end. Et vous ? Vous pratiquez un sport ?

— Un peu le tennis, mais, comme vous, plus par sociabilité qu'autre chose. A l'école, je me concentrais plutôt sur les disciplines athlétiques.

— Hum… Laissez-moi deviner : vous étiez une championne de saut à la perche ?

Elle ouvrit de grands yeux.

— Comment le savez-vous ? s'étonna-t-elle.

— Corps mince et élancé, longues jambes…

D'ailleurs, il brûlait d'impatience de les sentir s'enrouler autour de ses hanches !

— Vous me paraissez vous-même en excellente forme, glissa-t-elle d'un ton entendu.

Elle le jaugea d'un long regard qui fit grimper d'un cran la température de Michael. Puis elle parut réfléchir un instant et ajouta :

— Je joue au *netball* une fois par semaine avec un groupe d'amies. J'aime rester en contact avec elles. Les hommes vont et viennent, mais les vrais amis vous accompagnent toute une vie.

— Il n'y a pas d'homme parmi vos amis ? demanda-t-il.

— Quelques-uns. Des homosexuels complices, empathiques, dont je me sens proche.

— Pas d'amis mâles hétéros, alors ?

Un sourire provocateur apparut sur les lèvres pulpeuses de la jeune femme.

— Tôt ou tard, la plupart des hommes hétéros ont tendance à se métamorphoser en crapauds.

— En crapauds ? répéta-t-il, sidéré, se demandant s'il avait bien compris.

Elle acquiesça du regard, sans se départir de son sourire coquin.

— Des hommes qui apparaissent soudain dans votre vie sous l'apparence d'authentiques princes charmants, et qui sont en réalité des créatures peu attirantes.

— Je vois. Vous avez fréquenté des messieurs qui ne tenaient pas leurs promesses.

— Cela a pu m'arriver, reconnut-elle en lui coulant un regard brûlant. J'espère que ce ne sera pas le cas avec vous, Michael...

Le défi lancé par Lucy Flippence était à la fois si sensuel et si imaginatif que Michael sentit une puissante décharge d'adrénaline pulser en lui. Il aurait volontiers fait sur-le-champ à la jeune femme une démonstration de sa fiabilité ! Combien de temps ce déjeuner d'anniversaire allait-il encore devoir durer ? Après le plat principal, le dessert, le café... Bon sang, ils étaient condamnés à rester ici une bonne heure et demie encore, au bas mot ! Bien. Il fallait prendre son mal en patience. Dès que ce serait terminé, il donnerait son après-midi de congé à Elizabeth et emmènerait Lucy dans son penthouse. Sauf si...

— Vous devez retourner travailler aujourd'hui, Lucy ? demanda-t-il en essayant de prendre un ton léger.

— Oui, en effet. Je dois porter les statuettes d'anges brisées au restaurateur, rapporter la camionnette au bureau, puis rendre visite à des gens dont la concession a été utilisée par erreur, en espérant qu'ils accepteront de troquer leur emplacement pour celui qu'ont acquis les parents de la personne inhumée.

— Ouille... Tâche très délicate.

— Pas tant que cela. Il s'agit surtout de leur faire comprendre que les parents qui pleurent actuellement leur fille souffrent assez sans qu'on leur impose l'épreuve d'une exhumation pour transfert...

Il y avait tant d'empathie et de chaleur dans la voix de la jeune femme qu'il en fut profondément ému. Lucy n'était pas seulement sexy : il devinait en elle une humanité de la plus haute noblesse. Cela ne la rendait que plus attirante.

— Et ce soir, vous êtes libre ? poursuivit-il.

— Oui.

Son sourire ensorceleur promettait une nuit sublime... Il reprit sa lutte contre son érection récidiviste.

Comme le serveur arrivait avec les plats, la conversation se porta naturellement sur la cuisine, et il apprit que Lucy adorait se plonger dans des expériences d'associations d'épices et d'herbes lorsqu'elle se mettait aux fourneaux. Il était en train de se demander si les cuisses de crapauds se cuisinaient, à l'instar des cuisses de grenouilles, quand Harry se pencha au-dessus de la table pour déclarer :

— Mickey, j'ai trouvé la solution au problème de gestion de l'île Finn !

C'était précisément ce problème qui avait conduit son frère dans son bureau ce matin. Harry avait découvert que Sean Cassidy, le directeur général du complexe, s'était rempli les poches à leurs dépens en détournant à son profit une partie des commandes passées auprès de leurs fournisseurs.

L'affaire était grave, mais Michael n'avait aucune envie de parler business *maintenant*, alors qu'il se grisait à l'avance de sa soirée avec Lucy.

— Il faut que tu te débarrasses de ce type au plus vite, rétorqua-t-il. Dès que tu lui auras révélé que tu sais ce qu'il a fait, tu ne pourras plus le garder à ton service. Les risques seraient...

— Je sais, je sais. Mais il vaudrait mieux tout lui dire quand j'aurai son remplaçant sous la main. A ce moment-là, je lui annoncerai tout, il n'y aura pas de discussion, et l'affaire sera réglée.

— Tu as raison, mais je ne vois pas comment tu peux

trouver un remplaçant en urgence. Or il faut qu'il parte rapidement et...

— Elizabeth, coupa Harry. C'est la personne idéale pour prendre en charge le management du complexe. Non seulement elle est méticuleuse et efficace, mais encore elle est de toute confiance. D'ailleurs, elle a relevé tous les défis que tu lui as lancés, non ?

Stupéfait par cette suggestion, Michael resta un moment interdit. Son frère avait-il perdu l'esprit ? Il voulait *mélanger plaisir et affaires* ? A l'évidence, il avait jeté son dévolu sur Elizabeth. Lui plaisait-elle au point qu'il oublie sa rigueur habituelle dans le travail ? Ou bien entendait-il seulement amener la jeune femme à lui céder, par fierté masculine ? Rien de tout cela n'était clair.

— Elizabeth est *mon* assistante personnelle, objecta-t-il avec fermeté.

Son frère haussa les épaules, comme s'il s'agissait d'un simple détail.

— En ce moment, j'ai plus besoin d'elle que toi. Laisse-moi te l'emprunter pour un mois. Cela me donnera le temps de trouver des candidats et de les recevoir.

— Un mois...

Michael fronça les sourcils, peu séduit par cette perspective. Se passer d'Elizabeth, même quelques semaines, constituerait un vrai préjudice pour lui. Mais Harry n'avait pas tort : il fallait trouver un remplaçant à Sean Cassidy de toute urgence.

— D'un autre côté, reprit son cadet, il n'est pas impossible qu'Elizabeth se prenne au jeu et ait envie de rester au-delà de quatre semaines...

— Tu ne vas pas me voler mon assistante ! insista Michael.

— C'est à elle de choisir.

Avec aplomb, il se tourna vers la jeune femme :

— Qu'en dites-vous, Elizabeth ? Etes-vous d'accord pour m'aider pendant un mois ? Rester sur l'île Finn et remettre le complexe hôtelier sur les rails ? Mon futur ex-directeur a trafiqué les livres de comptes pour se remplir les poches. Vous devrez notamment prendre en charge un inventaire complet et un changement de fournisseurs, afin d'éliminer ceux qui étaient de mèche avec lui. Ce sera un challenge nouveau pour vous, d'autant plus que...

— Hé, hé, une seconde ! l'interrompit Michael. C'est à moi de demander à Elizabeth si elle souhaite assumer cette mission, et non à toi.

Cette décision entérinée à toute vitesse ne lui convenait pas plus que la manière dont son petit frère lui brûlait la politesse.

— Très bien, soupira ce dernier. Demande-le-lui.

Exaspéré tant il détestait le sentiment d'être mis au pied du mur, il se pencha vers son assistante.

— Il est exact que vous nous rendriez un fier service en acceptant, admit-il à contrecœur. J'ai une confiance entière en vos capacités managériales et je connais votre intégrité. L'idée de vous perdre pour un mois ne me plaît pas du tout, mais...

Il ne put réprimer une grimace. Elizabeth tenait son rôle à la perfection auprès de lui, au bureau. Elle avait une compréhension immédiate de ses attentes et offrait toujours la meilleure des solutions en temps voulu. Discrétion et efficacité.

— ... mais je suppose, ajouta-t-il sans trop de conviction, que l'un de nos employés de bureau pourra assurer l'intérim.

La réplique fusa :

— Andrew. Andrew Cook.

La promptitude de cette réponse fut un nouveau séisme pour Michael. Bon sang ! Elle avait donc déjà décidé d'accepter l'offre de Harry ?

— Il n'a pas le sens de l'initiative, objecta-t-il entre ses dents serrées.

— On peut compter sur lui pour accomplir n'importe quel travail, argua-t-elle.

— Dois-je comprendre que vous acceptez de venir travailler avec moi, Elizabeth ? demanda son frère du ton émerveillé de celui qui sait qu'il a gagné.

Son assistante regarda Harry droit dans les yeux.

— Je suis d'accord pour relever un défi professionnel et régler les problèmes de management. Mais ce sera tout, ajouta-t-elle d'un ton ferme.

Michael fut gagné par un grand soulagement. Ouf ! Contrairement à Harry, Elizabeth ne tenait pas à mélanger plaisir et travail. Même si son casanova de frère avait dans l'idée de la poursuivre de ses assiduités durant tout le temps qu'elle passerait sur l'île, il n'y avait rien à redouter : après cette mission, son bras droit reviendrait au bureau en courant. Un mois sans sa parfaite assistante serait difficile à vivre, et il n'aurait jamais accepté ce marché s'il avait pressenti qu'Elizabeth risquait de ne pas reprendre son poste ensuite.

Un mois...

Au fond, cette mission sur l'île Finn ne manquait pas d'avantages. Il n'aurait sans doute pas été très confortable de vivre une liaison torride avec la sœur de son assistante tout en retrouvant chaque jour cette dernière au travail. Un mois, c'était la durée maximale de ses aventures. Au moment où Elizabeth serait de retour, il aurait amplement eu le temps de consommer son désir, et ses quelques nuits avec Lucy ne seraient plus qu'un vieux souvenir.

— Eh bien, l'affaire est entendue, conclut-il.

— Tout un mois... Comme tu vas me manquer, Ellie, soupira Lucy.

— Le temps passera vite, tu verras.

Le serveur arriva avec leurs desserts et la conversation s'interrompit.

— Nous devrions mettre en place cet intérim le plus vite possible, affirma Harry une fois que chacun fut servi.

— Tout à fait d'accord, acquiesça Michael, impatient de retrouver un peu d'intimité avec Lucy.

— Aujourd'hui, proposa son frère. Il est seulement 15 heures. Nous pourrions être de retour sur l'île à 16 h 30. Le gredin serait renvoyé par hélicoptère dès 18 heures. Il suffit de terminer nos desserts et de monter sur le bateau...

— Harry ! C'est l'anniversaire d'Elizabeth, protesta Michael. Elle a peut-être prévu autre chose, aujourd'hui.

— Non, je peux partir maintenant, déclara son assistante.

— Mais... Et tes vêtements, tes affaires de toilette ? coupa Lucy. Tu pars pour un mois, quand même, Ellie !

Harry se tourna vers la plus jeune des sœurs Flippence.

— Puisque vous habitez ensemble, vous pourrez vous occuper de faire sa valise. Mickey vous reconduira chez vous et il vous attendra pendant que vous préparerez les affaires de votre sœur. Tout sera acheminé sur l'île au plus vite.

— Oui, je peux faire cela, répondit Michael.

Quelle aubaine ! Lucy serait seule chez elle ce soir, entièrement à sa merci. Il vit ses yeux s'illuminer de plaisir, comme si elle pensait la même chose que lui, et son sourire l'électrisa...

Décidément, il se moquait de ce que Harry allait faire avec Elizabeth. S'il voulait lever l'ancre sur l'heure, qu'il le fasse ! De son côté, il saurait comment employer son temps avec la radieuse Lucy Flippence.

4

Lucy était anxieuse. Excitée, aussi. Beaucoup plus excitée que d'ordinaire avant un premier rendez-vous en tête à tête avec un homme. Michael Finn l'avait ensorcelée, et sa fièvre grimpait depuis des heures.

Dès qu'elle pensait à lui, les muscles de ses cuisses se tendaient... En prenant sa douche, un peu plus tôt, elle avait laissé errer ses mains sur son corps en se demandant ce qu'elle ressentirait quand il poserait les siennes sur sa peau nue.

Même maintenant, tandis qu'elle préparait une salade thaïe pour accompagner des crevettes fraîches, son bas-ventre palpitait délicieusement.

Michael serait ici d'une minute à l'autre. Tout allait bien. L'appartement était propre et rangé. La table était dressée. Elle avait passé une robe cache-cœur jaune dont la ceinture se défaisait en un clin d'œil et, au-dessous, elle avait enfilé son ensemble de lingerie le plus sexy : une culotte et un soutien-gorge tout en dentelle, transparents.

Son cœur manqua un battement quand la sonnerie de la porte d'entrée retentit.

Oh ! ce soir, ne serait-ce que ce soir, il fallait qu'il soit un prince charmant. Qu'il ne dise rien, qu'il ne fasse rien pour tuer l'enchantement survenu aujourd'hui. De toute son âme, Lucy voulait que cette nuit soit parfaite.

La bouffée de désir qui monta en elle provoqua une

légère faiblesse dans ses jambes, mais elle se dirigea vers la porte et retint son souffle.

Il était là, plus séduisant que jamais, avec ses yeux d'un gris intense exprimant son plaisir de se trouver ici. Impressionnée par sa puissante aura masculine, elle déglutit avant d'articuler maladroitement :

— Bonsoir.

— J'attends ce moment depuis que nous avons dû nous séparer, cet après-midi, répondit-il de sa voix grave et caressante.

— Moi aussi, avoua-t-elle. Entrez, Michael.

Il portait un pantalon léger et une chemise de sport — une tenue décontractée qui mettait en valeur son corps athlétique. En pénétrant dans le salon, il lui tendit une bouteille de vin :

— Pour accompagner ce que vous avez prévu.

Elle rit.

— Seulement un repas léger. J'ai pensé que cela suffirait, après un déjeuner substantiel.

— Parfait ! Le vin est léger aussi.

Elle n'avait guère besoin d'alcool pour se sentir plus grisée.

— Voulez-vous que je l'ouvre tout de suite ? demanda-t-elle néanmoins.

— Quand nous dînerons, suggéra-t-il en jetant un regard appréciateur autour de lui. Cette pièce est merveilleusement accueillante. Vous l'avez décorée vous-même ?

Le trois-pièces qu'elle occupait avec Ellie n'avait rien de particulier, mais Lucy était fière de la manière dont elles en avaient fait leur foyer.

— Ellie a acquis le mobilier de base, expliqua-t-elle en posant la bouteille de vin. J'ai ajouté les coussins, les cadres et le tapis. Nous avions envie que cette pièce respire la joie de vivre, et comme les murs et le sol étaient blancs, nous avons opté pour de vibrantes touches de couleur.

— Vous avez accompli un travail remarquable.

Son sourire semblait sincère.

— Ma mère était elle aussi très douée pour organiser les couleurs, ajouta-t-il.

Elle mesura le poids du compliment.

— Je suis heureuse que cela vous plaise.

— Tout ce qui vous concerne me plaît, Lucy.

Le ton légèrement rauque de sa voix affola son rythme cardiaque, et un volcan se réveilla en elle.

Lentement, Michael Finn s'approcha d'elle, arrima son regard au sien et passa une main autour de sa taille. Elle posa aussitôt les siennes sur ses épaules et savoura la décharge électrique qui lui traversait le corps.

— Je ne veux pas attendre davantage, souffla-t-il.

— Moi non plus...

Lucy lui offrait déjà ses lèvres quand son magnétique visiteur se pencha sur son visage pour y presser les siennes. Sa bouche était fraîche, exigeante, affamée. Bientôt, la langue de Michael s'enroula avec ferveur autour de la sienne, et elle laissa échapper un soupir de plaisir, tout en s'accrochant à son cou pour lui rendre ce baiser. Un baiser passionné, électrisant, qui devint presque instantanément une étreinte enfiévrée.

Le sang en ébullition, elle glissait les doigts dans l'épaisseur soyeuse de la chevelure de son compagnon, tandis qu'il la pressait plus étroitement contre lui, promenant des mains avides sur ses hanches. Il lui agrippa les fesses d'un geste viril et la plaqua contre son bassin ; elle sentit alors l'intensité de son érection.

Lucy entendait un martèlement lourd au niveau de ses tempes. Les éclairs de désir qui montaient en elle étaient de plus en plus forts, de plus en plus rapprochés. Ses cuisses étaient tendues, brûlantes ; elle voulait Michael en elle. Vite. *Tout de suite* !

La bouche qui dévorait la sienne s'interrompit.

— Lucy…

— Oui. Oui, j'ai envie aussi. Maintenant !

Une énergie frénétique la galvanisait, et elle entraîna en courant son prince vers sa chambre.

— Viens ! lui ordonna-t-elle en défaisant la ceinture de sa robe.

Elle laissa tomber le vêtement à terre. L'espace d'un instant, la stupéfaction de son compagnon parut l'avoir changé en pierre. Mais une lueur ardente s'était allumée dans ses yeux et, tremblante, Lucy le vit venir vers elle d'un pas alangui. Sans mot dire, il leva la main vers ses seins galbés de dentelle, et il suffit qu'il les effleurât pour que ses tétons se durcissent. Il plongea son regard dans le sien, sans cesser de tracer des cercles langoureux autour de ses aréoles.

— Tu as envie de moi ? demanda-t-elle en se cambrant, provocante.

— Comme un fou !

Cette réplique véhémente fuit suivie d'une démonstration sans ambiguïté : d'un mouvement brusque, il arracha sa propre chemise, qu'il jeta à terre, sur la robe. Son torse était paré d'un fin duvet, qui se terminait par un nid de boucles brunes au niveau des abdominaux. Il avait des épaules puissantes, des pectoraux admirablement dessinés… L'urgence de les caresser fut la plus forte et, fascinée, Lucy laissa errer ses doigts tremblants de désir sur la peau dorée de Michael.

— Il faut que tu mettes un préservatif, murmura-t-elle.

— Oui, dit-il en reprenant lentement son souffle, fouillant dans sa poche pour en extraire un carré d'aluminium.

Il afficha un sourire ironique et ajouta :

— Tu vois, je suis venu équipé. Tu ne prends pas la pilule ?

— Si, mais cela ne protège pas de tout, répondit-elle sans cesser de caresser son torse. Je ne sais pas avec qui tu as été avant ce soir.

— Je t'assure que je suis sain.

— Je ne demande qu'à te croire, mais je ne prendrai pas de risques.

— Je comprends, dit-il en effleurant délicatement son visage. Un crapaud t'a menti, autrefois ?

— Non, rétorqua-t-elle en riant. Mais je préfère être prudente.

— D'accord. Je m'occuperai dès demain de faire les analyses adéquates. Nous pourrons continuer sans préservatif, après cela, non ?

Passant les bras autour de son cou, Lucy lui décocha une œillade faussement ingénue.

— Est-ce une manière de me dire que tu réserves déjà quelques autres dates ?

— Exactement !

Se hissant sur la pointe des pieds, elle l'embrassa avec passion, heureuse qu'il ne soit pas parti du principe que leur nuit resterait sans lendemain.

Ses seins venaient frotter sur le torse de Michael ; sa peau s'électrisait, son désir la débordait.

Elle prit les devants et fit sauter l'agrafe de son soutien-gorge, avant de se défaire de sa culotte. Visiblement désireux de ne pas perdre de temps lui non plus, Michael se déshabilla entièrement et enfila le préservatif. Lucy retint son souffle.

Il était parfait !

Si parfait que la force du désir qu'elle lisait dans ses yeux semblait lui dire qu'elle était parfaite, elle aussi.

Il la surprit alors en la soulevant du sol pour la prendre dans ses bras.

— Tu réveilles en moi l'homme primitif, dit-il d'un ton gourmand.

Comme pour prouver ses dires, Michael la déposa sur le lit et se jeta sur elle. Il l'invita à écarter les cuisses et s'enfonça profondément en elle. Lucy était prête pour lui depuis si longtemps, offerte, qu'elle accueillit ce puissant coup de reins d'un râle de pur plaisir. Elle était emplie, comblée, investie par une force exceptionnelle.

Elle voulait retenir ce moment, et elle s'accrocha au cou de son amant en gémissant.

— Michael...

— Ouvre les yeux, ordonna-t-il.

Elle ne s'était pas rendu compte qu'elle les avait fermés. L'explosion qui venait d'avoir lieu dans sa chair l'y avait sans doute incitée mais oui, elle voulait partager ce qu'elle éprouvait avec lui. Elle ouvrit les paupières.

— Ne les ferme pas, insista Michael.

Elle obéit et le regarda la contempler, tandis qu'il la pénétrait plus lentement. D'abord languide, la cadence accéléra progressivement, décuplant le plaisir de Lucy. C'était comme si les sensations les plus délicieuses qui naissaient en elle lui offraient un extraordinaire ralenti, pour que chaque atome de son corps s'emplisse d'extase.

Le savant va-et-vient de son amant la plongea bientôt dans un état de transe inouï. Ses muscles épousaient chaque ondulation de son compagnon, et cette langoureuse torture devint presque intolérable. Elle gémissait et lui lançait des regards suppliants, tandis que les battements de son cœur déchiraient sa cage thoracique. Son plaisir montait, jaillissant en vagues de plus en plus intenses.

Enfin, son orgasme fut si puissant qu'elle lâcha un cri.

— Oui, murmura-t-il d'un air ravi, sans pour autant cesser d'aller et venir en elle.

Ce qu'il lui faisait vivre était magique. Son corps se réveillait, s'animait entièrement, et elle avait l'impression que leurs chairs entamaient une fusion sans fin.

— Oui, répéta-t-elle en écho, chavirée de plaisir.

Michael atteignit à son tour l'orgasme puis retomba sur elle, brûlant, en sueur.

Lucy ferma alors les yeux, parvenant à peine à croire à ce qu'elle venait de vivre. Elle n'avait qu'un seul espoir : que cela continue le plus longtemps possible.

Jamais elle n'avait connu un homme comme Michael Finn. Si seulement ce qu'ils venaient de partager pouvait durer indéfiniment…

Oh ! bien sûr que non, cela n'arriverait pas. Impossible. « Lucy de traviole », comme l'appelaient autrefois ses camarades de classe, n'était pas digne d'un homme de ce calibre. « Savoure l'instant présent, se dit-elle. Chéris-le pour qu'il devienne un merveilleux souvenir. » Car à moins qu'un jour elle ne souffre d'amnésie ou de la maladie d'Alzheimer, rien ne lui arracherait jamais la mémoire de ces précieux moments.

Ils lui appartenaient pour toujours.

Mazette !

Durant un bon moment, ce fut le seul mot qui hanta l'esprit de Michael. Ce mot qu'elle avait prononcé en le voyant aujourd'hui, au bureau ; ce mot impuissant à décrire ce qu'il venait de vivre.

Cette femme était… incroyable !

Dépourvue de toute inhibition, heureuse de lui montrer le plaisir qu'il lui donnait, spontanée et libre avec ses élans. En ce moment, le martèlement sourd de son pouls lui rappelait à quel point cette première étreinte avait surpassé toutes ses attentes.

Pour ne pas écraser Lucy, il roula à côté d'elle sur le matelas et l'invita à se blottir contre lui. Elle était sublime. Avec ses seins ronds et pleins, son ventre plat, ses longues jambes fuselées et sa peau d'une douceur ensorcelante, elle lui faisait tourner la tête.

Oui, il avait bel et bien perdu la tête, ce soir, et il se félicitait qu'elle ait songé au préservatif : il aurait été capable de complètement l'oublier. Elle avait raison, mieux valait se montrer prudent…

— C'était formidable, Michael, souffla-t-elle, un sourire ravi aux lèvres.

— Fantastique, acquiesça-t-il.

— Tu ne veux pas qu'on aille prendre une douche ensemble, maintenant ?

— Excellente idée.

Elle rit et se leva en souplesse.

— Attends une minute. Il faut que j'aille régler la température. Nous n'avons pas de mitigeur dans la cabine de douche, et il faut un diplôme d'ingénieur pour parvenir à fixer les deux robinets au bon endroit. Je ne voudrais pas que tu te fasses ébouillanter... ni que tu aies le sentiment de te retrouver sous une douche froide !

Elle le faisait rire. Avec elle, il était heureux. Il y avait même longtemps qu'il ne s'était pas senti aussi bien. « Celle qui amène le soleil »... La formule trouvée par son frère était juste, songea-t-il en se levant à son tour dès qu'il entendit l'eau couler.

A peine sous la douche, ils entamèrent un nouveau ballet sensuel. En se caressant l'un l'autre avec le savon dans la cabine embuée de vapeur, ils s'offrirent les préliminaires dont ils avaient fait l'économie un peu plus tôt, dans leur empressement fiévreux. Michael était fasciné par les seins de sa partenaire, assez généreux pour remplir ses mains. Leurs aréoles brunes formaient un ravissant écrin pour ses petits tétons, auxquels il entendait vouer toute son attention lors d'un prochain round. Les gestes langoureux de Lucy avaient déjà réveillé son érection.

Elle lui décocha un regard coquin.

— Hum... Nous devrions quand même faire nos devoirs avant de retourner en récréation, tu ne crois pas ?

— Nos devoirs ? répéta-t-il, étonné.

— Oui. Je suis censée préparer une valise pour Ellie. Et nous pourrions ouvrir ta bouteille de vin et manger ce que j'ai préparé. Tu ne m'as pas l'air de manquer de forces, Michael, mais ce serait peut-être mieux d'attendre un peu, non ?

— Tu as raison, admit-il en la suivant hors de la cabine.

Elizabeth n'aura pas besoin de grand-chose. Elle portera l'uniforme de l'île et recevra donc toute une garde-robe de T-shirts, de shorts et de bermudas.

Tandis qu'ils se séchaient mutuellement, elle hocha la tête.

— Je vois. Je vais donc me concentrer sur les affaires de toilette, le maquillage et les sous-vêtements. Un pyjama, une nuisette, et le ravissant caftan que je lui ai offert : il saura peut-être attirer l'œil de Harry !

— Je ne suis pas certain que ce serait un service à rendre à ta sœur, soupira-t-il.

Immédiatement, Lucy se retourna vers lui, une expression inquiète sur le visage.

— Tu penses qu'il n'est pas son genre ?

— Non, ce n'est pas cela...

— Quoi, alors ? Ellie compte énormément pour moi. Je ne veux pas qu'elle soit blessée.

Il haussa les épaules.

— J'ai juste l'impression qu'elle n'apprécie guère le style de mon frère. Sa façon de flirter sans cesse.

Sa compagne parut rassurée.

— Oh... Il est probable qu'elle se méfie encore de lui. Il y a deux ans, elle a vécu une rupture douloureuse. Harry devra déployer tout son talent pour la conquérir, mais j'ai vu qu'elle se sent attirée par lui. Cela ne fait aucun doute.

— Et toi ? demanda-t-il à brûle-pourpoint.

— Quoi ?

— Depuis combien de temps es-tu libre ?

— Environ quinze jours.

— Et tu n'as pas été dévastée par cette séparation ?

— Pas du tout. Il y avait un moment que je m'éloignais, et j'ai été soulagée de mettre le point final.

Comme elle quittait la salle de bains, Michael la suivit jusque dans la seconde chambre, avant de la regarder ouvrir un placard et sélectionner des vêtements.

— Cela devrait suffire, marmonna-t-elle pour elle-même.

Puis elle leva la tête vers lui, sourit et lui désigna un siège devant un petit bureau.

— Mets-toi à ton aise pendant que j'emballe tout cela, suggéra-t-elle.

Il s'assit et balaya la pièce du regard. La décoration était différente de la chambre de Lucy. Ici, pas de couleurs vives mais une atmosphère plus fonctionnelle, un rangement impeccable.

— Pourquoi l'as-tu quitté ? insista-t-il, curieux de savoir ce qui rebutait Lucy chez un homme.

Elle soupira.

— Il devenait un vrai tyran et voulait tout contrôler. Tout devait se passer selon ses désirs. A mon avis, une relation ne fonctionne pas à sens unique. Je ne veux pas qu'on m'ordonne ce que je dois faire, qu'on me dise ce que je dois porter, et il se mettait même à répondre à ma place quand des gens me posaient des questions.

— Je vois. Aucun respect pour ta personnalité.

Elle lui retourna un regard intrigué.

— Et toi, Michael, comment se fait-il que tu sois célibataire ?

Il sourit.

— Je n'étais pas assez disponible au goût de la dernière femme que j'ai fréquentée. Elle pensait que je pouvais quitter mon travail à n'importe quel moment dès lors qu'elle avait envie de me voir.

— Aucun respect pour ta position.

Il acquiesça.

— Et en plus, elle était vraiment égocentrique, ajouta-t-il.

Elle plia quelques vêtements, hocha doucement la tête et se tourna vers lui.

— Ça commence toujours bien, on pense que ce sera formidable, et puis ça dégringole. Passons un accord, Michael. Je n'essaierai pas de te changer et tu n'essaieras pas de me changer. Ainsi, quand viendra le moment de nous quitter, il n'y aura pas de ressentiment.

— Très bien. Cela me convient parfaitement.

Du reste, il n'avait rien envie de changer chez Lucy Flippence. Ses manières directes et sa spontanéité étaient exquises. Contrairement à son dernier petit ami, il ne lui viendrait pas à l'esprit de tenter de lui voler sa liberté de papillon pour la punaiser sur un tableau de chasse.

— J'ai presque fini, annonça-t-elle. Il ne me reste qu'à prendre quelques affaires dans la salle de bains. Ne bouge pas, je reviens.

Quand elle fut partie, Michael songea qu'il était étrange de se trouver seul dans la chambre de son assistante. Il s'agissait même d'une intrusion dans sa vie privée, dont il n'aurait jamais rien su s'il n'avait pas rencontré Lucy. Il espérait que Harry saurait se montrer délicat avec Elizabeth, qu'il éviterait de la blesser, surtout si la jeune femme éprouvait bien pour lui les sentiments que Lucy devinait.

Peut-être serait-il sage d'envisager une petite excursion sur l'île Finn, après tout… Il devait vérifier qu'au terme de ce mois d'intérim, Elizabeth lui reviendrait en parfaite santé psychologique, toujours aussi efficace et rigoureuse.

— Es-tu libre le week-end prochain ? demanda-t-il à Lucy quand elle revint dans la chambre.

— Libre comme l'air, confirma-t-elle en rangeant deux trousses dans le sac de voyage.

— Nous pourrions aller sur l'île Finn et voir comment se débrouille ta sœur, qu'en dis-tu ? Nous y passerions la nuit de samedi à dimanche et nous profiterions des bains de mer, des couchers de soleil, des promenades…

Elle accueillit cette suggestion avec enthousiasme et battit des mains.

— Ce serait merveilleux ! J'ai entendu parler de l'île, mais je n'y suis jamais allée. Tu t'y rends souvent ?

— Non. Harry mène cette partie de nos affaires d'une main de maître.

— Oh ! je ne parlais pas d'affaires…

Il haussa les sourcils.

— Pour le plaisir ?

— Oui. Ce doit être follement romantique.

Michael rit.

— Avec la bonne compagne, oui.

— Eh bien j'espère que ce sera un vrai paradis pour nous, conclut-elle en fermant le Zip du sac. Voilà, c'est fait. Maintenant, allons dîner.

Le repas était parfait. Lucy avait parfaitement épicé les crevettes d'une touche de gingembre et de chili, et la salade thaïe les accompagnait à la perfection. Michael prenait plaisir non seulement à déguster ce dîner, mais aussi à contempler Lucy. Elle avait des gestes gracieux, et tout son être exhalait la joie de vivre.

Une joie de vivre qui lui manquait cruellement depuis la mort de ses parents...

Bien sûr, il avait connu des moments de joie — et même beaucoup, dans des domaines divers —, mais cette sensation de pur bonheur, innocente et revigorante, avait une intensité tout autre. Sa mère ressemblait à Lucy Flippence : à la voir, c'était comme si le soleil ne brillait que pour elle, comme si la vie était merveilleuse à chaque seconde. Peut-être venait-il de trouver la femme avec laquelle il pourrait passer le reste de sa vie...

Cette pensée le surprit lui-même. Perdait-il la tête ? Il connaissait Lucy depuis environ neuf heures ! Il était beaucoup trop tôt pour songer à un futur avec elle. Comme elle l'avait fait observer, les histoires commençaient toujours dans l'allégresse et ensuite, la dégringolade était au rendez-vous.

Cette nuit-là, quand il embrassa la jeune femme avant de partir, il emporta cependant cette joie neuve avec lui.

Comment tournerait cette relation, il n'en avait aucune idée ; mais cela lui était égal. Il entendait savourer tout ce qu'elle lui offrirait jusqu'au tarissement de cette bienfaisante fontaine.

5

Lucy était au septième ciel. Non seulement Michael avait voulu passer chaque nuit de la semaine avec elle mais la veille, il l'avait accompagnée à sa partie de *netball* ! Il avait été heureux, selon ses propres mots, de la regarder jouer en compagnie de son groupe d'amies ; il était ensuite venu les féliciter et s'était très bien entendu avec cette bande de filles en sueur.

Jusqu'à présent, il était un amant parfait et ne trahissait aucune propension à la métamorphose en crapaud. Charmant, plein de considération, toujours prêt à rire et à s'amuser, il incarnait le compagnon idéal ; elle brûlait d'impatience de le suivre sur son île exotique dès le lendemain.

Alors qu'elle traversait la place de L'Esplanade, son cœur bondissait joyeusement dans sa poitrine à la perspective de le retrouver. Il l'avait invitée à dîner dans un restaurant proche de ses bureaux, Danini's, une enseigne italienne très réputée. L'ayant prévenue qu'il devait travailler jusqu'à la dernière minute, il lui avait conseillé de s'installer à la table qu'il avait pris soin de réserver.

Quand elle parvint sur place, elle s'aperçut que la grande salle était comble. Nombre de touristes profitaient de la douceur du temps et remplissaient les cafés et restaurants du centre-ville. Galant, Michael l'avait laissée choisir entre la terrasse et l'intérieur et, sans hésiter, elle avait proposé de manger dehors.

Comme elle était en avance de cinq minutes, elle fut étonnée de trouver son amant déjà attablé, qui l'accueillit avec un regard complice.

— Tu es déjà là ?

— Toi aussi, tu es en avance, répliqua-t-il.

— Je ne voulais pas manquer une minute du temps que nous allons passer ensemble.

— Moi non plus.

Ses yeux gris brillaient d'un éclat sensuel. Lucy prit le temps de savourer son bonheur en s'installant face à lui. Oui, c'était un vrai prince. Il fallait qu'elle en remercie les étoiles, et qu'elle profite de ces instants qu'elle n'oublierait jamais.

Comme il lui tendait le menu, elle s'efforça d'éviter le piège dans lequel elle était tombée lors de leur première rencontre.

— Tu as choisi ? demanda-t-elle.

— Oui, je prendrai l'escalope de veau.

— Moi aussi, conclut-elle en reposant le menu sur la table.

— Et en dessert ?

— Oh... Je vais regarder ce qui est servi aux autres tables. Je choisirai ce qui me semble le plus appétissant.

La ruse fonctionna, et Lucy fut soulagée en entendant rire son compagnon.

Dès que le serveur eut pris leur commande, Michael se pencha vers elle.

— Il y a un grand bal de charité au casino samedi prochain. J'ai acheté les tickets depuis des mois, davantage pour participer que dans l'intention de m'y rendre, mais... ce serait l'occasion de danser, tu ne crois pas ? Et aussi d'y rencontrer certains de mes amis. Qu'en dis-tu ?

— Je serais ravie de danser avec toi.

Le simple fait qu'il l'invite lui prouvait aussi qu'il ne

redoutait pas de la présenter à son cercle privé. Mais si ses propres amies avaient adoré Michael, ses amis à lui, sans aucun doute des gens sophistiqués et exigeants, ne poseraient-ils pas un œil plus critique sur elle ?

Elle fut tirée de ses réflexions par la désagréable impression d'être observée. Levant les yeux, elle fouilla la terrasse du regard. La foule était dense, des gens entraient et sortaient, et le ballet des serveurs ne l'aidait pas. Finalement, elle repéra l'origine de son trouble : Jason Lester, le crapaud du pub irlandais de Port Douglas, était installé à une table du restaurant voisin...

Il la fixait avec insistance ; à l'instant où leurs regards se rencontrèrent, une expression triomphante apparut sur ses traits. Il était accompagné d'un groupe d'hommes, sans doute les mêmes que ceux qu'elle avait croisés au pub. Au début, ils s'étaient montrés charmants, flirtant avec son amie et elle, les invitant à danser... Puis l'alcool les avait fait changer de comportement. Séduisants, bien habillés, probablement habitués à obtenir tout ce qu'ils désiraient de la part des femmes, ils ne leur avaient épargné aucune insulte quand elles avaient choisi de ne pas poursuivre la soirée avec eux.

Dire qu'elle avait été attirée par ce Jason... Son corps laissait deviner à quel rythme il fréquentait les clubs de sport, et il avait des yeux bleus aussi sexy que sa mâchoire carrée. Néanmoins, en quelques heures, cette attirance s'était volatilisée. Et Jason n'avait pas apprécié qu'elle le rejette — mais alors pas du tout !

Il se leva, et Lucy comprit ce qui allait se produire.

— Je crois que les ennuis arrivent, annonça-t-elle en s'efforçant d'ignorer une subite crampe d'estomac.

— Comment cela ? demanda Michael en fronçant les sourcils.

Il ajouta aussitôt :

— Tu parles de Jason Lester ?

— Tu le connais ?

— Oui, j'ai joué au football contre lui quand j'étais adolescent.

Cette connexion était inattendue. Mais Lucy n'eut guère le temps de se demander si c'était une bonne ou une mauvaise chose : Jason vint se planter devant leur table, plantant son regard agressif dans le sien.

— Tiens, tiens, lança-t-il. Revoici l'abeille à miel.

Michael se leva. Il avait une tête de plus Jason et sa carrure était plus impressionnante, mais l'intrus ne parut nullement intimidé.

— Et elle cherche de plus gros billets chez toi, Mickey Finn, ajouta-t-il.

— Tu es inconvenant, Jason, opposa Michael d'un ton cinglant, faisant un pas vers lui.

— Je veux seulement te donner un conseil amical, Mickey. Elle a l'air toute douce, mais elle cache un dard, sache-le.

— Je préfère le découvrir par moi-même. Maintenant, si tu n'y vois pas d'inconvénient…

— Si, justement. Je veux que l'abeille à miel ose me dire en face pourquoi elle m'a tourné le dos alors qu'elle a couché avec la moitié des hommes de Cairns.

Ses yeux bleus la transpercèrent comme des lames.

— Alors, poupée ? Pourquoi ?

Les joues de Lucy s'enflammèrent sous l'insulte. C'était pire que s'il l'avait giflée. Comment pouvait-il proférer de telles horreurs devant Michael ?

— Même la traînée de la ville peut avoir ses standards et ses exigences, Jason Lester, rétorqua-t-elle en relevant fièrement le menton. Et tu es loin de les atteindre.

— Ah, tu cherches des poches mieux remplies, c'est ça ? répliqua le malotru.

Il adressa un regard moqueur à Michael, qui serrait les poings, et conclut :

— Sache avec qui tu joues, mon vieux.

Puis, il tourna les talons.

Michael desserra lentement les poings sous la table en regardant Jason Lester retrouver la sécurité de son petit gang au restaurant d'à côté. Il n'avait jamais apprécié ce garçon, qui autrefois trichait sur le terrain, s'efforçant de faire tomber ou de blesser ses adversaires. Ce soir encore, il était venu le voir uniquement pour cracher son venin — par envie, par perversité. Michael *savait* tout cela. Cependant, il ne parvenait pas à effacer de son cerveau les accusations portées contre Lucy.

Une *abeille à miel*...

En un sens, cela convenait très bien à la jeune femme, à sa liberté, à sa manière de savourer toutes les fleurs de la vie. Mais une question le hantait : combien d'hommes avaient-ils goûté à son nectar ? Le mufle était allé jusqu'à affirmer qu'elle avait connu la moitié des hommes de la ville et, sur le moment, Michael avait jugé la réponse de la jeune femme brillante et pleine d'esprit. A présent, il n'était plus très sûr d'apprécier le fait qu'elle se soit elle-même qualifiée de « traînée ». Evidemment, elle était choquée, en colère, mais en y réfléchissant, quelque chose le tourmentait.

Cette semaine s'était écoulée dans une obsession constante pour lui : retrouver Lucy. Il en avait perdu toute concentration. Même ce soir, il avait abrégé une réunion pour venir la rejoindre plus tôt. Le poursuivait-elle pour ses « poches bien remplies » ? Il avait pensé que sa joie naturelle expliquait son comportement sans complexe dans un lit. Et si tout cela était prémédité ? Et si elle le manipulait, pour le mener là où elle entendait le mener ? Etait-il le jouet de cette femme ?

Il lui adressa un bref regard en retrouvant son siège. Elle avait relevé le menton avec dignité. Son visage était grave. Tout son corps semblait tendu. Elle fixait le garçon qui servait les desserts à la table voisine.

Michael se pencha et lui prit la main pour ramener son attention sur lui. Lentement, comme à contrecœur, elle se tourna et soutint son regard. Il lut alors une profonde détresse dans ses grands yeux.

— L'un de ces desserts te fait envie ? demanda-t-il en souriant.

— Pardon ? lâcha-t-elle d'une voix absente.

— Tu disais tout à l'heure que tu observerais quel dessert était le plus appétissant. L'un de ceux qui sont servis à côté te plaît ?

— Oh... Je ne regardais pas vraiment.

Il lui serra la main dans la sienne.

— Ne laisse pas ce rabat-joie de Lester te gâter l'appétit. J'aime te voir savourer ce qui est bon.

A ce moment-là, le serveur déposa les plats devant eux.

— Il était d'une telle méchanceté..., soupira Lucy. J'ai pensé...

Elle s'interrompit et leva vers lui un visage anxieux.

— Il est parti, dit-il. Et nous pouvons nous détendre. Oublions-le.

Elle parut perplexe.

— Tu peux faire cela ? interrogea-t-elle.

— Oui.

Ce n'était pas complètement vrai, mais Michael sourit et s'efforça de se montrer convaincant.

— Mais je dois dire que je suis heureux que tu n'aies pas couché avec lui. Moi aussi, j'ai des standards, et Lester n'y correspond pas.

— Je déteste les hommes abusifs, lança-t-elle avec rage. Mon père en était un, chaque fois qu'il buvait. Nous avons été soulagées quand il est enfin sorti de notre existence.

Michael sentit la douleur de la jeune femme l'atteindre et il porta sa main à ses lèvres pour l'embrasser avec tendresse.

— Tu n'as pas été élevée dans un foyer très heureux, n'est-ce pas ?

— Si, il était heureux. Tant que mon père restait au

loin. Il travaillait à Mount Isa, et il y vit à plein temps, désormais.

— Je vois. Un travailleur des mines. Il revenait à Cairns entre deux missions.

— Oui. Et c'était toujours un bonheur quand il repartait.

Elle secoua la tête avant de reprendre :

— Ma mère n'aurait jamais dû l'épouser. Mais elle était enceinte d'Ellie et plus ou moins piégée. Comme elle n'avait pas de famille, elle s'est engagée dans cette union et a tout fait pour que cela fonctionne. Tu sais, Michael, je n'aurais pas pu rêver avoir une mère plus merveilleuse.

— Je suis très heureux de te l'entendre dire.

Et c'était vrai. Il était soulagé que la jeune femme ait au moins connu l'amour de l'un de ses parents.

Elle le dévisagea avec curiosité.

— Ton père à toi, comment était-il ?

— Formidable. Mes parents l'étaient tous deux. Harry et moi avons eu la chance de grandir dans une famille exceptionnelle.

— Tu dois en avoir conservé de merveilleux souvenirs.

— Oui.

— Et j'imagine que tu souhaites offrir un jour la même famille heureuse à tes enfants.

Elle avait prononcé ces paroles avec le regard perdu dans le vague, comme si elle imaginait à quoi l'avenir allait ressembler... Un signal s'alluma dans le cerveau de Michael. Danger ! Lui-même aurait peut-être pu se laisser aller à cette rêverie avant que Lester ne lâche sa dose de poison. Cependant, il ne voulait pas que son épouse, la mère de ses enfants, ait la réputation d'avoir été une traînée.

D'un autre côté, tout son être se rebellait à l'idée de renoncer maintenant à Lucy. Aucune de ses précédentes relations n'avait atteint cette dimension sur le plan charnel et, jusqu'à l'intrusion de Lester, tout le charmait chez Lucy. Il voulait continuer à aimer cette liaison. Il ne recherchait pas d'avenir à long terme avec elle, mais il tenait absolument à poursuivre ce qu'ils avaient commencé cette semaine.

La fin du repas fut plus détendue, et la nuit qui suivit aussi réussie que les précédentes. Ils firent l'amour avec tant d'ardeur que Michael prit la décision de mettre de côté l'incident de la soirée. Désormais, avec Lucy, il prendrait chaque jour pour ce qu'il était, sans s'interroger sur la suite. Si la jeune femme rayonnait grâce à sa fortune, il s'en moquait — pourvu qu'elle rayonne. La « fille du soleil » le relaxait.

Auprès d'elle, il se sentait heureux.

6

Lucy se laissait envahir par la beauté du paysage.

L'île Finn...

Avec Michael aux commandes du puissant hors-bord, ils venaient de traverser une baie magnifique, bordée d'une plage de sable blanc et de palmiers offrant quelques zones ombragées. La journée était splendide, le ciel limpide, l'eau d'un bleu turquoise.

Michael arrêta le bateau près de la jetée, où Harry les attendait. Au centre de la plage, un sentier de planches menait au bâtiment principal du complexe. Au loin, sur les collines, se dressaient plusieurs villas, ravissants bungalows blancs nichés dans la forêt tropicale.

Oui, sans doute possible, c'était le paradis...

Hélas, un serpent semblait désormais sommeiller au sein de leur liaison. La veille au soir, Michael l'avait priée d'oublier leur rencontre avec Jason Lester. Elle s'y était efforcée, soulagée de constater que son compagnon n'avait pas perdu son intérêt pour elle. Mais quelque chose n'allait pas. Michael avait fait comme s'il n'avait pas entendu ce qui avait été dit, et ce n'était pas normal. Bien sûr, elle n'aurait pas aimé qu'il réagisse avec colère. Pour autant, cette absence *totale* de réaction n'avait rien de naturel. Sauf si...

Sauf si son amant ne songeait qu'au sexe et qu'il tenait à ce qu'elle reste encore quelque temps sa maîtresse, sans se soucier du nombre d'hommes avec lesquels elle avait eu une aventure.

Pour la centième fois depuis le matin, Lucy se répéta que cela n'avait pas d'importance. Pourtant, elle détestait l'idée que Michael puisse la considérer juste comme une traînée — ou pire, comme une traînée intéressée par son argent...

Harry aida son frère à amarrer le bateau et les invita à monter à bord d'une voiturette de golf pour les conduire au centre administratif, où Ellie les attendait.

Sur la route, Lucy contempla avec émerveillement la forêt, l'incroyable hauteur des arbres, les masses de végétation, les palmes, les bambous et les hibiscus. Elle se demanda si sa sœur était heureuse de travailler dans cet environnement, si différent de la ville. Avait-elle trouvé le repos ici, ou bien le travail avec Harry lui compliquait-il l'existence, dans la mesure où il lui plaisait beaucoup ?

Elle décida d'insister pour qu'ils déjeunent tous les quatre. Elle aurait ainsi l'opportunité d'observer Ellie et Harry, de se faire une idée de l'évolution de leur relation.

Dès qu'ils entrèrent dans le bureau du directeur, elle repéra son prodige de sœur. Celle-ci quitta vivement son imposante table de travail, où elle semblait déjà être parfaitement en charge de la situation.

— Ellie, cette île est fabuleuse ! s'exclama-t-elle Quel endroit merveilleux pour travailler !

— Un paradis tropical, reconnut chaleureusement sa sœur en se levant pour venir l'embrasser.

— Tu te plais ici ? insista Lucy.

— Pas trop, j'espère, marmonna Michael en la saluant à son tour.

— C'est un sacré changement, avoua-t-elle en lui décochant un curieux regard, comme si elle cherchait à vérifier comment son employeur prenait sa décision de le quitter pour un mois.

Lucy songea que Michael ne s'était pas permis de

s'en plaindre auprès d'elle parce qu'elles étaient sœurs. Mais il était clair que le départ de son assistante, même momentané, le contrariait.

— Un *bon* changement, j'espère, coupa Harry en dévisageant attentivement Ellie.

— Oui, répondit sa sœur avec une sincérité qui ne faisait aucun doute. Un bon changement.

— Harry, débaucher mon assistante personnelle n'est pas une option, affirma Michael.

Son frère le jaugea sans broncher.

— Comme je te l'ai déjà dit, Mickey, ce choix n'appartient qu'à elle.

Lucy prit le parti de rire de ce combat de coqs et s'interposa :

— Allons, allons... Pendant que vous vous disputez ma sœur comme deux chiffonniers, je veux qu'elle me fasse visiter son logement.

Elle se retourna vers Ellie et ajouta :

— Michael m'a dit que ton appartement se situait dans ce bâtiment. Au fait, je tiens à te dire que cet uniforme te va à merveille !

Son aînée pouffa.

— Il n'est pas aussi spectaculaire que ton ensemble.

— Tu crois que j'en ai trop fait ? demanda-t-elle.

Elle portait un minishort en denim, un dos-nu rouge et violet, des baskets rouges, une paire de grandes boucles créoles aux oreilles, et elle avait attaché ses cheveux en queue-de-cheval avec un gros ruban violet.

Ellie secoua la tête avec tendresse.

— Non, tu peux tout porter, Lucy. Tu es splendide.

Bras dessus bras dessous, elles prirent alors le chemin de l'appartement de sa sœur.

Le salon était lumineux et festif, avec ses coussins à imprimé tropical et son mobilier cannelé. L'équipement moderne ne manquait pas, et Lucy aperçut une télévision et une chaîne hi-fi. Une petite cuisine complétait la grande pièce.

— C'est charmant ! dit-elle. Montre-moi la chambre et la salle de bains.

Celle-ci correspondait au rêve de n'importe quelle femme, avec sa somptueuse cabine de douche munie de jets orientables. Dans la chambre, Lucy jeta un coup d'œil au lit, immense.

— Tu l'as déjà partagé avec Harry ? demanda-t-elle d'un ton taquin.

— Eh bien non, répondit Ellie.

Celle-ci s'assit sur le matelas et l'invita à en faire autant.

— Tu veux bien me raconter comment ça se passe avec Michael ?

Lucy leva les bras pour illustrer ses sentiments.

— Oh ! c'est... fabuleux. Tu sais, Ellie, je n'ai jamais été aussi dingue d'un garçon. Je suis tellement amoureuse que c'est indescriptible, mais c'est tout aussi merveilleux que terrifiant. Tu comprends ?

— Pourquoi est-ce terrifiant ?

Parce que cela signifiait que tout allait beaucoup trop bien entre Michael et elle, si bien que toute ombre devenait une menace. Sa sœur la comprenait sans doute d'instinct, mais elle attendait une réponse. Lucy poussa un profond soupir, s'allongea et glissa un coussin derrière sa tête.

— Michael est intelligent, n'est-ce pas ? demanda-t-elle. Je veux dire... Vraiment *très* intelligent ?

— Euh... Oui.

— Alors que se passera-t-il quand il découvrira que j'ai le cerveau branché de travers et que je suis une analphabète, nulle en lecture comme en écriture ? Jusqu'ici, j'ai puisé dans mon bon vieux réservoir d'astuces et de poudre aux yeux, mais cette relation est beaucoup plus sérieuse et intense que ce que j'ai pu vivre auparavant.

Tôt ou tard, il va se poser des questions, remarquer des détails bizarres, observer certaines choses inhabituelles.

Elle se redressa et lança un regard implorant à sa sœur.

— Ellie, tu as travaillé avec lui pendant deux ans. Dis-moi la vérité : est-ce qu'il va me laisser tomber si je lui avoue que je suis dyslexique ?

Sa sœur parut réfléchir et finit par secouer la tête en signe d'impuissance.

— Honnêtement, je n'en ai aucune idée, Lucy. As-tu l'impression qu'il est amoureux de toi ?

— Eh bien… Sur le plan physique, il est accroché.

Comme sa voix s'éraillait, elle s'interrompit avant de reprendre d'un ton plus bas :

— Je ne suis pas certaine que ce soit de l'amour, mais c'est ce que je souhaite de toutes mes forces. Plus que n'importe quoi d'autre au monde. Je voudrais qu'il m'aime assez pour oublier que je suis handicapée.

A ces mots, Ellie serra sa main dans la sienne et la regarda droit dans les yeux.

— Cela n'aura aucune importance s'il t'aime ! Et cesse de te considérer comme une personne à qui il manque quelque chose. Tu es intelligente, pleine de ressources, tu possèdes de nombreux talents. N'importe quel homme a de la chance si tu entres dans sa vie.

Lucy soupira.

— Je ne suis pas encore prête à le lui dire. Je ne pourrais pas m'en remettre si…

Elle se tut de nouveau, nouée par l'anxiété.

— Tu ne l'as pas dit à Harry ? demanda-t-elle.

— Non. Et je ne le ferai pas.

— Il me faut un plus de temps pour donner une chance à cette histoire… Tu comprends ?

Oui, elle voulait une chance de garder cet homme auprès d'elle le plus longtemps possible, parce qu'elle aurait terriblement, *affreusement* mal, quand elle le perdrait. La pensée en était si douloureuse qu'elle la chassa loin d'elle.

— Oui, bien sûr, acquiesça sa sœur.

Un peu rassurée, Lucy prit une grande inspiration et sourit.

— Mais assez parlé de moi ! Que se passe-t-il entre Harry et toi ?

Ellie haussa les épaules, comme si le sujet n'avait aucun intérêt.

— Comme toi : c'est encore trop neuf.

— Mais il te plaît ? insista-t-elle.

— Oui.

Il était évident qu'Ellie avait une chance de vivre quelque chose d'important avec Harry Finn. Le cas de sa sœur était entièrement différent du sien : cette dernière avait de la classe, elle était intelligente, mesurée, et, en tant qu'épouse, elle serait parfaitement capable de s'intégrer à la haute société dans laquelle évoluaient les Finn.

Elle, en revanche, avait le sentiment de porter une étiquette de hippie inconséquente et légère qui ne la quitterait jamais : elle passait d'un job à l'autre, vivait dans le présent au lieu de préparer l'avenir. Mais si elle menait son existence ainsi, c'était parce que sa dyslexie l'empêchait de planifier quoi que ce soit, venant toujours, *in fine*, lui barrer le chemin, tant dans le domaine professionnel que dans le quotidien.

Elle se rappela comment sa sœur avait, dès le plus jeune âge, tracé une voie rigoureuse. A l'école, elle était brillante et studieuse. Les enseignants l'adoraient. La maladie de leur mère avait décuplé les forces d'Ellie, qui avait tout fait pour obtenir les bourses nécessaires et réussir le plus rapidement possible son cursus d'études financières. L'association de cette force de caractère et d'un indéniable talent incitait forcément au respect. Mais le revers de la médaille, c'était qu'Ellie demeurait sage et dévouée depuis trop longtemps, oubliant de satisfaire sa vie privée.

Elle passa son bras autour des épaules de sa sœur si courageuse.

— Promets-moi que tu ne renonceras pas à ton histoire avec Harry si ma relation avec Michael tourne mal.

Sa sœur parut stupéfaite par cette demande, mais il était important de clarifier tout cela dès maintenant, elle en était convaincue. Quand sa relation avec Michael perdrait sa magie, Ellie et Harry ne devaient pas en faire les frais. Elle était sa sœur, il était le frère de Michael : cette double liaison avait des implications. Connaissant la loyauté de sa sœur, Lucy ne voulait pas qu'une rupture en entraîne une autre, par simple solidarité. Ce ne serait pas juste. L'idée qu'ils pourraient parvenir tous quatre à former une seule famille restait idyllique, mais... Mieux valait envisager une réalité moins fantasmatique.

— Harry pourrait bien être l'homme qu'il te faut, reprit-elle. Soyons honnêtes : il possède un charme dévastateur, il est sexy, et il tient visiblement à ce que tu restes auprès de lui. Vous pourriez être heureux ensemble, et je ne supporterais pas d'être un obstacle entre vous si son frère et moi devions rompre. Te voir heureuse avec lui me rend heureuse, indépendamment de ma relation avec Michael.

Sa sœur, qui paraissait à la fois décontenancée et touchée, l'embrassa.

— Mais tu es si amoureuse de Michael que tu seras blessée, s'il met fin à votre histoire...

Lucy secoua lentement la tête. Bon sang, qui était toujours là pour la réconforter quand elle devait affronter un moment difficile ? Ellie !

En tant qu'aînée, elle s'était très tôt sentie responsable d'elle. Déjà, du temps où elles étaient enfants, Ellie intervenait dans la cour de récréation dès qu'elle était victime des railleries des autres. Puis quand leur mère était tombée malade, elle avait tout pris en charge, et c'était grâce à elle si elles avaient pu traverser sans trop de dégâts cette terrible épreuve. Sa sœur était son roc, son ancre, celle qui s'était donné pour mission d'être là quoi qu'il arrive.

Pas question que Lucy la laisse perdre sa chance d'être heureuse auprès de Harry Finn.

— Je rebondirai, comme je le fais toujours, affirma-t-elle. Je sais fermer une porte et passer à autre chose. Je me suis bien entraînée à ce jeu-là. Ellie, je ne veux pas que tu t'inquiètes pour moi. Tu mérites de trouver le bonheur.

— Toi aussi.

— Eh bien, nous y parviendrons peut-être toutes les deux, qui sait ? Je voulais juste que tu saches que la voie doit être libre pour Harry et toi. Dis-moi que tu es d'accord.

Ellie poussa un profond soupir, comme si elle souhaitait que la situation soit moins compliquée. Mais elle l'était un peu, et mieux valait regarder les choses en face.

— Je suis d'accord, si cela te convient.

Sa sœur planta son regard dans le sien, avec cette détermination qui semblait l'avoir toujours portée et sauvée de bien des embûches.

— Et quoi qu'il advienne, ajouta-t-elle, nous serons toujours là l'une pour l'autre.

— Absolument ! acquiesça Lucy. Et maintenant, allons retrouver nos hommes.

Elle sauta à bas du lit et fit un petit pas de danse.

— Savourons un merveilleux week-end, et suivons notre cœur sans penser à demain. On ne sait jamais quand le sort décide de s'en mêler et de mettre fin aux plaisirs de la vie, n'est-ce pas ?

— En effet.

La vie pouvait être courte. Très courte. Depuis la mort de leur mère, jamais Lucy n'avait pu chasser cette vérité de son esprit. Il lui fallait cesser de se torturer au sujet de son avenir avec Michael et prendre chaque jour tel qu'il se présentait.

Laisser fuir les ombres.

Vivre sous le soleil.

7

Le déjeuner fut fabuleux et suivi d'un après-midi plus délicieux encore.

Michael l'emmena dans l'une des plus belles villas, celle que l'on appelait « villa nuptiale ». Perchée sur une colline dominant la plage de l'ouest, elle offrait un point de vue idyllique sur le coucher du soleil. Disposant d'une terrasse et d'une piscine privées, elle n'était pas moins séduisante à l'intérieur, avec son grand salon aux meubles de bois cannelé blanc, sa cuisine occupant un mur, et sa salle de bains de luxe, munie d'un grand bain à remous conçu pour deux. Lucy repéra en outre une collection d'huiles de massage, de sels de bain et de lotions exotiques prêts à l'usage.

Au cœur de la chambre, située en mezzanine, trônait un lit *king size*. Ici, l'atmosphère était délicate, avec des décorations faites de coquillages et de coraux, et des bougies au parfum de frangipanier.

— C'est extraordinaire, Michael, déclara-t-elle, ravie, en se pendant à son cou.

En fait, c'était peut-être même trop beau pour être vrai, mais elle n'allait pas gâcher une seconde de son temps avec lui.

— Laisse-moi te faire un massage, reprit-elle avec entrain. Il serait criminel de ne pas utiliser les huiles de la salle de bains, et tu pourras ensuite te laver dans le Jacuzzi.

— Impossible de refuser une telle offre ! répliqua-t-il en riant.

— Déshabille-toi. Je vais préparer un drap de bain et les huiles.

Lucy l'embrassa et descendit prestement l'escalier menant au rez-de-chaussée, impatiente de lui démontrer ses talents de masseuse.

Lorsqu'elle le rejoignit, il était déjà nu, allongé sur le ventre, son splendide fessier offert au regard. C'était l'homme le plus sexy du monde, et les battements de son cœur s'emballèrent.

Il se tourna et la dévisagea avec malice.

— Tes intentions ne me semblent guère professionnelles...

— Pas du tout, objecta-t-elle en riant. Je prenais la mesure de ta musculature.

— Donnant, donnant : tu te déshabilles toi aussi.

Il se leva et étendit le drap de bain sur le lit avant de s'allonger dessus. Lucy se glissa hors de ses vêtements en un clin d'œil.

— Bon, je suis nue, mais ne me regarde pas, annonça-t-elle. Il s'agit de te concentrer sur tes sensations. Je veux que tu fermes les yeux et que tu me laisses te faire tout ce que je voudrai.

— A tes ordres, susurra-t-il, visiblement enchanté par ce programme.

Lucy essaya d'abord les huiles sur elle, afin de choisir pour Michael celle qui avait le parfum le plus exotique. Puis elle s'agenouilla au-dessus de son partenaire et lui passa de l'huile sur les épaules et le dos. Cette fraîcheur soudaine le fit frissonner.

— Ça va se réchauffer, promit-elle en l'effleurant de sa poitrine nue pour reposer la bouteille d'huile.

— C'est un massage avec les seins ? s'enquit-il.

— Non. Ça, c'est juste pour moi.

Il se mit à rire.

— Ne te prive pas !

— Chut, détends-toi, murmura-t-elle en posant les paumes sur ses omoplates, avant de se concentrer sur les nœuds de ses muscles. Tu es tendu. Ce doit être à cause de ces trop longues heures passées au bureau.

— Hmmm... C'est très agréable, souffla-t-il.

— C'est un massage de relaxation, tu sais, ce n'est pas médical.

Il poussa un soupir de plaisir.

— C'est bon... J'adore ce que tu fais.

Lucy plissa le front. Elle voulait qu'il l'adore *elle*, pas ce qu'elle lui faisait. Oui, elle espérait que cela finisse par arriver, s'avoua-t-elle en savourant la force des muscles de son amant, la souplesse de sa peau, la chaleur de son corps. Ainsi oint d'huile, il avait tout d'un athlète grec et, peu à peu, elle se grisa de ce moment de pure volupté qui alanguissait ses gestes, emplissait ses poumons des effluves de musc et de pamplemousse.

Après les épaules et le dos, elle lui massa le creux des mains, les cuisses, les mollets et les pieds.

Quand elle le pria de se retourner pour poursuivre la séance, une bouffée de chaleur lui enflamma le ventre : son érection était impressionnante ! Difficile d'en détourner les yeux alors qu'elle assouplissait les cuisses de Michael en gestes amples, montant et descendant, étirant et roulant.

Elle fut finalement incapable de résister à l'envie de se pencher et de lécher délicatement l'extrémité de son sexe tendu, d'un mouvement circulaire de la langue. Il étouffa une exclamation, ouvrit les yeux et lui décocha un regard implorant. Elle le prit alors dans sa bouche et l'écouta marmonner son nom, entre deux râles de plaisir.

La sensation qu'éprouvait Lucy était électrisante. Tout en le caressant de sa langue, de ses lèvres, elle était happée par l'ivresse de posséder Michael. Il était à elle — c'était *son* homme — et son corps en était si enfiévré qu'elle avait l'impression d'être prête à le rejoindre dans l'orgasme...

A cet instant, il lui saisit les poignets, la souleva, agrippa ses fesses et la ficha sur lui. Elle le chevaucha, déterminée à l'abstraire du monde extérieur afin que plus rien n'existe pour lui, sauf elle et le plaisir incandescent qu'elle lui procurait. Il lâcha un cri en atteignant l'extase. Elle se cambra, sursauta et se tordit en tous sens, contaminée par cet orgasme qui était aussi sa victoire : Michael Finn était *son* homme.

Lui couvrant le visage de baisers, Lucy s'abandonna à cette exquise sensation de pouvoir. Son prince l'encercla de ses bras puissants. Son étreinte était si étroite qu'elle entendit le battement saccadé de son cœur. Puis il roula sur elle. L'embrassant plus voracement, il lui montra que c'était son tour de la faire sienne. Abandonnée à lui, elle se laissa posséder. Redoublant de passion, il reprit une position dominante, et une merveilleuse impression de sécurité l'envahit. Avec lui, elle était à l'abri de tout... Elle avait besoin de ce sentiment, de cette osmose.

Certes, tout cela aurait une fin. Mais pour le moment, il était fou de désir pour elle, et le simple fait de le savoir, de le constater, était paradisiaque.

Michael n'avait pas envie de réfléchir. Il y avait des années qu'il réfléchissait sans cesse, toujours en alerte. Garder la foi dans la vision qu'avait eue son père de ses affaires était l'aspect le plus important de son existence.

Harry était sur la même longueur d'ondes : depuis la mort de leurs parents, ils s'étaient consacrés corps et âme au développement de Finn Fisheries. Entre les deux frères, c'était comme un lien sacré. Et ils avaient réussi à donner une dimension nouvelle à leur activité commerciale, tandis que Harry avait presque entièrement créé à lui seul la branche touristique. Dans les affaires, la réussite reposait souvent sur le timing.

Peut-être était-ce aussi ce qui lui arrivait avec Lucy. Pour le moment, c'était la perfection, le rêve... Mais les paroles de Jason Lester le hantaient, et il ne tracerait pas de plan sur la comète. L'histoire se déroulerait d'elle-même. Pourtant, s'il était honnête, il devait admettre qu'il comptait beaucoup sur le point de vue de Jack et Sarah, le couple qui travaillait sur l'île Finn avec Harry depuis le début et les connaissait tous deux depuis leur enfance. Il n'avait pas programmé cette visite chez eux aujourd'hui par simple politesse...

— Il vaut mieux que j'aille nous préparer le bain maintenant, si nous voulons être à l'heure chez les Pickard, lança-t-elle en souriant.

— Bonne idée, acquiesça-t-il.

La fille du soleil...

Leur bain fut un nouvel enchantement des sens. Lucy insista pour le laver elle-même et lui offrir un second massage — du cuir chevelu cette fois. A force de le caresser au savon sur tout le corps, elle réveilla son excitation, et ils firent encore l'amour, les bulles cristallines des remous éclatant tout autour d'eux.

Lorsqu'ils partirent en direction de la villa des Pickard, Michael était plus détendu qu'il ne l'avait jamais été. Pourtant, il tenait beaucoup à ce que Jack et Sarah soient totalement séduits par Lucy, qu'ils ne lui trouvent pas un seul défaut. Il fallait que cette journée soit aussi parfaite que la jeune femme qui marchait à ses côtés. Que ces instants demeurent paradisiaques.

8

Lucy ne parvenait pas à se débarrasser d'une nervosité grandissante. En règle générale, elle ne se souciait pas beaucoup du fait que les gens l'apprécient ou non, mais d'après ce que Michael lui avait dit, Jack et Sarah Pickard étaient comme de seconds parents pour Harry et lui. Leur opinion lui était chère, ils comptaient dans sa vie, et il devenait dès lors important de leur plaire.

Elle aimait qu'il lui tienne la main. Cela lui donnait une sensation de sécurité, et les Pickard verraient certainement qu'il était heureux auprès d'elle.

Située non loin du centre administratif, la résidence des Pickard était également plus vaste que les autres villas, dans la mesure où ils étaient les seuls à résider sur l'île à l'année. Harry vivait sur place lui aussi, mais il restait sur son yacht, et se rendait régulièrement à Cairns.

Le couple les attendait devant la véranda, probablement impatient de revoir Michael et de découvrir sa nouvelle compagne.

— Quel bonheur de te voir, Mickey ! s'écria Sarah avec chaleur en le serrant dans ses bras.

— Pour moi aussi ! s'exclama-t-il. Et voici Lucy Flippence, la sœur d'Elizabeth.

— Oh... Vous ne vous ressemblez pas du tout !

Habituée à entendre ce commentaire, Lucy sourit. Sarah lui prit la main dans la sienne et la serra avec intensité.

— En effet, reconnut-elle avec un sourire forcé. Ellie a la noblesse d'une panthère, alors que la plupart des gens me regardent plutôt comme un lapin.

— J'ai toujours pensé que les lapins connaissaient davantage de formules magiques que les sorciers, intervint Jack en venant à son tour lui serrer la main.

Elle éclata de rire.

— En tout cas, cette île est magique, c'est sûr. Michael m'a appris que vous avez amplement contribué à cette réussite.

— Nous faisons notre part, c'est vrai. Nous aimons beaucoup cet endroit, n'est-ce pas, Sarah ?

— Oui, acquiesça son épouse, nous avons beaucoup de chance.

— Je constate que tes rosiers poussent bien, Jack, dit Michael.

Lucy haussa les sourcils.

— Des rosiers ? Où cela ?

Jack sourit avec fierté.

— C'était un vrai défi, expliqua-t-il, mais ils s'épanouissent enfin.

Ce disant, il désigna une magnifique roseraie dissimulée derrière la galerie.

Lucy s'approcha et poussa une exclamation admirative.

— Là, ce sont des Pal Joey ?

— Oui, répondit Sarah. L'une de mes variétés favorites. Leur parfum est tellement délicat !

— Je sais. C'est une splendeur. J'étais au cimetière de Greenlands, lundi dernier, et un vieil homme était en train de planter un rosier Pal Joey sur la tombe de sa femme. Il a dit qu'il ne pouvait laisser sa Gracie reposer là sans sa rose préférée.

Le visage de Sarah exprima l'attendrissement.

— Quelle adorable attention de sa part !

Lucy hocha la tête.

— Ils étaient mariés depuis près de soixante ans,

poursuivit-elle. J'ai trouvé ce geste magnifique. Vous les faites pousser pour Sarah, Jack ?

— Pour nous deux, dit-il. Mais si j'avais l'infortune de voir partir Sarah avant moi, j'irais certainement planter cette rose sur sa tombe.

Sa femme lui sourit.

— Oui, fais-le, Jack... Mais dites-moi, Lucy, que faisiez-vous dans un cimetière ce jour-là ?

— C'est son travail, expliqua Michael avec fierté. Lucy travaille pour l'administration de Greenlands.

— Et cela vous plaît ? demanda Sarah.

— Jusqu'ici, oui. Il n'y a pas très longtemps que j'ai commencé. Cela me donne tout loisir de visiter la tombe de ma mère. Elle est morte quand j'avais dix-sept ans. J'aime aller lui parler, lui dire ce que je pense et ce que je ressens. C'est apaisant quand je me sens un peu à la dérive, vous comprenez ?

Seigneur, elle avait la langue beaucoup trop bien pendue, réalisa-t-elle, gênée de s'être ainsi laissée aller à tant de confidences en moins d'une minute. Elle avait la fâcheuse tendance de parler à tort et à travers dès qu'elle était nerveuse. Mais Sarah n'eut pas l'air de trouver cela étrange ou inconvenant, et elle lui prit même la main en signe de réconfort.

— C'est bien triste et injuste de perdre sa mère si jeune, soupira la gouvernante de l'île.

— C'est vrai, mais Ellie a été formidable. Elle a tout pris en charge.

Sarah hocha la tête.

— J'ai déjà pu constater qu'elle en est parfaitement capable. Ici, elle veille admirablement bien sur l'ensemble de l'organisation.

— N'essaie pas de te liguer avec Harry contre moi, Sarah, la prévint Michael en fronçant les sourcils, exagérant sa mimique de reproche. Elizabeth est mon assistante personnelle. Cette situation est temporaire.

— Ça ne me regarde pas, répliqua leur hôtesse en leur faisant signe d'entrer. Venez. Je nous ai préparé le thé de l'autre côté du salon. Nous avons une vue sur la plage et la mer.

— Puis-je vous aider à quoi que ce soit ? demanda Lucy.

Sarah lui adressa un clin d'œil pour l'inciter à l'accompagner et à laisser les deux hommes. Une fois dans la cuisine, celle-ci mit l'eau dans la bouilloire et se retourna vers elle.

— Votre sœur m'a dit que vous aviez rencontré Mickey au bureau ?

— Oui. C'était l'anniversaire d'Ellie, lundi dernier, et je suis passée la voir. Harry était également sur place. Nous avons déjeuné ensemble, tous les quatre.

Sarah sourit.

— Mais vous devez avoir revu Michael cette semaine, puisqu'il vous a amenée ici.

La curiosité de son interlocutrice était évidente, mais Lucy ne voyait aucun inconvénient à la satisfaire.

— Chaque soir ! s'exclama-t-elle. C'est fabuleux. J'ai l'impression de vivre un conte de fées. Michael est un authentique prince charmant.

— Oui, n'est-ce pas ? renchérit Sarah avec affection. Et Harry est comme lui. Tous deux sont des personnalités hors du commun. C'était le cas de leurs parents… Un couple très spécial.

— Michael m'a appris qu'il les avait perdus à peu près à l'époque où je perdais ma mère.

— Une effroyable tragédie. Mais ils seraient très fiers de leurs garçons. Très fiers…

Prenant conscience du fait que cette femme connaissait forcément par cœur le tempérament et le caractère de Michael, Lucy se décida à courir un risque. Elle allait lui confier ce qu'elle éprouvait — y compris ses doutes quant à la façon dont Michael se représentait leur relation. Sarah devait savoir si oui ou non, il était possible que leur couple prenne de l'importance dans son cœur et dans son esprit.

Elle prit son inspiration avant de se lancer :

— L'ennui, c'est que je ne suis pas sûre d'être à la hauteur. Je suis une sorte de Cendrillon, dans la société. Il m'a invitée à l'accompagner à un bal samedi prochain, et je suis terrifiée à l'idée de ne pas réussir à me mêler au cercle de ses amis.

Sarah la dévisagea avec attention.

— N'ayez pas peur, Lucy, lui conseilla-t-elle. Si Mickey vous veut près de lui ce soir-là, il veillera sur vous. Il ressemble beaucoup à son père. Il prend toujours ses engagements très au sérieux, et il se montre très protecteur pour ceux auxquels il tient.

Sarah lui avait fait son gâteau favori — un cake aux bananes —, Lucy bavardait joyeusement avec le couple, et Michael s'enfonça confortablement dans son fauteuil pour la regarder charmer un homme et une femme qu'il considérait comme sa famille d'adoption.

Elle avait un talent inouï pour établir un contact immédiat avec les gens. Ses sourires faisaient naître les sourires, et son hilarité était communicative. La fille du soleil faisait rayonner chaque lieu où elle passait.

Quand elle demanda à Jack comment l'eau de mer était traitée et purifiée, Michael suggéra à son ami d'emmener la jeune femme au centre de maintenance pour une démonstration. Il aurait ainsi l'opportunité de rester seul avec Sarah et de s'entretenir avec elle. Chaque fois qu'il était venu sur l'île avec une femme, Sarah s'était fait son idée et lui avait prodigué de précieux conseils.

Ravi de proposer une visite guidée à Lucy, Jack ne se fit pas prier et entraîna vivement celle-ci à sa suite. Il était évident qu'il l'appréciait. Mais cela démontrait juste qu'elle plaisait à tous les hommes, quel que soit leur âge.

L'abeille à miel...

Cette formule de Jason Lester restait gravée dans son esprit.

— Qu'est-ce qui ne va pas, Mickey ? l'interrogea Sarah, une fois Jack et Lucy éloignés.

— J'ai un problème, admit-il.

— Avec Lucy ?

— Que penses-tu d'elle ?

— Elle est charmante !

— Oui, acquiesça-t-il. Mais encore ?

Son amie réfléchit un instant.

— Elle est très différente des autres femmes que tu as amenées ici, Mickey. Plus spontanée, plus naturelle...

— Alors tu ne penses pas que c'est une intrigante en quête d'un Rockefeller ? pressa-t-il, incapable d'attendre plus longtemps la réponse à son angoisse.

Sarah parut stupéfaite.

— Quoi ? Pas du tout ! Qu'a-t-elle fait pour que tu croies une chose pareille ?

— Je suis un homme fortuné, rappela-t-il sèchement.

— Et c'est quelque chose qui doit plutôt intimider une fille comme Lucy. Elle pourrait même en conclure qu'elle n'est pas assez bien pour toi.

— Ridicule ! Elle est superbe, sexy, drôle, facile à vivre, elle a bon cœur : je ne vois pas comment elle pourrait douter de ses atouts.

— Mickey, tu as confiance en toi, et c'est très positif. Mais je pense que Lucy en manque cruellement, quant à elle. J'irais même jusqu'à dire que cette fille n'a pas une once d'ego. Elle passe son temps à se consacrer aux autres et veut à tout prix éviter que les projecteurs se dirigent sur elle.

— Pourquoi ? Tu penses qu'elle cache quelque chose ?

— Je ne sais pas. Mais le fait qu'elle se représente comme un lapin quand sa sœur serait une noble panthère m'incite à croire que, dans son esprit, elle ne pourra jamais atteindre le niveau d'Elizabeth. Elle a dû ressentir cela très jeune. Et il est probable qu'elle a choisi une voie moins ambitieuse pour ne pas avoir le sentiment d'échouer.

Michael connaissait un peu les complexes des cadets vis-à-vis des aînés. Petit, Harry l'avait regardé avec des yeux emplis d'admiration. Mais à l'adolescence, le jeu s'était équilibré. Sans doute aussi parce qu'ils étaient des garçons : au lieu de fuir la compétition, ils s'y étaient lancés à corps perdu, découvrant que si l'un était meilleur dans tel sport, l'autre pouvait l'emporter ailleurs.

— Oui, tu as peut-être raison..., concéda-t-il. Lucy est la plus jeune sœur, pourtant je doute qu'elle se sente complexée à ce point. Elle a occupé des fonctions dans des registres professionnels extraordinairement diversifiés. Elle a été mannequin, esthéticienne, guide touristique, professeur de danse... Tout l'attire, sa curiosité est sans limite. Elle a quitté le lycée pour veiller sur sa mère, malade d'un cancer, et n'a jamais terminé son cursus scolaire. Elle dit qu'elle n'était pas douée pour les études. Je trouve qu'elle se débrouille de façon remarquable.

Sarah fronça les sourcils.

— Où était Elizabeth quand leur mère agonisait ?

— A la maison, elle aussi. Mais dans la journée, elle suivait des cours à l'université.

— Hum... Elizabeth préparait l'avenir, donc. A ton avis, les deux sœurs sont-elles très proches ?

— Oh oui ! Très différentes, mais très proches. Lucy dit qu'Elizabeth est son roc, son ancre.

— Quand elle se sent à la dérive, murmura Sarah, avant de le contempler d'un air grave. Mickey, tu n'es pas face à une croqueuse de diamants. Si Lucy cache quelque chose, ce doit être lié à ce qui la rend si vulnérable. Sois prudent, veille à la façon dont tu la traites.

L'expression si sérieuse de son amie le surprit. Il hocha lentement la tête.

— Tu sais qu'elle te voit comme un prince ? ajouta-t-elle.

Michael sourit, amusé.

— Oui. Jusqu'à ce que je me métamorphose en crapaud. Selon elle, c'est ce qui arrive à la majorité des princes.

Sarah s'esclaffa longuement.

— Cette jeune fille est délicieuse ! A certains égards, elle ressemble beaucoup à ta mère. Un être qu'on a de la chance de pouvoir fréquenter.

Il acquiesça d'autant plus volontiers qu'il s'était déjà fait la réflexion. Mais si Lucy lui cachait quelque chose d'important, quelque chose qu'elle lui dissimulait de toutes ses forces, il ne pouvait pas lui faire vraiment confiance.

Que cherchait-elle tant à garder secret ? Le nombre d'hommes qu'elle avait connus ? En fin de compte, il aurait probablement mieux fait de l'interroger à ce sujet, la veille au soir. Et peut-être devrait-il le faire maintenant...

Toutefois, en se rappelant le regard désespéré qu'elle avait eu, juste après le départ de Lester, Michael sut qu'il n'aurait pas le courage de ramener ce poison à la surface durant leur week-end. Tant pis. Il laisserait cela de côté durant quelque temps. Il n'oublierait pas, néanmoins, que la jeune femme était capable d'avoir des secrets pour lui.

Des secrets qu'il lui faudrait découvrir si leur relation devait se poursuivre.

9

Le dimanche matin, après une nuit passée à faire l'amour, Michael et elle firent la grasse matinée. Le plateau de fruits frais du réfrigérateur fut un petit déjeuner bien suffisant puisqu'avant de quitter l'île, ils allaient retrouver Harry et Ellie devant un brunch.

Le restaurant de l'île Finn, dirigé par le chef Daniel Marven, était réputé pour l'excellence de sa cuisine. Dès que tous les quatre furent installés, sa sœur lut à haute voix la liste des plats proposés pour que Lucy puisse arrêter son choix, et non imiter quelqu'un en choisissant la même chose.

Elle adressa un discret clin d'œil de gratitude à Ellie et sourit. Son rêve le plus fou allait-il se réaliser ? Les deux sœurs et les deux frères finiraient-ils leurs jours en couple ?

Le repas se déroula dans une atmosphère joyeuse, jusqu'à la question de Michael à son frère, au moment où arrivaient les cafés :

— As-tu reçu des candidatures au poste de directeur général, Harry ?

— Quelques-unes. Je n'ai pas encore programmé d'entretien. Elizabeth va peut-être vouloir rester, maintenant qu'elle domine parfaitement la situation.

— Elizabeth est à moi ! s'emporta Michael, visiblement excédé.

— Non ! décréta Ellie avec fermeté.

Lucy en fut stupéfaite. Elle fixa sa sœur, qui semblait soudain très sérieuse et déterminée.

— Ne me dites pas que mon frère a réussi à vous séduire au point de vous convaincre de rester ici ? s'étonna Michael d'une voix blanche.

— Ce n'est pas le cas. Je resterai jusqu'à la fin du mois, comme convenu, en attendant qu'il ait trouvé la personne qui conviendra.

— Ensuite, vous reviendrez à mon service, n'est-ce pas ? reprit Michael, l'air un peu rassuré.

Ellie secoua la tête en signe de dénégation.

— Non. Je suis désolée, mais ce n'est pas ce que je souhaite non plus.

Lucy se tendit, intriguée — et un peu inquiète. Que se passait-il dans la tête de sa sœur ? Elle ne voulait pas rester avec Harry ni retourner avec Michael. Donc couper les ponts avec les Finn.

— Pourquoi ? demanda Michael au moment même où elle se posait la même question.

— La semaine que j'ai déjà passée ici m'a fait comprendre que j'ai besoin de quelque chose de nouveau. Je veux essayer un autre type de travail. Considérez que je suis en train de vous donner mon préavis, Michael.

Ouh la la ! Lucy tressaillit. La situation sentait le roussi ! D'ailleurs, Michael fusillait son frère du regard.

— Bon sang ! s'exclama-t-il. Si tu ne t'en étais pas mêlé...

— Hé, du calme Mickey ! Elle ne reste pas davantage avec moi, se défendit Harry, levant les mains en signe d'impuissance.

— S'il vous plaît, lança Ellie, je ne veux pas être à l'origine de problèmes entre vous. Je souhaite seulement prendre une nouvelle direction dans la vie.

— Mais vous êtes brillante dans le poste que vous occupez ! affirma Michael.

— Merci. Mais je regrette, vous allez devoir trouver quelqu'un d'autre.

L'atmosphère festive et légère qui régnait jusqu'alors autour de la table n'était plus qu'un lointain souvenir. La tension était palpable. Lucy restait sidérée par la décision de sa sœur. Refuser de revenir à Cairns seconder Michael, ne pas plus vouloir rester sur ce petit paradis auprès de Harry : comment expliquer qu'elle tourne le dos à deux carrières aussi séduisantes ? C'était une vraie folie ! Et quelle direction Ellie comptait-elle prendre ?

— Pourquoi ne demandes-tu pas à Lucy de reprendre le flambeau à tes côtés ? suggéra Harry. Elle est sans doute aussi douée que sa sœur.

Lucy sentit le sang se retirer de son visage. La panique lui noua la gorge. Non, non, *non* ! Elle n'était pas Ellie. Jamais elle ne serait Ellie... Elle adressa un regard de détresse à sa sœur, qui prit instantanément sa défense, telle une chatte protégeant son bébé :

— Ce n'est pas du tout le genre de métier qui lui plaît, opposa-t-elle d'un ton qui n'admettait pas la réplique.

Michael fronça les sourcils et se retourna vers elle.

— Tu travailles déjà dans l'administratif, non ?

— Oui, mais à l'accueil, pour traiter directement avec les visiteurs, Michael, expliqua-t-elle, au comble de l'angoisse. Je ne fais pas de travail de bureau. Je suis bonne dans les relations humaines, l'aide à la clientèle, le conseil. C'est l'essentiel de mon activité au cimetière.

Reprenant courage, elle conclut :

— Et j'aime ça.

Son compagnon poussa un profond soupir et lui prit la main.

— Oui, je le sais, admit-il. Tu es faite pour être au contact des gens, et cela me plaît. Je ne veux pas que ça change, donc je ne te demanderai pas de remplacer ta sœur.

Un profond soulagement la gagna. Il *comprenait*... C'était merveilleux. Et surtout, elle n'avait pas eu à révéler pour quelle raison il lui était impossible de travailler dans un bureau.

— J'espère que vous accepterez de m'écrire une lettre de recommandation, reprit Ellie.

Michael poussa une longue expiration.

— Elle partira au courrier dès demain. Je regrette profondément de vous perdre, mais je vous souhaite bonne chance, Elizabeth.

— Merci.

Aux yeux de Michael, l'affaire était classée... Mais Lucy n'était pas de cet avis. Elle attendit que sa sœur ait terminé son cappuccino et se leva d'un bond.

— Je vais me refaire une beauté. Tu m'accompagnes, Ellie ?

— Bien sûr.

Dès qu'elles furent à l'abri des oreilles indiscrètes, devant les lavabos des toilettes pour femmes, Lucy planta son regard dans celui de sa sœur et demanda :

— Qu'est-ce qui te prend ? Pourquoi quittes-tu un poste que tu adorais ? Michael est profondément malheureux.

— Je ne peux pas rester uniquement pour lui faire plaisir.

— Mais tu m'as toujours dit que tu aimais ton travail !

— C'est vrai, admit Ellie. Mais je n'avais jamais réalisé à quel point j'étais sous pression avant de venir ici. Je ne veux plus être à la merci du stress dès le matin et jusqu'au soir. J'ai besoin de chercher quelque chose de plus souple.

Lucy n'était pas encore convaincue. Elle la dévisagea avec inquiétude.

— Tu me promets que ce n'est pas à cause de mon histoire avec Michael ?

— Je t'assure que cela n'a rien à voir, affirma Ellie d'une voix si assurée que sa sincérité ne faisait pas de doute. Je regrette de causer cette déception à Michael, mais je pense qu'il s'en remettra vite et que cela n'aura pas de conséquence pour toi. Et s'il te faisait le moindre reproche, cela voudrait dire qu'il n'est pas l'homme qu'il te faut.

Lucy hocha la tête et serra sa sœur dans ses bras.

— Tu as raison. Il est normal que tu songes à ton avenir,

et tu as le droit de changer de carrière. Il n'aurait pas dû réagir aussi vivement.

Ellie lui décocha un regard complice.

— Tu peux jouer les infirmières pour faire passer la pilule, suggéra-t-elle, badine.

Lucy rit de ce sous-entendu, mais sa nervosité n'avait pas disparu. Il fallait à tout prix que la situation s'apaise entre Michael et sa sœur ! Mais elle comprenait aussi que si cela n'arrivait pas, elle devrait l'accepter et se montrer raisonnable.

Si séduisant que soit un conte de fées, la réalité demeurait hélas incontournable...

Michael ne se rappelait pas avoir jamais vécu avec son frère une situation aussi tendue. Il lui avait « prêté » Elizabeth pour résoudre un problème urgent ; se passer de son assistante exemplaire durant un mois était déjà pénible, mais la voir disparaître après huit jours au côté de Harry était intolérable.

Huit jours ! Il lui avait fallu aussi peu de temps pour prendre la décision de quitter son service ! Et il ne croyait pas un mot de son alibi. Quelque chose s'était passé ici, et Harry en était le seul responsable.

Ayant attendu que les deux sœurs s'éclipsent aux toilettes, il laissa exploser sa colère.

— Cette histoire n'a ni queue ni tête ! Elizabeth n'a jamais paru fatiguée, ni insatisfaite d'un quelconque aspect de son travail jusqu'à aujourd'hui. Je lui confiais n'importe quelle tâche et elle l'assumait sans jamais rechigner ! Elle était remarquable, et payée en conséquence, d'ailleurs. Elle maîtrise son métier à la perfection. Pourquoi voudrait-elle si soudainement changer de voie ? La seule chose qui me paraisse évidente, c'est que tu as jeté beaucoup de sable dans les rouages, Harry !

— Si elle tient tant à prendre une nouvelle direction,

pourquoi ne reste-t-elle pas ici ? protesta son frère. Elle maîtrise parfaitement les choses sur l'île aussi, figure-toi ! Tu fais fausse route, Mickey. Je ne tire aucune ficelle.

— Alors que se passe-t-il ?

Harry fit la moue.

— Je crois que c'est à cause de Lucy.

— Ridicule ! Lucy était aussi stupéfaite que moi.

— Mais réveille-toi, voyons, Mickey ! s'emporta Harry. Tu t'en donnes à cœur joie avec la petite sœur de ton assistante, alors que celle-ci a pour ainsi dire été une mère pour Lucy depuis leur adolescence ! A la seconde où tu as jeté ton dévolu sur sa cadette, Elizabeth a dû écrire mentalement sa lettre de démission. Et d'ailleurs, il suffit de voir comment Lucy se comporte ce week-end pour en avoir la certitude.

Déstabilisé, Michael considéra son frère avec perplexité.

— Qu'est-ce que tu veux dire ?

Harry leva les yeux au ciel.

— Même moi, je vois qu'elle est éperdument amoureuse de toi ! Or Elizabeth est assez bien placée pour savoir ce que tu fais de tes relations avec les femmes. Elle sait que tu risques de blesser profondément une jeune fille qu'elle protège bec et ongles, sur laquelle elle veille jalousement.

— Et je pourrais ne rien faire de la sorte ! rétorqua Michael. Je pourrais... vouloir rester dans cette relation.

— En tout cas, observa Harry en haussant les épaules, tu as introduit un élément personnel dans une relation professionnelle.

— Ça alors ! Et toi ? Ne me dis pas que ta relation avec Elizabeth n'a pas pris un tour *très personnel*, cette semaine !

— Et c'est probablement la raison pour laquelle elle refuse aussi de rester à son poste auprès de moi, répliqua-t-il avec amertume.

Sur ces mots, il se passa une main nerveuse dans les cheveux et le regarda droit dans les yeux.

— Ecoute, je ne sais pas ce qui se passe dans la tête

d'Elizabeth, avoua-t-il, un peu penaud. J'aimerais te dire l'inverse. Mais ce que je sais, c'est que lorsqu'elle a pris une décision, elle s'y tient vaille que vaille. Nous n'avons pas le choix. Il faut accepter sa résolution, que cela nous convienne ou pas.

Michael s'efforça de dominer sa frustration.

— Bon. Très bien, concéda-t-il. Ce n'est pas ta faute.

— Je t'assure que non.

— Bon sang ! Pourquoi fallait-il que Lucy soit sa sœur ?

— Fais attention à la manière dont tu la traites, Mickey, précisa Harry. Je ne veux pas que ton histoire mette en péril ce que je construis avec Elizabeth.

Devant la complexité inédite de cette situation, Michael secoua lentement la tête.

— Nous ne nous sommes jamais retrouvés dans une telle panade avant aujourd'hui, Harry.

— Je préfère te le dire tout de suite : je n'ai pas l'intention de laisser Elizabeth s'enfuir. Je tiens à elle.

Il dévisagea son cadet, stupéfait. L'expression de ce dernier était grave, son regard déterminé. Il était très sérieux.

— Et je n'ai pas l'intention de voir Lucy partir non plus, répondit-il.

Du moins, pas dans un avenir proche. Il n'y avait plus de raison de mettre un terme à cette liaison au bout d'un mois si Elizabeth ne revenait pas travailler pour lui. Il pouvait en profiter aussi longtemps qu'il y prendrait plaisir.

— Très bien, conclut Harry en hochant la tête. Alors il n'y a plus de problème entre nous, n'est-ce pas ?

— Non, aucun.

Ce qui ne signifiait pas pour autant que l'imbroglio était résolu. Du moins avait-il à présent la certitude que Harry n'était pas à blâmer. La décision subite d'Elizabeth était, au moins en partie, motivée par l'enchevêtrement d'une double histoire, aux ramifications sentimentales et familiales. Deux frères et deux sœurs... Non, ce n'était pas simple. Mais il connaissait son assistante depuis deux ans, et c'était une femme sensée. Peut-être changerait-elle d'avis quand la vie privée des uns et des autres se serait éclaircie.

Une accusation cependant lui restait sur l'estomac, même si elle n'avait été formulée qu'à mots couverts : l'hypothèse qu'il pourrait ne pas traiter Lucy correctement. C'était inouï ! Sarah et Harry le prenaient-ils pour un goujat ? Un profiteur égoïste ? Jamais il n'avait été grossier ou rude envers une femme. Il traitait ses conquêtes avec courtoisie et respect, jusque dans les adieux.

Pourtant, les deux personnes les plus proches de lui, qui le connaissaient le mieux, lui avaient conseillé de se montrer prudent, de ménager sa conduite avec Lucy. Cela n'avait aucun sens... Ils parlaient d'elle comme d'une petite chose à la personnalité fragile quand elle était un véritable esprit libre, précisément forte de cette liberté. Si leur relation tournait mal, elle papillonnerait vers un autre et poursuivrait ses découvertes.

Quant à l'idée avancée par son frère que la jeune femme serait « éperdument amoureuse » de lui, cela ne signifiait pas pour autant que leur relation était solide. C'était seulement un descriptif de l'état émotionnel de Lucy dans l'instant présent. Lui aussi, d'ailleurs, était obsédé par le désir d'être avec elle.

Or, dans l'absolu, il voulait établir une connexion profonde avec une femme dont il ferait son épouse. Comme son père l'avait fait avec sa mère. Et il avait besoin de passer plus de temps avec Lucy pour se poser la question de savoir si elle était celle qu'il recherchait.

Si ce n'était pas le cas, il la quitterait avec la plus grande délicatesse possible. Même chez les crapauds, il devait y avoir parfois des gentlemen, non ?

10

Le samedi suivant, Michael emmena Lucy déjeuner dans un merveilleux restaurant, le Thala Breach Lodge, situé entre Cairns et Port Douglas, au sommet d'une colline surplombant la côte et la mer. La terrasse en plein air offrait l'un des plus beaux panoramas que Lucy ait jamais vu. Une nouvelle fois, Michael la gâtait.

Pourtant, si elle était une femme comblée, il lui était difficile de diversifier les ruses au moment délicat du choix des plats. Bien qu'experte à ce jeu, elle redoutait toujours que son compagnon ne s'aperçoive de quelque chose. D'un ton enjoué, elle demanda à la serveuse quels étaient les plats du jour, et l'astuce passa inaperçue. Cela lui permit de commander un fabuleux dessert : un brownie aux pistaches accompagné de bananes rôties et de liqueur de scotch. Cette fois, ce fut Michael qui commanda « la même chose ». Cette sorte de rééquilibrage la soulagea.

Elle aimait partager ces repas extraordinaires avec lui. Elle aimait faire follement l'amour avec lui ensuite et, durant des heures cet après-midi-là, ils s'épuisèrent en étreintes passionnées, langoureuses ou ludiques. Ils restèrent au lit si longtemps que Lucy dut chasser son fantastique partenaire afin d'avoir le temps de se préparer pour le bal du soir.

Elle ne possédait pas de fourreau spécifique pour ce type d'événement. Elle songea à louer une robe dans une boutique spécialisée, mais craignait que les femmes de la belle société présentes à cette soirée ne sachent repérer les vêtements de location d'un coup d'œil. Alors, elle préféra tenter un pari plus risqué — mais plus personnel.

Elle possédait une robe de satin mandarine, portée lors d'un mariage où elle était demoiselle d'honneur. Quelques modifications faciles permirent de la transformer en longue robe élégante, au décolleté carré, suffisamment ample à partir des genoux pour lui permettre de danser. Lucy modifia les bretelles à l'aide de chaînes dorées, pour donner à sa création une touche de sophistication. Avec la teinte dorée de sa peau, ses cheveux blonds et ses yeux marron, la couleur mandarine lui allait à ravir. Elle resta sobre sur les accessoires : de petits anneaux en or aux oreilles, et une gourmette qu'Ellie lui avait offerte pour ses vingt et un ans.

Elle lissa ses cheveux et les releva en chignon serré, et soigna son maquillage léger — un trait d'eye-liner noir, du blush sur les pommettes et une touche de brillant à lèvres orange.

Son premier test fut probant : en venant la chercher, Michael eut l'air subjugué.

— Tu me coupes le souffle !

— Toi aussi, répondit-elle.

En n'importe quelle occasion, elle le trouvait séduisant. Mais dans ce costume classique et suprêmement élégant, avec chemise amidonnée et cravate, il était à tomber.

Dès ce moment, Lucy cessa de s'inquiéter de ce que penseraient les autres. Elle allait danser toute une soirée avec le plus beau prince de Cairns !

Néanmoins, son excitation fut teintée d'un retour d'angoisse quand ils parvinrent dans la salle de bal du casino. La table où la conduisit Michael était occupée par trois couples dont il lui avait dit quelques mots dans la voiture, des amis à lui et leurs épouses.

— Où as-tu rencontré cette merveilleuse jeune femme, Michael ? demanda l'un d'eux.

— Elle est apparue dans mon bureau sans crier gare, révéla-t-il, et j'ai instantanément compris que j'avais besoin d'elle dans ma vie.

Il lui adressa un clin d'œil complice, et le cœur de Lucy se serra de bonheur.

— Une relation de travail, alors, conclut son ami.

— On pourrait dire cela... Même si notre relation dépasse largement le cadre professionnel. Je suis venu la faire danser jusqu'à épuisement !

Tous se mirent à rire autour de la table. Lucy en fut infiniment reconnaissante envers Michael. C'était un vrai prince, qui faisait tout pour qu'elle se sente à l'aise, pour qu'elle sache qu'il considérait son bien-être comme une priorité.

Lorsque l'orchestre entonna un premier morceau, il l'attira sur la piste, où elle eut l'occasion de vérifier qu'il avait en effet le rythme dans la peau. Les danses se succédèrent, et son cavalier lui imposa des défis, avec des mouvements de plus en plus complexes. Les autres couples s'écartaient pour leur laisser de l'espace et admirer leur technique et leur incroyable communion. Ils se laissèrent gagner par l'ivresse et ne s'arrêtèrent que lorsqu'ils furent tous deux à bout de souffle. Alors, la foule les applaudit avec enthousiasme.

Ravie, Lucy laissa Michael lui prendre le bras et la raccompagner vers leur table.

— Vous êtes beaux, séduisants, incroyables ! s'écria l'une des amies de Michael.

Il s'esclaffa.

— Je n'avais jamais eu de partenaire comme Lucy.

— Et il est si doué que je tiens à peine debout, répliqua-t-elle.

Il l'attira contre lui.

— Qui nous sert une coupe de champagne ? demanda-t-il à la cantonade. Ma cavalière a besoin d'un rafraîchissement.

La danse, le champagne, une joyeuse compagnie, l'espoir que Michael finisse par la considérer comme sa partenaire dans tous les sens du terme : Lucy s'aperçut que son inquiétude de jouer les Cendrillon lors de ce bal s'était volatilisée. Elle était entrée dans la peau d'une princesse, et elle s'y plaisait, se dit-elle en se dirigeant vers les toilettes des dames pour vérifier la tenue de son maquillage après ces danses endiablées.

Elle était en train de se repoudrer quand une femme surgit derrière elle, l'air furieux.

— Qui êtes-vous ? aboya-t-elle.

Lucy lui retourna un regard stupéfait.

— Mais... Et vous, qui êtes-vous pour m'agresser de la sorte ?

— Je suis Fiona Redman, répliqua l'autre avec fierté.

Ce nom ne lui disant rien, Lucy haussa les épaules.

— Et alors ?

— Michael Finn était mon homme il y a encore un mois, lâcha sèchement l'intruse. Je veux savoir si c'est à cause de vous qu'il m'a laissée tomber.

— Il y a peu de chances. Je le connais depuis trois semaines.

— Eh bien, n'espérez pas le garder beaucoup plus longtemps ! s'exclama Fiona, mauvaise. Tout le monde sait qu'il est volage. Avec lui, c'est toujours le travail d'abord.

Lucy ne répondit pas. Elle se rappelait ce que lui avait dit Michael au sujet de cette femme égocentrique. Tout concordait.

— Vous allez voir, ajouta celle-ci. Il est peut-être brillant au lit, mais il va vous traiter comme un jouet et finira par vous jeter, comme les autres.

Sur ces mots, elle fonça hors de la pièce, faisant claquer la porte derrière elle.

Malgré le choc de cette désagréable rencontre, Lucy se concentra sur l'essentiel : ce qu'elle partageait avec Michael était spécial, hors du commun, et elle ne s'intéressait pas aux relations qu'il avait eues avant elle — des relations qui ne lui avaient pas convenu, lui avait-il toujours affirmé.

Elle ne renonçait d'ailleurs pas à l'espoir que leur avenir ensemble se prolonge au-delà de ce que prévoyait Fiona Redman...

Michael se lavait les mains dans les toilettes quand, derrière lui, un inconnu lança :

— Je vois que tu as mis le grappin sur la plus jolie paire de fesses de Cairns.

Il se retourna vers lui et articula lentement :

— Je vous demande pardon ?

— Lascive Lucy, Lucy lascive, scanda l'homme. Super bonne au lit, pas vrai ? Dommage qu'elle n'ait rien dans le crâne. Je l'ai appréciée un moment. Je suis sûr qu'elle te plaira aussi. Mais j'ai cru devenir fou à tenter de mettre de l'ordre dans sa tête de piaf.

Michael comprit qu'il avait affaire au dernier petit ami de Lucy. Le crapaud qui voulait tout contrôler...

— Franchement, vu ce qu'elle a à dire, elle ferait mieux de la fermer, reprit le mufle avant de sortir.

Il était pétrifié. Les expressions « tête de piaf » et « rien dans le crâne » le troublaient moins que « la plus jolie paire de fesses de Cairns » ; celle-ci lui rappelait comment Jason Lester l'avait accusée d'avoir couché avec la moitié des hommes de la ville.

Michael savait que c'était faux. Lucy n'était pas ce genre de femme, il le pressentait. Pourtant, la question de savoir avec *combien* d'hommes elle avait eu des aventures se reposait. Il s'efforça de se convaincre que cela n'avait pas d'importance. Car il aimait chez elle sa sensualité débridée, sa spontanéité sexuelle, l'incroyable alchimie qui les attirait l'un vers l'autre.

Il regagna leur table et trouva sa maîtresse revenue à sa place. Elle était ravissante dans sa tenue orangée, et il admira la grâce de sa nuque, l'élégance de sa coiffure, le naturel de ses manières. Elle était parfaitement à l'aise avec ses amis — parfaitement à l'aise *avec tout le monde*...

Lascive Lucy.

Le banquet du soir était une composition de fruits de mer, que la jeune femme décortiquait avec une précision de chatte. Ses lèvres brillaient, sa langue y passait parfois. Elle prenait de toute évidence plaisir à déguster le homard, les crevettes...

Lascive Lucy.

Tout en elle était sexy. Michael était en proie à une violente excitation rien qu'à la regarder. Comme l'orchestre reprenait dans la douceur, proposant une valse jazzy, il invita de nouveau sa cavalière à le suivre sur la piste. Visiblement enchantée, elle se laissa guider.

Il serra sa taille, sentit ses seins effleurer sa chemise, son parfum féminin caresser ses narines... Son érection ne s'apaisait pas. Il avait si envie d'elle qu'il en était presque malade.

Lascive Lucy.

La question qu'il aurait dû bannir de son esprit franchit soudain la barrière de sa bouche sans qu'il puisse la retenir.

— Avec combien d'hommes as-tu couché, Lucy ?

Elle s'arrêta immédiatement de danser.

Elle laissa glisser les mains de ses épaules à son torse, puis elle le poussa pour l'éloigner d'elle. Le visage vide de toute expression, elle le contempla fixement, comme si à travers lui, elle discernait autre chose.

Et il comprit de quoi il s'agissait.

Le crapaud qui était en lui.

Il se sentait presque verdir devant elle, mais impossible de rattraper les paroles immondes qu'il venait de prononcer. Des paroles qui pouvaient lui coûter celle qu'il souhaitait garder dans sa vie.

Car il n'était pas prêt à perdre Lucy.

Peut-être ne le serait-il jamais.

Il était devenu dépendant, et il ne voulait pas se passer de sa drogue.

Lucy vacillait, les jambes flageolantes, l'estomac révulsé. Pourquoi fallait-il que Michael ait posé cette question maintenant, ce soir, précisément cette nuit, alors que tout avait été magique ? Pourquoi, seigneur !

— Je... Je m'en fiche ! balbutia-t-il. Cela n'a aucune importance. Oublie ce que je viens de dire, Lucy. C'était une question stupide.

Elle soutint son regard et répliqua avec calme :

— Si, c'est important pour moi, Michael.

— Ecoute, répliqua-t-il très vite, je viens de tomber sur ton ex, aux toilettes. Celui qui voulait tout contrôler. Il a fait des remarques désobligeantes à ton sujet, auxquelles je n'aurais pas dû prêter la moindre attention. Mais après ce que Lester avait dit...

Réalisant sans doute qu'il ne faisait que s'enfoncer, il s'interrompit et ferma les poings en signe de désespoir.

— La plupart des gens qui veulent dire des horreurs de quelqu'un centrent leur discours sur le sexe, déclara-t-elle. C'est surtout vrai chez les hommes, mais cela arrive également chez les femmes.

Avec le même flegme, elle enchaîna.

— Je viens de rencontrer ton ex, Fiona Redman. Elle m'a dit que tu étais formidable au lit, mais que tu traitais les femmes comme des jouets avant de les jeter. Je n'en ai pas pour autant conclu que c'était la stricte vérité.

— Je... Je suis désolé. C'est juste que...

— Quoi ? Cela te pose un problème que j'apprécie le sexe autant que toi ?

— Non ! J'aime comme tu es avec moi.

« Pas assez », songea-t-elle. Pas assez… Elle avait mal au ventre, atrocement mal. Elle le toisa sans sourciller et prit une longue inspiration.

— Pour répondre à ta question…

— Non ! la coupa-t-il.

— J'ai probablement couché avec autant d'hommes que toi de femmes, ajouta-t-elle sans se laisser impressionner. Je ne vois aucune raison de me priver des plaisirs de la chair quand la rencontre est prometteuse. J'ai trouvé chaque expérience différente, parce que chaque homme est différent. Mais avec toi, Michael, c'était spécial. *Très* spécial.

Lucy ne put retenir ses larmes. Mais son estomac se souleva aussitôt. Elle sentit la bile monter dans sa gorge et se retourna pour courir vers les toilettes, en espérant y parvenir à temps. Une poigne d'acier l'agrippa pour la retenir.

— Je suis malade ! s'écria-t-elle. Laisse-moi passer !

Heureusement, Michael fut prompt à comprendre. Il l'escorta au pas de charge, attirant l'une de ses amies au passage pour qu'elle veille sur elle dans les toilettes des dames.

— Tu es sûre que tu ne veux pas que je te conduise aux urgences ? demanda une nouvelle fois Michael dès qu'il fut installé au volant.

Comme ses amis, Lucy semblait penser qu'il s'agissait d'une intoxication alimentaire, et que cette crise, quoique violente, restait sans gravité, ne nécessitant rien d'autre que du repos.

Blême, la jeune femme était installée auprès de lui, blottie dans sa veste de smoking.

— Je veux juste m'allonger et dormir, dit-elle d'une voix atone.

Michael se maudissait. Il avait tout gâché. Oui, il était le dernier des imbéciles ! Tout ce qu'elle lui avait dit était juste, vrai, plein de bon sens. Il aimait qu'elle soit libre avec son corps. Et elle l'était tout autant que lui. Quoi de plus simple ?

Le remords le dévorait, et il se promit de trouver un moyen de se racheter. De regagner la confiance de la jeune femme. Il ne supportait pas de l'avoir ainsi perdue.

Il la ramena chez elle, où il veilla à la déshabiller délicatement et à l'envelopper d'un gros gilet avant de la mettre au lit. Elle tremblait et son front était chaud : à l'évidence, elle avait de la fièvre.

Doucement, il défit les agrafes qui retenaient son chignon et caressa ses cheveux. Puis il cala les oreillers sous sa nuque.

— C'est gentil à toi, Michael, murmura-t-elle d'une voix à peine audible. Tu peux partir, maintenant. Merci.

— Je ne pars pas. Tu ne vas pas bien, Lucy. Tu as de la fièvre. Tu as de l'aspirine, ici ?

— Hmm... Placard salle de bains, marmonna-t-elle.

Il remplit un verre d'eau et le lui porta avec deux cachets. Elle devait être terriblement déshydratée. Il la regarda avaler une gorgée, mais elle n'eut pas le temps de prendre le comprimé d'aspirine : dans un sursaut, elle se redressa, porta la main à la bouche et se précipita dans les toilettes. Apparemment, son estomac ne tolérait strictement plus rien. Impuissant et anxieux, Michael attendit que la jeune femme revienne, plus livide encore.

— Je crois qu'il vaut mieux aller à l'hôpital.

— Non, non... Aide-moi juste à me recoucher. Je vais dormir, ça sera passé demain.

— Lucy, dit-il après l'avoir aidée à se remettre au lit, je sais où se trouve la pharmacie de garde ; je vais y aller pour demander conseil. Je trouverai peut-être quelque chose pour apaiser ton estomac. Je serai vite de retour.

Michael vérifia qu'elle était bien au chaud, bordée et confortablement installée sur ses oreillers. Puis, il alla remplir un bol de glaçons dans la cuisine. Il trouva ensuite le téléphone mobile de Lucy dans son sac et le posa sur sa table de chevet.

— J'aimerais que tu essaies de sucer un glaçon, conseilla-t-il. Si tu as besoin de m'appeler, ton téléphone est facile à atteindre : je l'ai posé près de toi, d'accord ?

— D'accord.

C'était à peine un souffle, presque inaudible. Une douleur lui déchira la poitrine, mais il réussit à quitter l'appartement sans se retourner. Il se mit au volant, conscient qu'il n'existait plus qu'une seule urgence : faire en sorte que Lucy aille mieux. Ensuite, seulement ensuite, il pourrait tâcher de lui faire comprendre à quel point elle comptait pour lui.

Il devina la voiture qui arrivait sur sa droite, mais comme le feu était vert pour lui, et qu'il était concentré sur ce qu'il avait à faire, il n'y prêta pas attention.

Soudain, le choc.

Puis plus rien.

11

Une sorte de mélodie insistante perçait le brouillard dans son esprit ensommeillé. Ça sonnait, cessait, et puis ça recommençait, encore et encore…

Enfin, Lucy réalisa que c'était la sonnerie de son mobile.

Encore groggy, elle laissa errer ses doigts sur la table de chevet, jusqu'à trouver la source de son irritation. Elle était prête à éteindre le maudit appareil, mais elle se souvint que Michael avait tenu à ce qu'elle le conserve à portée de main.

— Oui, quoi ? bougonna-t-elle.

Les mots refusaient de sortir. Elle avait la bouche atrocement sèche. Parler exigeait un effort surhumain.

— Allô ? réussit-elle à répéter.

Il était encore tôt. L'horloge indiquait 6 h 30.

— Réveille-toi, Lucy ! ordonna une voix féminine survoltée. Il y a eu un accident !

On aurait dit sa sœur. Un accident… sur l'île ?

Elle se redressa avec difficulté, s'installa en position assiste et tâcha de se concentrer. Ce n'était plus la nuit. La lumière du petit matin filtrait par la fenêtre. Mais cela restait une heure indue pour téléphoner. Son cerveau refusait de sortir du flou. Un accident ?

— Quoi ? demanda-t-elle dans un gros effort, en fronçant les sourcils. C'est toi, Ellie ?

— Oui. Michael est blessé. Il a eu un accident de voiture très tôt ce matin. Son état est sévère.

Le choc éclaircit son esprit en une fraction de seconde.

— Michael ? Oh ! non !

Elle se rappela comment il l'avait ramenée ici, puis ses soins quand il veillait sur elle, sa volonté d'aller consulter un pharmacien.

— Mon Dieu... Tout est ma faute ! gémit-elle.

— Comment est-ce que cela pourrait être ta faute ? s'étonna Ellie.

— Je... J'ai dû manger quelque chose d'avarié, hier soir. Il m'a raccompagnée à la maison. J'ai vomi, c'était horrible, et comme ça ne passait pas, il est parti trouver une pharmacie de nuit. J'étais tellement malade que je me suis rendormie... Je ne me suis pas rendu compte qu'il n'était pas rentré. Il s'est tué par ma faute !

— Arrête, Lucy ! Tu n'es pas responsable de cet accident, et une crise de nerfs n'aidera pas Michael. Tout allait bien entre vous, jusqu'à hier soir ?

— Oui, oui. Il a été merveilleux, pendant que j'étais malade. Ellie, s'il meurt, je ne m'en remettrai pas !

Elle en oubliait que cette nuit, elle l'avait perdu. Que leur histoire avait volé en éclats. Elle n'avait rien d'autre à l'esprit que le sourire de son prince, son regard hypnotique. Michael était unique, irremplaçable. Elle l'aimait de toute son âme — oh, elle l'aimait tant !

— Alors fais tout ce que tu peux pour l'aider à survivre, reprit sa sœur. Te sens-tu toujours mal ? Es-tu capable de te rendre en taxi à l'hôpital ? Il est en soins intensifs.

— J'y vais, répondit-elle, déterminée.

— Je dois rester sur l'île, mais Harry est en route pour rejoindre son frère. S'il te plaît, veille aussi sur lui. N'oublie pas que Michael et lui ont perdu leurs parents dans un tragique accident. C'est un traumatisme pour Harry, il aura besoin de soutien.

Lucy sourit.

— Je comprends : tu l'aimes et tu souffres de ne pas pouvoir être auprès de lui en ce moment.

C'était au moins une bonne chose : Harry et Ellie formaient désormais une équipe soudée pour affronter les difficultés. Elle-même était plongée dans une tout autre situation. Il fallait qu'elle parvienne à refouler ses angoisses. Michael luttait pour vivre en ce moment, rien d'autre ne comptait.

— Il faut que j'aie des nouvelles, Lucy, insista Ellie. Que je sache comment les choses évoluent. Tu me promets de me tenir au courant ?

— Promis. Je t'appelle dès que j'en saurai davantage. Il faut que j'y aille, maintenant, d'accord ?

— D'accord.

Lucy arriva enfin dans le hall de l'unité de soins intensifs, dans tous ses états. Alors qu'elle se ruait vers l'infirmière d'accueil, Harry apparut devant elle. Il l'entraîna dans la salle d'attente et la contraignit à s'asseoir. Son expression était si sérieuse qu'elle crut que son cœur s'arrêtait de battre.

— Ce n'est pas si grave, Lucy, dit-il en lui prenant la main. Ses blessures ne mettent pas sa vie en danger. Il a été frappé de plein fouet par la droite, côté conducteur : sa hanche et son bras droits sont fracturés, il a plusieurs côtes cassées, des lacérations au visage, beaucoup de bleus et d'ecchymoses. Les médecins ont d'abord redouté que l'une des côtes n'ait transpercé le foie, mais tous les examens ont permis d'écarter cette hypothèse. Reste à attendre que ses os se réparent : il sera immobilisé un bon moment, mais il ne devrait souffrir d'aucune séquelle.

— Oh ! merci mon Dieu ! s'écria-t-elle en sentant un merveilleux soulagement baigner son cœur.

Elle essuya une larme et laissa échapper un long rire nerveux.

— Que s'est-il passé, Harry ?

— Des adolescents ivres ont grillé un feu rouge dans une voiture volée. Ils sont tous ici, d'ailleurs. Inutile de te dire que je n'éprouve pas une immense compassion pour eux...

Lucy secoua la tête, soulagée. Ce n'était ni sa faute, ni celle de Michael. Juste le genre de malchance qui veut qu'on soit parfois au mauvais endroit au mauvais moment.

— Je peux aller le voir ?

Harry fit la grimace.

— Je ne crois pas que ce soit une bonne idée.

— Pourquoi ?

— Lucy... Il est méconnaissable. On lui a fait des points de suture sur le front et dans le cou. Il a le visage boursouflé et couvert de bleus et d'égratignures. Pour lui éviter de souffrir, on lui a donné des sédatifs. Si tu te mettais à crier en le voyant, il...

— Harry Finn, interrompit-elle avec colère, j'ai veillé ma mère durant des mois quand elle mourait du cancer ! Rien n'est pire que de regarder inexorablement s'éteindre quelqu'un qu'on aime. Je ne suis pas stupide : je n'ai pas de réaction incontrôlée quand je suis face à des gens qui souffrent. Je tiens à Michael, et je n'ai pas l'intention de le réveiller alors qu'il se repose. Je veux juste le voir.

Sa véhémence parut surprendre Harry, qui hocha la tête et répondit platement :

— Viens, je te conduis.

Il n'avait pas cependant pas exagéré en lui décrivant le visage de Michael. Ce fut effectivement un choc pour elle, mais elle se rassura en se disant que ce n'était qu'une première phase. Les bleus, les égratignures, les ecchymoses et les gonflements disparaîtraient ; les points de suture se résorberaient.

Harry lui avança une chaise, ce dont elle lui fut reconnaissante. Elle s'assit, prit délicatement la main gauche de Michael et savoura la chaleur de sa peau. Peu importait à quoi il ressemblait : il était vivant. Aucun organe vital n'était touché. Son avenir était devant lui.

Elle resta longtemps à le contempler. Encore faible, épuisée, elle se laissa sombrer dans une douce somnolence.

Une main serrant très fort la sienne réveilla Lucy en sursaut.

— Où suis-je ? fit la voix éteinte de Michael.

Elle se redressa. Les yeux entrouverts, il semblait hagard. Son frère bondit du siège où il s'était installé au fond de la chambre pour venir à son chevet.

— Chut... Tu es à l'hôpital, Mickey.

Puis il fronça les sourcils et ordonna :

— Ne bouge pas. N'essaie surtout pas de te lever. Tu as des os cassés.

— Quoi ? balbutia son aîné. Pourquoi ? Je ne peux pas ouvrir correctement les yeux...

— Tu as eu un accident de voiture, tes yeux sont trop gonflés par les ecchymoses, pour le moment.

— C'est grave ?

— Non. Tu vas guérir, mais ça va prendre un certain temps.

Michael fit la grimace.

— J'ai mal quand je respire, souffla-t-il.

— C'est à cause des côtes cassées.

— Un accident de voiture ?... Je ne m'en souviens pas.

— C'est normal, assura Harry. Commotion cérébrale. D'après les médecins, tu risques d'avoir une mémoire très floue de cette nuit. Si tu n'as pas tout oublié...

Tout oublié ? Lucy dévisagea Harry, pétrie d'angoisse. Elle se demandait si Michael retrouverait un jour ses souvenirs.

— Lucy est là, Mickey. Je vais chercher le médecin de garde, puisque tu es réveillé. Il répondra à toutes tes questions.

— Lucy, murmura Michael en serrant encore sa main dans la sienne.

— Tout va bien se passer, dit-elle. Tu vas te remettre.

— Je me rappelle notre déjeuner au Thala Beach Lodge. Ensuite… Que s'est-il passé hier soir ?

— Nous sommes allés au bal du gala de charité, au casino. Nous avons dansé durant des heures. Il y avait un magnifique banquet de fruits de mer. J'ai mangé quelque chose d'avarié, et j'ai eu une violente intoxication alimentaire. Tu m'as ramenée chez moi, et tu es parti trouver un pharmacien de garde. Harry m'a dit que des gamins dans une voiture volée ont grillé un feu à une intersection. Ils t'ont heurté de plein fouet.

Il secoua la lentement la tête.

— Je ne me rappelle rien de tout cela…

— N'y pense pas.

— Une intoxication alimentaire ? Tu dois être épuisée, Lucy.

Ces mots l'émurent. Il était là, cassé en mille morceaux sur un lit d'hôpital, et il s'inquiétait d'elle. Elle était sur le point de lui répondre lorsque Harry revint avec le médecin. Ce dernier répondit aux questions et exposa le déroulement des examens à venir. Le plus délicat serait une opération de la hanche, le lendemain. Il administra une injection de morphine à Michael avant de partir.

— Tu dois rentrer chez toi et te reposer, Lucy, insista celui-ci, une note d'inquiétude dans la voix. Il faut que tu retrouves des forces. Quant à moi, je risque d'être dans le brouillard pendant plusieurs jours.

Se tournant vers son frère, il ajouta :

— Fais-la partir, Harry.

— Bon, je m'en vais, soupira-t-elle. Je reviendrai demain soir, après l'opération. Je suis sûre que tout se passera bien.

— Ne t'inquiète pas. C'est de la chirurgie banale.

Elle se pencha pour l'embrasser très doucement sur les lèvres.

— Je penserai à toi chaque minute, murmura-t-elle.

Harry l'escorta dehors et lui appela un taxi.

— Prends soin de toi, Lucy, dit-il avec gentillesse. Je crois que mon frère va avoir énormément besoin de ta présence.

Ces mots étaient réconfortants, surtout venant de la bouche de la personne la plus proche de Michael. Elle sourit, monta dans le taxi et ferma les yeux. Le pire était passé. Michael était en vie.

Cependant, qu'allait-il advenir de leur couple ? Cette amnésie partielle risquait de compliquer singulièrement leur histoire...

Michael venait de vivre une semaine particulièrement difficile. Son bras droit l'encombrait, puisqu'il ne pouvait pas s'en servir. Ses côtes cassées lui infligeaient un véritable martyre dès qu'il tentait le moindre mouvement. Après l'opération de la hanche, du mouvement était pourtant obligatoire ; aussi des infirmières l'emmenaient-elles arpenter les couloirs pour qu'il fasse travailler la pièce de titane insérée dans son corps.

Le pire était de devoir abandonner la gestion de Finn Fisheries à Harry, qui s'était installé à Cairns pour diriger l'entreprise. Il se débrouillait très bien et suivait ses instructions, mais son frère ne s'était jamais assez intéressé à ce domaine pour comprendre les techniques du jeu, l'art de tirer les ficelles... Les choses auraient été tellement plus faciles si Elizabeth était restée sur place pour assister Harry. Mais elle était bien obligée de remplacer celui-ci sur l'île Finn.

Décidément, cet accident n'aurait pas pu plus mal tomber, songea-t-il rageusement. Il se retrouvait cloué au lit au moment où, au bureau, il lui manquait une personne de confiance. Andrew Cook, le remplaçant d'Elizabeth, n'était d'aucun secours : il n'avait pas encore intégré les spécificités du poste, et Michael n'avait pas le temps de trouver quelqu'un de plus efficace, qu'il faudrait de toute façon former.

Sa seule consolation en ce moment, la seule lumière de sa vie, c'était Lucy. Il lui était infiniment reconnaissant de lui avoir pardonné l'incident de la soirée du bal. Du moins le supposait-il, car elle n'y avait plus jamais fait référence.

Sa mémoire allait mieux : il ne se rappelait toujours rien concernant l'accident, mais le reste de la soirée lui revenait par bribes, depuis son opération de la hanche.

Dans un premier temps, il avait craint que la jeune femme ne vienne plus le voir après avoir constaté qu'il se remettait parfaitement. Mais elle lui rendait visite chaque jour, et il adorait l'entendre babiller à propos de tout et de rien, avec l'enthousiasme qui la caractérisait. Elle lui faisait aussi des massages et le couvrait de baisers solaires : elle ne l'avait pas dévisagé une seule fois comme s'il était la créature de Frankenstein.

Ce samedi, comme elle ne travaillait pas, elle avait promis de passer dans la matinée. En l'attendant, Michael luttait avec son quotidien financier favori, le *Sydney Morning Herald*, dont les pages, hélas, étaient beaucoup trop larges pour un lecteur limité à l'usage d'un seul bras...

Quand il parvint à caler le journal à l'article qu'il brûlait de lire, ce fut sa vue qui le trahit. Des sortes de taches floues apparaissaient dans son champ de vision. Ses arcades sourcilières étaient encore très enflées : peut-être faudrait-il qu'il patiente pour récupérer une vue parfaitement stable...

Irrité, il était en train de maudire ce nouvel aspect de sa situation quand Lucy entra dans la chambre, fraîche comme la rosée, ravissante et joyeuse. Elle portait une blouse liberty sur un jean mauve et de longs pendants d'oreille.

— Tu es splendide ! s'exclama-t-il en souriant.

Elle lui avait apporté une surprise, déclara-t-elle en lui tendant un soliflore avec une rose jaune de forme parfaite.

— Regarde-la, Michael. Elle est belle, n'est-ce pas ? Hier, j'ai revu le monsieur qui a planté le rosier sur la tombe de sa femme au cimetière. Il m'a donné cette fleur pour toi, mais comme elle n'était pas complètement épanouie, j'ai attendu aujourd'hui pour te la porter.

Elle posa le vase sur la desserte, près de lui.

— Son parfum va recouvrir l'odeur d'antiseptique de l'hôpital, ajouta-t-elle avec gaieté. Elle suffira à elle seule à te mettre de meilleure humeur.

— C'est certain, répliqua-t-il en souriant. Merci, Lucy.

— De rien.

Elle se pencha sur lui pour l'embrasser, mais il était enseveli sous les pages de son journal.

— Mon Dieu ! Tu en as fait une serpillière, s'esclaffa-t-elle.

Elle replia soigneusement les pages pour rendre forme au quotidien.

— Il y a un article que j'aimerais que tu me lises, lui dit-il. C'est imprimé trop petit pour mes yeux abîmés. Je vois tout flou. Regarde dans la section financière, juste au milieu.

La jeune femme haussa les épaules. Etrangement, elle semblait embarrassée soudain.

— Je crois qu'il vaudrait mieux que ce soit Harry qui te le lise, lâcha-t-elle d'un ton désinvolte qui sonnait un peu faux. Au moins, vous pourrez en discuter ensuite. Tu sais que je ne connais rien à la finance.

— Harry est reparti sur l'île Finn, il ne reviendra que demain. Il doit accueillir le nouvel intendant en charge de la direction du complexe. Son arrivée va libérer Elizabeth. Mais de toute façon, je n'ai pas envie de discuter de cet article, je voudrais juste en prendre connaissance. Ça ne prendra que cinq minutes. S'il te plaît, Lucy.

12

Le sourire de Lucy avait disparu. Elle leva vers lui un regard anxieux.

— Vraiment, je ne préfère pas, fit-elle dans un souffle.

— Pourquoi ?

En quoi était-ce un problème ? Perplexe, Michael la considéra plus attentivement. Il devinait la tension dans tout son corps, dans ses doigts agrippés sur les accoudoirs. Que diable lui arrivait-il ?

— Lucy ? demanda-t-il en cherchant son regard.

Lentement, elle referma le journal et le posa sur son lit. Puis elle prit une longue inspiration et soutint son regard, comme si elle se trouvait face à un juge de l'Inquisition.

— Je ne peux pas, Michael, déclara-t-elle avec solennité.

— Je ne comprends pas, avoua-t-il, de plus en plus désorienté. Que veux-tu dire par « je ne peux pas » ?

Elle redressa le menton. Elle semblait souffrir.

— Je... je suis née avec une dyslexie sévère. J'ai toujours eu des difficultés à lire et à écrire.

La dyslexie ? Il ne savait pas grand-chose à ce sujet. Seulement que les lettres et les mots ne se trouvaient plus au bon endroit pour les personnes qui en souffraient. La vulnérabilité de la jeune femme se lisait dans ses grands yeux. Cet aveu lui coûtait terriblement, il le discernait.

— Le plus souvent, je parviens à me tirer de n'importe quelle situation, ajouta-t-elle. Mais il m'est évidemment arrivé de me faire renvoyer d'un travail à cause de cela, de me faire quitter par un homme à cause de cela. Je sais que je ne peux pas te convenir, Michael. Je voulais seulement que tu m'aimes un petit moment.

Des larmes se mirent à rouler sur ses joues quand elle ajouta :

— Et tu as été merveilleux.

Il n'en croyait pas ses oreilles, mais eut soudain l'impression que ce discours sonnait comme un adieu.

— Hé ! Une minute. Ce n'est pas la fin pour nous, Lucy. Nous sommes toujours ensemble. J'aimerais que tu m'en dises davantage de ta dyslexie. Partage cela avec moi, au lieu de croire que tu devrais le cacher.

Il la vit se mordre la lèvre et tâcher de maîtriser son souffle. Ses larmes coulaient encore, silencieuses. Lucy était une si belle personne ! Sa détresse lui fendait le cœur, d'autant plus qu'il commençait à en entrevoir la profondeur. Toute sa vie, probablement dès l'enfance, elle avait lutté contre cette infirmité. Il était subjugué par sa détermination, son courage, sa réussite. Peu d'êtres humains démontraient une telle force de caractère et une joie rayonnante malgré un boulet inamovible fixé à leur pied.

Sa mémoire scanna les dernières semaines à la recherche des indices qu'il avait manqués : son erreur à propos du chili de crabe, pendant le déjeuner d'anniversaire d'Elizabeth ; sa tendance à choisir le plat du jour, que le serveur mentionnait forcément de vive voix ; sa panique à l'idée de se voir proposer le poste de sa sœur.

Il comprenait tellement de choses, maintenant ! Pourquoi elle avait quitté l'école pour s'occuper de sa mère sans jamais reprendre son cursus ensuite, pourquoi ses emplois se succédaient si vite, pourquoi elle n'investissait pas son énergie dans une carrière... Impossible pour elle de travailler avec des livres de comptabilité ou des fichiers informatiques à remplir. Même dans la vie de tous les jours, face à des formulaires ou des courriers, Elizabeth devait certainement être là pour lui venir en aide, elle que Lucy considérait comme son roc.

En fait, les deux sœurs étaient encore plus proches qu'il ne le pensait. Elizabeth gardait jalousement, elle aussi, le secret de sa cadette — était-ce pour ne pas l'abandonner qu'elle avait refusé le poste à temps plein sur l'île ? se demanda-t-il soudain.

Michael avait l'impression de voir s'imprimer une seconde pellicule sur le film de sa relation avec Lucy. Il se rappela les observations de Sarah. Selon elle, Lucy ne se sentait pas à la hauteur, elle était complexée par quelque chose... Pauvre Lucy ! Comment aurait-elle pu éprouver autre chose si les gens la repoussaient à cause de sa dyslexie ?

— Ecoute, souffla-t-il, il faut que je te dise que moi, je te trouve merveilleuse.

Elle lui adressa un coup d'œil sceptique à travers ses larmes.

— Je t'assure, affirma-t-il en la considérant avec insistance. Malgré les rejets que tu as essuyés, tu n'as jamais renoncé à la vie en société. Tu as continué ton chemin en donnant le meilleur de toi-même. Le simple fait que tu aies réussi à maintenir intact en toi ce feu, cette joie de vivre... C'est extraordinaire, Lucy. Tu es merveilleuse.

— Mais...

Elle fronça les sourcils et ajouta :

— Tu vois bien que je suis déficiente.

— *Déficiente* ? Mais qui n'est pas déficient dans un domaine ou un autre ? poursuivit-il très vite, horrifié qu'elle s'afflige d'un pareil qualificatif. Harry m'a toujours dit que j'avais des œillères. Que je n'étais pas capable de voir autre chose que ce qui se trouvait exactement sous mon nez. Eh bien tu es juste en face de moi, Lucy, et j'aime ce que je vois. Donne-moi ta main.

Lentement, elle obéit. Il la serra vigoureusement dans la sienne et reprit :

— Je me fiche que tu ne puisses ni lire ni écrire. Ce que j'aime, c'est que tu sois auprès de moi. Alors souris, je t'en prie.

Il obtint un sourire pâle, mais il décela le début d'un espoir dans ses grands yeux.

— Je sais lire et écrire, Michael. Mais je suis lente et laborieuse. Il est beaucoup plus facile pour moi de mémoriser les choses. C'est de cette manière que j'ai obtenu mon permis de conduire. Ellie m'a posé cent fois toutes les questions jusqu'à ce que je connaisse toutes les réponses par cœur. Elle m'a toujours formidablement aidée et soutenue. J'essaie quand même de ne pas trop lui en demander. Je veux me débrouiller toute seule.

— Et tu te débrouilles remarquablement bien, dit-il, admiratif. Je n'aurais jamais deviné seul que tu avais une difficulté quelque part.

— Je n'aime pas que les gens le sachent, admit-elle en baissant la tête. Je préfère vraiment être considérée comme une personne normale.

— Tu ne seras jamais normale, Lucy : tu es très spéciale.

Enfin, elle lui décocha un sourire franc et lumineux.

— Ma mère me disait que mon sourire valait mille mots, avoua-t-elle.

— Elle avait raison.

— Cela ne suffit pas toujours, pourtant, soupira-t-elle. Le garçon avec qui j'étais avant toi me laissait des listes de courses à faire. Son écriture était trop difficile à déchiffrer pour moi, et j'ignorais donc ses listes. Un jour, il s'est mis très en colère et m'a appelée « tête de piaf ».

— Et tu l'as quitté.

— Oui. J'aurais pu m'expliquer, lui parler de ma dyslexie, mais je n'aime pas les gens despotiques. Comme l'était mon père avec ma mère. Je ne veux pas de ça dans ma vie.

Michael hocha la tête.

— Tu as raison, ce n'est pas acceptable.

Maintenant qu'il savait, il se reprochait de ne pas avoir cassé la figure de ce sale type lorsqu'il l'avait croisé aux toilettes du casino. Il se demanda combien d'injustices et de cruautés elle avait endurées à cause de sa maladie.

— Tes années d'école ont été terribles, non ?

— Oui et non. J'étais bonne en sport, ce qui m'a permis de m'affirmer et de me faire des amis fidèles. Mais la plupart des disciplines étaient un cauchemar et j'ai écopé de quelques surnoms peu flatteurs.

Lucy parvenait à peine à croire que Michael soit aussi compréhensif. Sa dyslexie ne l'avait pas horrifié. Il n'y voyait pas d'inconvénient, pas de gêne ! Et il l'encourageait à en parler, à décrire ses difficultés, les épreuves, les expédients qu'elle avait trouvés. Elle lui rapporta quelques situations ironiques ou cocasses, et ce fut un merveilleux soulagement de rire de ce sujet avec lui. C'était comme s'il lui vouait une nouvelle admiration.

Leur conversation se poursuivit jusqu'à la fin de la journée, et lorsque Lucy le laissa, elle avait le sentiment d'être une nouvelle personne. Une sensation grisante de liberté faisait suite au poids qu'elle portait depuis des semaines. Elle avait envie de danser, de sautiller et de battre des mains.

Michael l'appréciait telle qu'elle était ! Peut-être même l'aimerait-il telle qu'elle était...

Cela ne faisait aucun doute : c'était un prince.

Lucy avait pris l'habitude de rejoindre Michael à l'hôpital tous les soirs après son travail. Elle ne resta cependant que peu de temps à son chevet le jeudi, car Harry était là. Ensemble, ils préparaient le retour de l'aîné des Finn au bureau, prévu le lendemain.

Ellie était rentrée de l'île, satisfaite du nouveau directeur qu'ils avaient trouvé pour lui succéder au complexe hôtelier. Elle n'avait pas vu sa grande sœur depuis presque trois semaines et était impatiente de lui donner des nouvelles autant que d'entendre le récit de son expérience.

Quand elle rentra à la maison, Ellie était occupée à préparer une salade dans la cuisine.

— Lucy ! s'exclama celle-ci en venant l'embrasser. Tu as dîné ?

— Non. Il y a assez pour deux ?

— Bien sûr. Je suis allée faire des courses.

— Oui, je dois avouer que j'ai consacré tout mon temps libre à Michael, soupira-t-elle, consciente qu'elle avait laissé le réfrigérateur vide.

— Comment va-t-il, aujourd'hui ?

— La situation reste extrêmement inconfortable, mais il peut marcher avec une béquille et il a l'autorisation de sortir demain.

Ellie hocha la tête.

— Harry me l'a annoncé. Je vais rester au bureau jusqu'à ce que Michael se sente prêt à reprendre pleinement les commandes. Cela me permettra aussi de former mon successeur, pour qu'il soit opérationnel à mon départ.

— C'est vraiment gentil de ta part, dit Lucy. Est-ce que tu sais ce que tu aimerais faire ensuite ?

— Oh oui ! déclara sa sœur, les yeux pétillants de joie. Attends. Il y a une bouteille de vin blanc dans le réfrigérateur. Tu veux bien l'ouvrir ? Nous allons trinquer au futur.

Heureuse de la trouver dans une si belle humeur, Lucy obtempéra. Etait-ce le temps qu'elle avait passé sur une île exotique qui l'avait changée ainsi ? Ou bien le petit frère de Michael ?

Elle remplit deux verres, en tendit un à Ellie et demanda, pleine d'espoir :

— Trinquons-nous à un futur avec Harry ?

— Oui. Il m'a demandé de l'épouser. Et j'ai accepté, Lucy.

— C'est formidable ! s'écria-t-elle en posant son verre pour prendre sa sœur dans ses bras. Je suis si heureuse pour toi !

— Moi aussi, je suis heureuse. Je crois que nous sommes vraiment faits l'un pour l'autre.

Ellie était radieuse : son teint était vif, son regard étincelant... L'amour la transfigurait. Le cœur de Lucy débordait de joie. Son aînée, si courageuse, méritait d'avoir enfin trouvé l'homme qui prendrait toujours soin d'elle. Celle-ci s'extirpa en riant de son étreinte pour la regarder dans les yeux.

— Et toi, comment ça se passe avec Michael ?

— Hé ! Tu ne dois pas t'inquiéter de cela. Tu as promis de ne pas laisser mon histoire interférer avec la tienne, tu te souviens ?

— Oui, mais je ne vais pas pour autant cesser de m'intéresser à ma sœur. Tu es toujours amoureuse de lui ?

— Oui, folle de lui, admit Lucy. Et je crois qu'il tient à moi. Mais tu sais, l'accident a un peu interrompu les choses entre nous.

— Lucy, il est important que ton histoire représente davantage qu'une grande entente au lit...

— Je sais.

L'ennui, c'était que Michael ne lui avait toujours pas reposé la question qui le taraudait : combien d'hommes elle avait connus. Elle attendait, non sans anxiété, que ce pénible moment se produise une seconde fois. Ensuite, il serait toujours temps d'aviser, en fonction de la discussion qui s'ensuivrait.

— Je ne comprends pas, reprit Ellie. Quand je t'ai eue au téléphone, dimanche dernier, tu m'as dit que ta dyslexie ne lui posait aucun problème. C'est formidable, non ?

— C'est fabuleux, acquiesça-t-elle. Il s'est montré extraordinairement compréhensif. Et c'est un grand soulagement de ne plus rien avoir à lui cacher.

— D'après ce que Harry m'a dit, il aime beaucoup te savoir près de lui. Qui sait ? ajouta-t-elle d'un ton complice, nous pourrions devenir tous les quatre une grande et belle famille !

13

Lucy commençait à s'inquiéter de ne pas encore avoir eu ses règles. Elle n'avait jamais de retard. Sa pilule fixait son cycle avec une précision d'horloge, mais un soir, trois semaines auparavant, elle avait oublié de la prendre. Celui du bal — et de l'accident de Michael —, quand elle avait été beaucoup trop malade pour y penser.

Le destin ne pouvait se montrer injuste au point de la punir pour un seul et unique écart, dans des circonstances sortant de l'ordinaire, de surcroît ! Elle avait toujours été d'une prudence exemplaire, non seulement à cause de la transmissibilité de sa dyslexie, mais aussi parce que sa mère s'était condamnée à un mariage malheureux après une grossesse accidentelle.

Non, non, non, il serait vraiment trop injuste que cela lui arrive !

Le vingt-huitième jour, Lucy se résolut toutefois à prendre les devants et à acheter un test de grossesse. Dès le lendemain matin, elle se leva tôt, s'enferma dans la salle de bains et attendit que le petit cadran de l'appareil daigne rendre son verdict. Son appréhension lui comprimait la poitrine, au point qu'elle pouvait à peine respirer. Mains moites et lèvres serrées, elle ferma les yeux, priant silencieusement pour que son karma se montre indulgent.

Mais à l'évidence, la vie en avait décidé autrement...

Effarée, elle contempla le résultat, tandis que son sang

se figeait dans ses veines et que le plancher se dérobait sous elle.

Prostrée, Lucy n'avait pas la force de bouger. Depuis combien de temps Ellie l'appelait-elle de l'autre côté de la porte ? Cinq minutes ? Quinze ?

Sa vie ne serait plus jamais la même.

Elle avait envie de disparaître avec le monde qui désormais s'éteignait pour elle.

Il fallait qu'on l'oublie. Qu'on la laisse à son sort.

Hélas, sa sœur refusait de lâcher prise et tambourinait de plus en plus fort. Elle finit par trouver une ruse pour faire tourner le loquet depuis l'extérieur et apparut dans la salle de bains.

— Je suis malade, lâcha Lucy d'une voix ferme en s'asseyant sur le rebord de la baignoire. Je ne vais pas travailler. Dis à Michael que je ne pourrai pas le voir aujourd'hui.

— Malade ? demanda sa sœur avec inquiétude. Qu'as-tu ? Je peux aller te chercher quelque chose à la pharmacie.

— Non. Laisse-moi, Ellie. Je veux juste dormir et me reposer.

Visiblement déstabilisée, sa sœur resta un instant bouche bée. Puis elle hocha la tête doucement.

— Bon. Appelle-moi si tu as besoin de quoi que ce soit.

— Entendu, grommela Lucy.

Cette fois, Ellie ne la sauverait pas. Ce qui lui arrivait pouvait même menacer le bonheur de sa sœur avec Harry. Il fallait garder le secret, au moins jusqu'à leur mariage.

Lucy passa la journée cachée sous sa couette. En fin d'après-midi, elle entendit sa sœur rentrer à la maison.

Elle avait pleuré, s'était endormie, réveillée, avait pleuré encore, puis somnolé. Comme elle ne tenait guère à ce qu'Ellie découvre son visage bouffi par les sanglots, elle décida de se lever pour fermer la porte de sa chambre à clé. Elle n'en eut pas le temps : sa sœur entra à ce moment-là.

— Tu es réveillée ? demanda doucement Ellie. Je t'apporte une tasse de thé. Et une rose, de la part de Michael.

Une rose ?

Elle avait l'esprit si embrouillé, le cœur si lourd qu'elle laissa un espoir fou se former en elle : Michael allait l'aimer, et il l'aimerait quoi qu'il arrive ! Cette pensée l'enivra et elle se redressa vivement. Elle vit alors Ellie déposer sur sa table de chevet le soliflore qu'elle avait apporté à Michael à l'hôpital. Il contenait une rose... jaune.

Pas une rose rouge.

Rouge comme l'amour.

Malgré elle, le chagrin la submergea, et des larmes se mirent à couler abondamment sur ses joues.

Sidérée, sa sœur la contempla avec affolement avant de s'asseoir sur le lit près d'elle et de la prendre dans ses bras. Elle attendit que les sanglots s'apaisent un peu et s'enquit alors avec tendresse :

— Qu'est-ce qui ne va pas, Lucy ?

— Rien, souffla-t-elle.

— Je ne te crois pas, tu le sais bien. Parle-moi.

— Je suis juste malade.

— Malade de quoi ? Ton front est tiède. Tu n'as pas de fièvre. Pourquoi as-tu éteint ton téléphone ? Michael et moi avons vainement tenté de te joindre, aujourd'hui.

— Je n'avais pas envie d'être joignable. Laisse-moi, Ellie, ajouta-t-elle d'une voix plaintive. Je n'ai pas envie de parler.

— Tu es en train de te cacher.

— Non. Je suis malade.

— Tu es malade parce que tu gardes quelque chose à l'intérieur, et que cela te ronge. C'est un vieux réflexe. Tu te recroquevilles et tu t'enfermes quand tu ne veux pas qu'on sache ce qui ne va pas.

— S'il te plaît, Ellie. Laisse-moi seule...

Visiblement à court d'argument, sa sœur ferma un instant les yeux et prit une longue inspiration.

— Bien. Mais, au moins, appelle Michael pour le remercier. Si tu savais le mal qu'il s'est donné et ce qu'il a dépensé pour t'offrir cette rose...

— Ce n'est pas la bonne couleur, marmonna-t-elle en fondant encore en sanglots dans son oreiller.

— Pas... Pas la bonne couleur ? répéta Ellie, perplexe. Michael a dit que c'était une rose bien particulière et que tu l'appréciais beaucoup. Veux-tu savoir ce qu'il a fait ? Il a appelé Jack Pickard pour qu'il lui coupe l'une de celles qu'il cultive dans son jardin. Puis il a fait affréter un hélicoptère depuis l'île jusqu'à Cairns afin que je vienne te déposer cette rose dans ta chambre !

Le ton de sa voix s'était durci. Avec autorité, elle ajouta :

— Je crois que c'est un geste qui mérite un remerciement et un petit coup de téléphone, Lucy. Je me fiche de savoir de quoi tu es malade. Je rallume ton mobile immédiatement, et tu vas...

— Non ! coupa-t-elle, paniquée, en arrachant l'appareil des mains de sa sœur.

— Au nom du ciel, peux-tu me dire ce qui...

— Je ne peux pas lui parler ! cria Lucy. *Je ne peux pas* !

— Pourquoi pas ? explosa Ellie en lui reprenant le portable.

— Rends-moi ce téléphone !

— Non ! déclara son aînée avec une détermination farouche. Ce petit jeu a suffisamment duré, maintenant. Je veux savoir ce qui se passe ! Je ne partirai pas d'ici tant que tu ne m'auras pas tout raconté.

Lucy secoua la tête.

— Tu ne peux rien faire pour régler ça, Ellie. Pas cette fois.

A ces mots, sa sœur blêmit et la dévisagea d'une expression indéchiffrable.

— Tu as découvert que tu as un cancer, comme maman ?

finit-elle par articuler d'une voix d'outre-tombe, au bout d'un long silence.

— Non, non, balbutia Lucy, désarçonnée.

— Oh mon Dieu, merci ! souffla Ellie en retombant assise à côté d'elle, sur le lit.

D'une voix apaisée, elle poursuivit :

— Lucy, nous avons déjà fait face au pire ensemble, toutes les deux. Peu importe que je puisse ou pas régler ton problème. Nous l'affronterons *ensemble*. Maintenant, dis-moi de quoi il s'agit.

Sa sœur... Son roc. Qui avait toujours été là pour elle, et cela ne changerait pas. Lucy sentit ses résistances lâcher. Ellie avait raison, il fallait affronter le problème au lieu de le fuir. Autant le faire toutes les deux.

Dans l'immense salon de son appartement dominant le centre de Cairns, Michael faisait les cent pas, tel un lion en cage, incapable de s'asseoir et de prendre son petit déjeuner avec son frère.

— Demande à Elizabeth de monter ici à la seconde où elle arrivera au bureau, ordonna-t-il.

C'était l'un des avantages à occuper un penthouse au sommet du building de sa propre entreprise.

Harry soupira.

— Ce n'est pas parce que ni l'une ni l'autre n'a voulu prendre nos appels depuis hier soir que...

— Je veux savoir pourquoi, insista-t-il. Et tout de suite !

— Ça va ! céda son frère en levant les mains. Entendu. Mais à condition que tu n'oublies pas d'être aimable avec Elizabeth. Elle n'y est pour rien si Lucy est malade et ne se sent pas d'humeur à bavarder au téléphone.

— C'est pire que ça, rétorqua Michael, sûr de lui. Je le sens. Dans tout mon être. Dans mes os, même.

— Probablement parce qu'ils sont cassés, railla Harry.

— Tu ne connais pas Lucy aussi bien que moi, reprit-il,

ignorant le sarcasme. Je crois qu'elle est en train de me laisser tomber, maintenant qu'elle est sûre que je suis complètement remis.

— Et pour quelle raison ? La vérité, c'est que tu as pris l'habitude qu'elle soit aux petits soins pour toi durant un mois entier. J'espère que tu ne te sers pas d'elle, Michael... C'est la sœur d'Elizabeth.

— Tu n'y es pas du tout, soupira-t-il en haussant les épaules.

Avec un dévouement absolu, Lucy avait veillé sur lui depuis ce maudit accident, parfois nuit et jour. C'était dans sa nature : généreuse, elle avait un sens infini de l'abnégation, un cœur d'or. Mais elle ne pouvait pas avoir oublié l'atroce incident du soir du bal...

— S'il te plaît, Harry. Demande juste à Elizabeth de monter me voir.

— Très bien.

Avec impatience et anxiété, il attendit. Enfin, au bout d'une dizaine de minutes, Elizabeth pénétra dans son salon.

Elle arborait une expression fermée, presque belliqueuse, et il en fut aussitôt alarmé.

— Bonjour, Michael, lança-t-elle de sa voix d'assistante parfaite.

Une voix si dépourvue de toute chaleur, de toute forme d'émotion, qu'il en eut la chair de poule.

Depuis qu'elle était fiancée avec son frère, ils étaient passés au tutoiement. Bientôt, elle ne travaillerait plus pour lui, et il la considérait déjà comme sa belle-sœur. En cet instant, toutefois, il avait le sentiment de voir la Justice se dresser devant lui.

— Euh, Elizabeth... Assieds-toi, balbutia-t-il en lui désignant un canapé, avant de s'installer dans un fauteuil, face à elle.

Mieux valait aller droit au but.

— Que se passe-t-il avec Lucy ?

Inexpressive, elle soutint son regard sans ciller.

— Ma sœur est enceinte, répondit-elle, toujours de marbre.

Un silence de plomb pesa sur la pièce durant une bonne minute.

— Enceinte, répéta-t-il, foudroyé par le choc.

— Le soir du bal, elle a été malade et n'a pas pris sa pilule. Le lendemain, à cause de ton accident, elle n'a pas pensé à avaler le cachet. C'est tout.

Bon sang, tout était sa faute... Il avait insisté pour qu'ils fassent des tests afin de se passer de préservatif. Mais nul n'était à l'abri de circonstances exceptionnelles. En tout cas, rien ne justifiait que Lucy ne partage pas elle-même cette nouvelle avec lui !

— Pourquoi ne me l'a-t-elle pas dit ? demanda-t-il avec colère.

Elizabeth le toisa durement.

— Michael, reconnais-tu être le père de cet enfant ?

— Mais... évidemment ! Pourquoi veux-tu que je prétende le contraire ?

— Lucy pense que tu pourrais nourrir des doutes. D'après elle, tu te préoccupes énormément du nombre d'amants qu'elle a pu avoir. Elle m'a révélé que cette nuit-là, tu lui as même posé la question de manière très... directe.

Michael ferma les yeux. Il avait l'impression de redevenir crapaud chaque fois qu'il se rappelait cet instant.

— Par conséquent, poursuivit Elizabeth, si ce doute doit constamment demeurer dans ton esprit, tu comprendras que...

— Non !

Il se leva, exaspéré.

— Cette question m'est venue parce que j'ai rencontré deux hommes qui m'ont tenu le même discours au sujet de Lucy. A la seconde où elle est sortie de ma bouche, j'ai compris que la réponse à cette question n'avait aucune importance pour moi. Et depuis, je regrette sans cesse d'avoir prononcé ces mots.

Pour la première fois depuis son entrée dans l'appartement, Elizabeth sourit. Elle paraissait infiniment soulagée.

— Bon, soupira-t-elle. Je suis heureuse que ce problème soit écarté. Je n'aurais pas pu continuer à t'apprécier en sachant que tu réprouvais ma sœur.

Il la dévisagea, surpris par cette remarque. Comment avait-elle pu penser une chose pareille ?

— La *réprouver* ? Bien sûr que non ! J'aime ta sœur, Elizabeth.

Il comprit trop tard ce qu'il venait de dire... Déjà, sa fidèle assistante levait vers lui un regard anxieux.

— Mais... Michael, Lucy ne le sait pas. Fais attention, s'il te plaît. Pour n'importe quelle femme, le mot « aimer » a beaucoup de sens. Tu n'as pas le droit de l'employer si tu n'es pas sincère. Surtout pas dans une situation pareille !

— Je vais le lui dire, annonça-t-il. Nous allons éclaircir tout cela.

Comme s'il allait trop vite, Elizabeth lui fit signe de se rasseoir.

— Attends ! Tu sais que Lucy est dyslexique. Mais tu ignores peut-être qu'elle ne prévoyait pas de se marier. Elle n'a jamais souhaité non plus avoir d'enfant.

Michael la dévisagea, horrifié.

— Elle songe à avorter ? bredouilla-t-il.

— Non, elle a trop de respect pour la vie. Mais elle est bouleversée à l'idée de transmettre son handicap à son enfant. Et elle pense que tu pourrais ne pas aimer un bébé... *imparfait*.

Ce ne fut qu'à cet instant que Michael prit conscience de la vulnérabilité qu'il avait fait naître dans le cœur de Lucy. Elle redoutait qu'il la rejette. Qu'il rejette leur enfant. La remarque de Sarah lui revint alors à la mémoire : d'après elle, Lucy ne se croyait pas assez bien pour lui.

La honte l'accabla. Il avait entretenu bien des craintes au sujet de la plus jeune des sœurs Flippence. Durant un temps, il avait même redouté qu'elle ne soit intéressée que par son argent… Quel imbécile !

Elle n'avait jamais rien planifié. Elle n'avait rien attendu de sa part, sinon qu'il se comporte comme un gentleman, et non comme un crapaud.

Il secoua la tête, épouvanté par sa méprise.

Aujourd'hui, en tout cas, le crapaud était prêt à la métamorphose. Il *fallait* qu'il redevienne un prince aux yeux de la femme que… qu'il *aimait*.

— Merci d'avoir été franche avec moi, Elizabeth. Je prends le relais dès ce soir. Et j'aurai besoin de toi, si tu veux bien accepter de m'aider.

Lucy avait consacré une heure à s'habiller et à se maquiller, afin que Michael soit certain qu'il existait encore une fille du soleil derrière la créature en larmes qu'elle avait été deux jours durant.

En insistant pour qu'elle le reçoive, Elizabeth lui avait assuré qu'il était prêt à accepter leur enfant, qu'il assumait les conséquences de cette grossesse inattendue. C'était bien plus qu'elle n'en espérait, et même si leur histoire devait finir maintenant, elle était soulagée de savoir qu'elle pourrait entretenir une relation sereine avec le père de son enfant.

Les conseils de sa sœur et la voix de la raison avaient fini par lui rendre courage. Après tout, elle était mieux armée que quiconque pour aider sa progéniture à affronter la dyslexie. Si cet enfant pouvait également compter sur l'amour d'un père, alors l'avenir se présentait sous les meilleurs auspices.

Ou presque. Car elle serait une mère célibataire…

Elle sursauta en entendant la sonnette de la porte d'entrée mais, à sa surprise, ni Michael ni Harry n'entrèrent lorsqu'Ellie eut ouvert la porte. Celle-ci céda le passage à un livreur qui portait un extraordinaire dôme composé de plusieurs douzaines de roses rouges…

— C'est pour la table basse, déclara l'homme.

Visiblement ébahie par cette annonce, Ellie lui indiqua où déposer les fleurs. C'est alors qu'elles se rendirent compte que le livreur était suivi par deux collègues également dissimulés derrière une montagne de roses rouges.

— C'est pour le comptoir de la cuisine, dit le premier.

Toujours des roses rouges. Une composition japonisante.

— C'est pour la table à manger, fit le troisième en écho.

Son centre de table avait une forme de bouquet plus classique, malgré son volume impressionnant.

Fort heureusement, sa sœur eut assez de présence d'esprit pour remercier chaleureusement les trois hommes avant de les laisser partir avec un pourboire. Car Lucy, bouche bée, restait pétrifiée devant cette vision enchanteresse. L'extravagance du cadeau signifiait-elle ? Et la *couleur* ? Seigneur, devait-elle y croire ?

Ne sachant que penser, elle admira les roses du salon, avant de se rendre dans la cuisine pour contempler les autres bouquets.

La sonnette retentit une nouvelle fois, et elle lança un regard anxieux vers Ellie.

— Ça va ? demanda celle-ci, la main sur la poignée de la porte, attendant qu'elle lui donne le feu vert.

Elle acquiesça, et sa sœur lui adressa un clin d'œil complice avant d'ouvrir.

Michael était toujours le plus séduisant des princes du monde. A cette pensée, le cœur de Lucy manqua un battement. Elle s'était juré de maîtriser son émotion, aussi serra-t-elle les mains dans son dos pour conserver son calme.

Il était très élégant, dans son pantalon gris, sa chemise et sa veste à rayures. De la main droite, il agrippait le pommeau de sa canne. De la gauche, il tenait une rose blanche et rose.

Il accaparait son attention, et ce fut à peine si elle s'aperçut que Harry était là, lui aussi. Il souffla quelques mots à l'oreille d'Ellie et un instant plus tard, le couple avait disparu.

Elle était seule avec Michael... et les dizaines de roses rouges !

— Tu n'as aucune raison d'avoir peur de moi, Lucy, dit-il de sa voix grave et chaleureuse.

Elle déglutit péniblement.

— Je suis sincèrement désolée. Je n'avais pas l'intention de te compliquer ainsi la vie.

— Je sais que tu n'en avais pas l'intention, mais je suis heureux que ce soit arrivé.

Il lui sourit, posa sa canne et prit un tabouret.

— Cela ne complique pas ma vie, poursuivit-il. Au contraire, cette situation m'aide à voir les choses avec clarté.

— Je ne comprends pas, dit-elle en plissant le front.

— Nous allons discuter de tout ce que tu ne comprends pas.

Mal à l'aise, Lucy prit un tabouret à son tour, mais préféra aller s'asseoir de l'autre côté de la table.

— Tu n'as jamais prétendu être amoureux de moi, Michael, lâcha-t-elle sans préambule.

Il la fixa droit dans les yeux, sans ciller.

— Je te le dis maintenant. Lucy, je t'aime et je veux t'épouser. Je tiens aussi à ce que tu saches qu'il y aura toujours des roses dans notre mariage et dans notre couple.

Une douleur terrible lui transperça le cœur. Ce qu'elle allait devoir lui dire était atroce, mais elle n'avait pas le choix...

— Je ne t'épouserai pas.

— Pourquoi ? murmura-t-il d'un air horrifié.

— Je ne peux pas devenir ta femme uniquement parce

que je porte ton enfant. Ce serait inconséquent. Ma mère a commis cette erreur, et je lui ai promis de ne pas la reproduire. Je sais que, dans ces situations, on a toujours les meilleures intentions, mais... cela ne peut pas tenir.

Michael hocha la tête.

— Je suis d'accord avec toi. De bonnes intentions ne garantissent pas une union solide. Je crois qu'il faut de l'amour entre les époux. Or, d'après ce que tu m'as dit, ton père n'aimait pas vraiment ta mère. Notre situation est entièrement différente. Je *veux* que tu partages ma vie, et je crois que c'est ce que tu veux aussi. Peux-tu prétendre sincèrement que c'est faux ?

— Ce n'est pas si simple ! s'écria-t-elle. Notre enfant pourrait être dyslexique. Et ce n'est certainement pas ce que tu as prévu pour ton avenir.

— Je n'ai rien prévu du tout ! protesta-t-il. Il y avait sans doute, très vague, dans un coin de ma tête, l'idée qu'un jour, je trouverais peut-être la femme idéale, celle qui me permettrait de connaître le genre de relation magique qui a uni mon père et ma mère. Cette femme, c'est toi ! Toi, Lucy, qui illumines mon existence, de la même manière que notre enfant illuminera notre vie. *Dyslexie* ou pas !

— Tu... Tu ne te rends pas compte de ce que c'est. La confusion, la frustration, la honte... S'apercevoir qu'on n'est pas comme les autres enfants. Cette lumière s'éteint parfois, et il faut alors continuer d'exister dans le noir.

Michael ne baissa pas les yeux. Il semblait déterminé, prêt à tout. Comme un prince intrépide ? Seigneur...

— Lucy, reprit-il, je te promets que son parcours sera moins douloureux que le tien. J'ai fait des recherches approfondies, car je voulais tout savoir de ce qui t'a tant fait souffrir. Il existe désormais des programmes spécialisés pour les enfants dyslexiques. Des parcours personnalisés auxquels tu n'avais pas accès. Mais par-dessus tout, j'aimerais que tu prennes conscience que nos enfants pourront toujours compter sur le soutien de leurs parents.

Est-ce que tu ne penses pas que c'est l'essentiel, avoir un père et une mère aimants, qu'on soit handicapé ou non ?

Nos enfants ? avait-il dit. Ainsi, il songeait à en avoir *d'autres* avec elle ?

— Michael, je...

Elle s'interrompit, la gorge nouée à la fois par le bonheur et la peur du désenchantement. Ce serait trop cruel. Il fallait se débarrasser *maintenant* du cadavre resté dans le placard. Et c'était à elle de régler ce problème.

Elle prit une profonde inspiration pour se donner du courage.

— Que feras-tu si tu rencontres encore des hommes avec lesquels j'ai eu une aventure ?

Cette question ne parut pas l'étonner.

— Je n'ai pas oublié comment je me suis métamorphosé en crapaud le soir du bal. Je t'ai été reconnaissant de ne plus m'en parler par la suite.

— Je ne voulais pas te perdre... Ni perturber ensuite ta guérison. Mais tu m'as fait mal, cette nuit-là, et j'ai cru que si tu avais tout oublié, cela reviendrait forcément nous hanter un jour.

— Je te promets que ce ne sera pas le cas, Lucy. Peu m'importe que tu aies connu tous les hommes de Cairns. Si tu me choisis et que tu acceptes de m'épouser, je considérerai que je suis le plus chanceux d'entre tous.

Depuis un moment, Lucy comprenait qu'elle ne rêvait pas : Michael l'aimait, il voulait leur enfant, et rien ne lui faisait peur. Elle était si bouleversée qu'elle n'osait croire à ce miracle. Elle le voulait, pourtant. Mais n'allait-elle pas se brûler les ailes, si...

— Comment puis-je en être sûre ?

— Donne-moi une chance de te le prouver. Je veux être ton prince, Lucy Flippence.

Il fit le tour de la table et s'approcha d'elle en lui tendant sa rose.

— Celle-ci s'appelle Princesse de Monaco, dit-il. Je

te l'offre parce que je souhaite que tu acceptes d'être ma princesse. Je veux que nous ayons un jardin où je m'occuperai personnellement de ce rosier, pour que tu n'oublies jamais que tu es ma princesse et que je t'aime. Veux-tu l'accepter ?

Le flot d'émotions qui l'étreignit soudain fut impossible à retenir, et Lucy se jeta dans les bras de l'homme de sa vie, pleurant des larmes de joie tout en le couvrant de baisers.

— Oh ! Michael... Je t'aime. Je t'aime, moi aussi.

Il était son prince.

Son *vrai* prince.

Elle vit alors la flamme du désir s'allumer dans son intense regard gris.

— J'aimerais te soulever dans mes bras et te porter jusqu'à ton lit. Je me serais servi de cette rose pour caresser chaque parcelle de ton corps, afin que tu te perdes dans son parfum et dans l'amour que je te voue. Mais...

Avec une moue contrite, il désigna sa jambe trop faible et son bras en écharpe.

— L'idée est séduisante, répliqua-t-elle en riant, et nous n'avons aucune raison d'être pressés.

Comme il prenait appui sur la table de la cuisine, elle soutint son épaule valide.

— Nous pourrions aller ensemble dans la chambre, à un rythme raisonnable, suggéra-t-elle. Harry et Ellie vont rester dehors un moment, non ?

— Il attend mon appel pour venir me chercher.

— Alors nous avons tout le temps.

— Lucy, je ne suis pas encore complètement capable de...

— Peut-être, mais tu peux me transformer en jardin de roses et m'envoyer jusque sur la lune, mon amour, dit-elle en lui couvrant la bouche d'un baiser sensuel, incandescent.

Lucy alluma en lui un tel feu que, même s'il n'avait pas sa mobilité habituelle, Michael put envoyer la femme qu'il aimait sur la lune — et au-delà... Auprès d'elle, il se sentait comme un roi, et il savait qu'elle était déjà sa reine.

Elle était faite pour lui. C'était la femme idéale et, en silence, il forma le vœu que rien ne ternisse jamais leur bonheur.

14

Pour son dernier jour de travail à l'administration du cimetière, Lucy devait superviser le retour des têtes d'anges dans le jardin du mémorial.

Sur le chemin qui la menait à Greenlands, elle était heureuse de conduire, heureuse de rendre visite à sa mère. A côté d'elle, sur le siège passager, reposait la rose qu'elle allait déposer, dans sa jardinière, sur sa tombe.

Elle était en avance. Avant de parvenir au mémorial, elle passa devant une allée où elle reconnut le vieil homme aux roses Pal Joey. Après avoir arrêté la camionnette, elle se dirigea vers lui avec un joyeux salut.

— Monsieur Robson ! Je vois que votre rosier se porte le mieux du monde.

Son interlocuteur parut enchanté.

— Bonjour, mademoiselle Flippence ! Oui, il s'épanouit, n'est-ce pas ? Et vous, que portez-vous là ?

Elle souleva la jardinière et sourit.

— Un cadeau pour ma mère.

— Une Princesse de Monaco. Excellent choix ! Son parfum est délicieux.

— N'est-ce pas ? Mon futur mari va en planter un rosier pour moi, dans notre jardin, dit-elle avec fierté.

— Félicitations, répondit-il d'une voix chaleureuse. Vous semblez parfaitement heureuse. Je vous souhaite beaucoup de bonheur à tous deux.

— Merci. C'est vrai, je n'ai jamais été aussi heureuse. C'est un miracle de trouver quelqu'un qui vous aime vraiment !

— Je suppose que vous allez voir votre mère pour tout lui raconter ?

— Oui, admit Lucy avec un sourire complice. Je crois que c'est elle qui a opéré le miracle. Il faut dire que je le lui avais demandé...

Les yeux du vieil homme s'allumèrent.

— Alors je suis sûr qu'elle l'a fait. Dieu vous bénisse, jeune fille. Allez, il est temps de remercier votre maman.

« Quel homme délicieux », songea Lucy en poursuivant son chemin. Il existait bel et bien quelques princes en ce bas monde ; sa sœur et elle avaient eu la chance incroyable d'en trouver deux qui les aimaient d'un amour fou.

Après avoir placé la jardinière au pied de la tombe, elle s'assit dans l'herbe, face à la pierre gravée, et offrit son front à la caresse de la brise.

— Si tu me regardes depuis le ciel, maman, j'espère que tu sais quels moments magiques nous avons vécus depuis l'anniversaire d'Ellie. Je te remercie du fond du cœur de nous avoir servi d'ange gardien. C'est mon dernier jour de travail ici, à cause de la préparation du double mariage — et tout le reste ! Tous les quatre, nous cherchons deux maisons où nous installer. Et bien sûr, je suis maintenant enceinte de trois mois. Michael ne veut pas que je m'agite, et je dois renoncer à mon poste. Mais je viendrai te rendre visite quand même. C'est merveilleux, n'est-ce pas ?

Elle sourit et posa un regard tendre sur la tombe désormais garnie de la jardinière.

— C'est la rose que Michael m'a donnée le jour où il m'a promis d'être toujours là pour moi et de rester mon chevalier servant. Il l'a choisie parce qu'elle s'appelle Princesse de Monaco, et que je suis sa princesse. Tu te souviens, maman, quand certains enfants m'appelaient

« Lucy de traviole » à cause de ma dyslexie ? Je n'aurais jamais pensé devenir la princesse de quelqu'un... Parfois, j'ai encore du mal à y croire, mais Michael m'aime profondément. Il me le fait sentir à chaque instant. Et je l'aime de tout mon cœur.

Lucy songea que le restaurateur des statuettes devait l'attendre au mémorial et se leva pour déposer un baiser sur la pierre tombale.

— Nous penserons très fort à toi le jour de notre mariage, Ellie et moi, dit-elle avec émotion. Nous savons que tu aurais voulu être auprès de nous et nous voir dans nos robes de mariées. Tu aurais été fière de nous. Nous avons suivi ton conseil : ne pas nous engager avec un homme qui ne nous aime pas et être absolument certaines que nous pourrons l'aimer toute notre vie. C'est une certitude, maman, et tu peux reposer en paix.

Tout à son bonheur, elle virevolta et esquissa quelques joyeux entrechats, riant d'être en vie, d'aimer et d'être aimée.

Elle était la princesse de Michael. C'était si bon...

Oui, c'était un miracle.

Le ciel en soit béni, songea-t-elle. Car elle se sentait bénie, et aucun mot ne pouvait décrire sa joie.